国学经典

宋涛／主编

中华成语故事

深厚的历史背景和丰富的文化内涵

辽海出版社

【 第四卷 】

《中华成语故事》编委会

目 录

刘伶荷锸

典出《晋书·刘伶传》：刘伶，字伯伦，沛国人也。身长六尺，容貌甚陋。放情肆志，常以细宇宙齐万物为心。澹默少言，不妄交游，与阮籍、嵇康相遇，欣然神解，携手入林。初不以家产有无介意。常乘鹿车，携一壶酒，使人荷锸而随之，谓曰："死便埋我。"其遗形骸如此。

晋代名士刘伶，字伯伦，与阮籍、嵇康等人相友好，被称为"竹林七贤"之一。刘伶身高6尺，面容很丑。他放纵性情，快意自适，常把庄子邈视宇宙、等同万物的哲学思想作为自己的主张。他恬静寡语，不随便交朋友。与阮籍、嵇康相会，就非常高兴，神情欢愉，拉着手走进竹林。刘伶从不把有无家产放在心上。他常乘人力挽拉的小车，带一壶酒，让人扛锹跟着，对随从说："如果我死了，你就把我埋了。"他遗忘形体竟到了这种地步。

"刘伶荷锸"就是从这个故事来的。锸：锹。荷：扛。"刘伶荷锸"的意思是，刘伶外出，叫人扛着锹跟在后边，准备在他死后掩埋尸体。人们用"刘伶荷锸"形容放荡不羁，不以生死为虑的名士作风。

重书轻财

古时候，请人写字画画，为了尊重艺术家们的劳动，都要送些礼物作酬谢，这就是"润笔"。当年的"润笔"不像今天的稿费，有统一的标准，它一看送礼的人的地位和财力，二看艺术家的名望。

唐宣宗李忱，和其他唐朝皇帝一样，也是个热爱艺术的君主。有一次在朝中，他命柳公权用不同字体给他写些字。柳公权思索片刻，大笔一挥，先用楷书写了"卫夫人传笔法于王右军"10个大字，接着又用草书写了"谓语助者焉哉乎也"8字。3幅字皆长数尺，楷书工整浑厚，行书淋漓酣畅，草书龙飞凤舞。唐宣宗看了叹为奇观，当场赐柳公权10件名贵银器、彩瓶，皆价值连城。

柳公权本人官贵位重，请他写字的多为王公将相，故而"润笔"颇丰，计金银达数万两之多。但柳公权除了生活上必要的开支外，这些钱大多用来购买文房四宝、古今书籍、历代名帖墨迹等，在这方面，他收藏颇丰。

有一次，柳公权携家人出外探亲，一些知道他家底细的贼趁机撬开他家的门，偷走了大批金银、珠宝、玉器。柳公权回家后，发现房门被撬，首先查看自己的图书、碑帖，他见这些东西完好无损，十分欣慰地说："只要我的书和帖都还在，其余的又有什么好计较的呢？"

龙山落帽

典出《晋书·孟嘉传》：后为征西桓温参军，温甚重之。九月九日，温宴龙山，僚佐毕集。时佐吏并著戎服，有风至，吹嘉帽堕落，嘉不之觉。温使左右勿言，欲观其举止。嘉良久如厕，温令取还之，命孙盛作文嘲嘉，著嘉坐处。嘉还见，即答之，其文甚美，四坐嗟叹。"嘉好酣饮，愈多不乱。温问嘉："酒有何好，而卿嗜之？"嘉曰："公未得酒中趣耳。"又问："听妓，丝不如竹，竹不如肉，何谓也？"嘉答曰："渐近自然。"一坐咨嗟。

孟嘉，字万年，晋代江夏（今湖北云梦）人，青年时期就有才名，曾在太尉庾亮属下任从事，庾亮询问地方的风俗得失，孟嘉回答说："您问问我手下的官吏吧。"庾亮掩口而笑，说："孟嘉原来是个大才子啊！"把他转为劝学从事。有一次，豫章太守褚裒进见庾亮，向庾亮提起孟嘉，并予以夸奖。自此以后，庾亮更为器重孟嘉。

后来，孟嘉在征西将军桓温属下当参军，桓温很器重他。农历九月九日重阳节，桓温在龙山（山名，在今湖北省江陵县西北）设下宴席，僚属们全都被请了来。当时属官们都穿着军服，一阵风吹来，把孟嘉头上戴的帽子吹掉了，孟嘉却没有感觉到。桓温暗示左右的随从，不要告诉孟嘉，想观察他的举止动作。过了很长时间，孟嘉上厕所，桓温叫人取来帽子还给他，并叫另一个富有才华的参军孙盛（字安国）作一篇文章嘲讽孟嘉，把文章放在孟嘉座位上。孟嘉回来看见后，立即作文回答，文笔十分优美，满座的客人都赞不绝口。

孟嘉喜欢开怀畅饮，喝酒越多越不醉。桓温问孟嘉说："酒有什么好处，您这么喜欢喝酒？"孟嘉回答道："您没有得到酒中的乐趣啊！"桓温又问他说："听歌妓演奏，弦乐不如管乐，管乐不如歌声，这是为什么呢？"孟嘉回答说："逐渐接近人体，声音才更加动人。"对于他的回答，满座的人都赞叹不已。

"龙山落帽"就是从这个故事来的。人们用它指农历九月九日重阳节登高饮酒的风雅之事。

"孟嘉落帽"也是从这个故事来的。人们用它形容文士洒脱风流。"孟嘉落帽"，也可作"落帽孟嘉"。

米芾趣事

宋代四大书法家之一米芾，字元章。他才华非凡，诗文书画都很有成就。他的绘画除了山水外，还擅长人物。由于浏览过历代名作，所以又精于鉴别。当时的皇帝宋徽宗对他甚为器重，令他掌领翰林书画院。由于米芾放荡不羁，行近癫狂，故而当时人们称之为"米颠"。关于他的趣闻很多，下面就讲几个他的小故事。

有一次，宋徽宗命米芾在御屏风上写字，他灵感突发，笔走龙蛇，写得十分得意。写罢，掷笔于地说："一洗二王（指王羲之、献之父子）恶札，照耀皇宋万古。"徽宗正在屏后，听了这话，就走出来看他为何如此自负，连二王都敢看不起，一看，字果然写得神妙，于是大加赞赏。米芾乘机求徽宗把磨墨的那块非常名贵的端砚赐给他。徽宗马上答应了，他谢恩后当时就把端砚收进怀里，也不管墨汁淋漓，弄得朝服尽墨，惹得徽宗哈哈大笑。

米芾早年爱临古画，常向收藏家借画临摹，画罢便以真本临本一并送还原主，要人鉴别。他的临画本领极高，常教人难分真假。一天，有人拿了一张戴嵩画的牛要卖给他，米芾收下画，说看看再决定。晚上他连夜临摹一幅，然后将真本藏起，以临本还给那人。不料那人早知道米芾常常以假乱真，早有准备，看了临本一眼，马上揭穿他说："原画牛的眼睛里画着牧童的影子，你的临本却忽略了这点，快把原画还我吧！"米芾听了，才知道戴嵩画牛的精到，不觉自叹不如，老老实实地把画还给了人家。

米芾家里原来颇有钱财，他做官以后，就把它散发给了族里的人。后来，米芾自己竟也渐入困顿，但他并不因此而后悔。见到名家书法和绘画，他仍必定要倾家荡产竭力购取才罢休。

有一次，米芾在船上见到一个叫蔡攸的人，手执一卷古人法帖出神地观看着，米芾一眼望去，知道这是王羲之的《王略帖》真迹，就趋步凑到蔡攸身旁不住地夸赞这卷书帖。一会儿，米芾就要求用别的字画和金帛交换。蔡攸不知道这就是大名鼎鼎的书画家米芾，朝他瞥了一眼，面露难色。等到米芾说了自己的真名实姓后，蔡攸才说："米先生，失敬、失敬！这卷法帖是我家祖传之宝，你若真的想要，得拿1000两纹银交换！"米芾听说蔡攸答应出让墨宝，欣喜若狂，当即拿出随身带的300两银子递给蔡攸说："这些银子你先收下，不足部分等船靠岸后，我再变卖家产差人替你送去。"蔡攸以为米芾应该很有钱，这样说一定是想讨价还价，犹豫了一下，就从米芾手中取回了《王略帖》，米芾急了，搓搓手说："你要是不相信我的话，我就投江去死。"说着，真的要跳下水去，蔡攸见状，知道米芾买帖是一片诚意，就慌忙拉住他的衣袖，把《王略贴》递给了他。

泥牛入海

语出宋释道原《景德传灯录》卷八《龙山和尚》：洞山又问和尚："见个什么道理，便住此山？"师云："我见两个泥牛斗入海，直至如今无消息。"

从前，有一个洞山和尚外出寻师求法，不巧迷失了道路，就去拜见潭州

泥牛入海

龙山的师父，洞山和尚不免嘘寒问暖，多方求教。有一次，他又问龙山和尚说："您见个什么道理，便住在此山呢？"龙山和尚回答道："我见两个泥牛斗入海，直至如今无消息。"

"泥牛入海"就是从这个故事来的。它的意思是，泥塑的牛进入大海。人们用它比喻像泥塑的牛进入大海一样，一去不返，杳无消息。

撕衣成书

裴休，字公美，唐代书法家。能文章，尤工楷书，宗法欧阳询和柳公权。

裴休年轻时家境清贫，发愤读书，后来考中进士，登上仕途，离开家乡

时自己把故乡的几间老屋加以扩建，捐为僧舍，取名"成化寺"。

有一年，裴休外出巡察，途经故乡，就特地到成化寺拜望寺僧方丈。方丈见裴休荣归故里，连忙盛情款待。裴休在寺内小住两日，心里十分高兴。这天，裴休正欲告辞，方丈突然拉住他的衣袖，硬要他题词。裴休觉得情面难却，只得允诺。他见寺内墙壁粉刷不久，洁白干净，就叫寺僧端来砚台和墨，轻轻研磨起来。他边磨边想：写字难道非用毛笔不可吗？东晋书法名家王献之小的时候，有一次出门玩赏，见泥水匠正在粉刷墙壁，就快步走上前去、借来刷帚，沾上泥浆，写了一个一丈见方的大字。大家都赶来观看，王羲之闻讯后，也跑去观看，深为儿子的大胆创新而骄傲，我这次何不仿效王献之也来个独具一格呢？想到此，他眼睛一亮，于是解开衣襟，撕下一段下摆搓成一团，饱蘸浓墨，不假思索，神态自若地涂抹起来。不一会儿，写下了一首字势奇绝的即兴诗章，寺僧方丈见了墨宝连称是诗字双奇，拱手感谢。裴休回到家里，妻子见他衣襟散破，忙问何故。裴休乐呵呵地告诉她："我刚才正用衣襟布当笔替成化寺书题诗壁呢！"

平原督邮

典出南朝宋刘义庆《世说新语·术解》：桓公有主簿善别酒，有酒辄令先尝，好者谓"青州从事"，恶者谓"平原督邮"。

桓公（桓温）手下有个主簿，善于辨别酒的好坏。每有酒时，桓公都要叫他先尝。他把好酒叫做"青州从事"，不好的酒叫做"平原督邮"。因为青州有个齐郡，"齐"与"脐"同音，好酒的酒力一直达到小腹的脐部，所以称好酒为"青州从事"。平原郡有个鬲县，"鬲"与"膈"同音，不好的酒，酒力只能达到胸腹之间，所以称不好的酒为"平原督邮"。

后人把好酒叫做"青州从事"，不好的酒叫做"平原督邮"。

柳泉居士

我国著名古典小说《聊斋志异》的作者蒲松龄，有一个雅号——"柳泉居士"。然而有关这个雅号的趣闻轶事，却不大为人所知。

在腐朽没落的封建社会里，正直忠义得不到伸张，酷爱文学的蒲松龄因仕途坎坷，决计独辟蹊径，写一部"孤愤之书"，通过谈狐说鬼的形式，挞伐封建社会的黑暗，也只有借鬼说人才能达到揭露社会黑暗的真正目的。

柳泉距离蒲松龄的住所有一里之遥，因泉边有一棵百年大柳而得名。这里地处四岔路口，风景优美秀丽，是东南西北四面八方往来旅行者的必经之路。蒲松龄便在大柳树下，铺上席子，邀请途经这里的旅客坐下休息。他捧上清茶，递过烟袋，恳请他们讲述各地的奇闻趣事，然后一一认真地记下来。

数十年如一日，蒲松龄不避严寒酷暑，坚持去柳泉"采风"，从不间断。晚上，他在昏暗的烛光下伏案疾书，将白天听来的素材整理成文。就这样日复一日、年复一年，经过20余载的艰辛写作，《聊斋志异》终于问世了。

蒲松龄与柳泉结下了不解之缘，故他自号"柳泉居士"。

千金掷帽

典出《晋书·袁耽传》：耽，字彦道，少有才气，倜傥不羁，为士类所称。桓温少时游于博徒，资产俱尽，尚有负进，思自振之方，莫知所出，欲求济于耽，而耽在艰，试以告焉。耽略无难色，遂变服怀布帽，随温与债主戏。耽素有艺名，债者闻之而不相识，谓之曰："卿当不办作袁彦道也。"遂就局，十万一掷，直上百万。耽投马绝叫，探布帽掷地，曰："竟识袁彦道不？"其通脱若此。

晋代人袁耽，字彦道，青年时代很有才气，为人狂放不羁，受到士人的称道。桓温在青年时期以赌博为戏，经常同赌徒来往，结果家里的财产都输光了，还负债累累，他想振作起来，但是苦于没办法，真是一筹莫展。于是，桓温打算向袁耽求援，而袁耽正处于居丧期间，桓温就试探着把自己的请求告诉了袁耽。袁耽没有表现出一点为难的神情，立即换下丧服，怀揣布帽，跟着桓温去找债主赌博。袁耽素有善赌的名声，债主早有耳闻，却不认识他。债主对袁耽说："你不应当去扮作袁彦道的样子。"于是，开始赌博，掷一次筹码就输赢10万钱，又增加到百万钱。袁耽投下筹码，大呼小叫，摸出布帽扔到地上，说："你还认识袁彦道吗？"

"千金掷帽"就是从这个故事来的。人们用它形容狂放不羁。

知人不易

典出：《史记·范雎蔡泽列传》

战国时，秦国丞相范雎的仇人魏齐逃到赵国平原君那里。秦昭王知道后，就用计将平原君骗到了秦国。秦昭王对他说："我国丞相有仇人现在逃到了你家，希望你把他的人头割下来，否则，我就把你扣押在秦国。"平原君说："魏齐即使在我家，我也不会交出来，何况现在并不在我家。"秦昭王见他拒不交人，就将他扣押起来，然后写信给赵王说："你的弟弟已被我留下来了，希望你交出魏齐。否则，我一直将你的弟弟留在秦国，并派兵讨伐赵国。"

赵孝成王非常恐惧，发兵包围了平原君家，捉拿魏齐。魏齐趁夜逃到赵相虞卿家里，虞卿认为他是一个难得的人才，就解下相印，与他一起逃到魏国信陵君处。信陵君担心得罪秦国，十分为难。后来食客侯嬴对他说："要了解一个人不容易，要详细而全面地了解人就更不容易。虞卿第一次见到赵王，就被赏赐了许多黄金；第二次见到赵王，就被拜为丞相，封万户侯。但当他遇到魏齐，却解下相印，抛弃万户侯。同他一起逃到魏国。这样的人，不知公子认为如何？"信陵君听了，连忙派人去迎接。不料魏齐听说信陵君不愿接待他，就愤怒地自杀了。

赵王听说后，派人来割下魏齐的头，交给秦昭王，换回了平原君。

后人用"知人不易"形容很难全面了解一个人。

庄周梦蝶

典出《庄子·齐物论》："昔者庄周梦为胡蝶，栩栩然胡蝶也。自喻适志与！不知周也。俄然觉，则蘧蘧然周也。"

战国时，著名哲学家庄周在大白天做了一个梦：梦见自己变成一只色彩斑斓的大蝴蝶，翩翩飞舞在开满鲜花的草地上，一会儿停在黄色的花朵上，一会儿停在白色的花朵上，一会儿又停在紫色的花朵上，多么轻松，多么愉快啊！此时此刻，根本不知道自己就是庄周，完全深深沉浸在一片欢乐之中。忽然间，庄周一觉醒来，睁开眼睛，不禁大吃一惊：咦，我怎么是庄周呢？刚才还是一只蝴蝶！他摇了摇头，认真地思索着这样一个问题：就我个人来讲，不知道是做梦化为蝴蝶，还是蝴蝶做梦化为庄周？不管怎样变化，万物的一生始终处在梦境之中。

这时，一个叫长梧子的人走来，庄周就将自己的想法告诉了长梧子，长梧子说："你思考的这个问题很有意思，就连黄帝那样的人听了，也会疑惑不明的。我听说过这样一件事情：艾地有一个小官吏，他有一个女儿，名叫骊姬，长得十分漂亮。晋献公知道后，找人去把她接到宫里。离开艾地时，骊姬哭得很伤心，眼泪把衣服都湿透了。等她到了晋献公的宫里，看到富丽堂皇的宫殿，吃着山珍海味的佳肴，感到当初离开家乡时的哭泣是错误的。骊姬现在后悔当初的行为，又怎么知道今后不后悔现在的行为呢？"

庄周听了，哈哈大笑起来，拍着长梧子的肩膀说："看来我们都处在似梦非梦之中！"

后人用"庄周梦蝶"比喻人生如梦，变化莫测。

山鸡舞镜

典出南朝宋刘敬叔《异苑》卷三：山鸡爱其毛羽，映水则舞。魏武时，南方献之，帝欲其鸣舞而无由，公子苍舒令置大镜其前，鸡鉴形而舞，不知止，遂死。

山鸡很喜爱自己的羽毛。每当在水边映照出自己的身影时，它就翩翩起舞。魏武帝（曹操）时，南方献来山鸡，魏武帝想让它鸣叫、起舞，却不知怎么办。他的儿子曹冲（字苍舒）出了个主意，令人在山鸡面前摆上大镜子，山鸡看到了自己的身形，便跳起舞来，不肯停下，终因劳累过度，死掉了。

"山鸡舞镜"就是从这个故事来的。人们用它比喻自我陶醉。

作画助人

沈石田虽然是高人雅志，却非常宽厚。无论什么人持纸来求画，沈石田一概应允，毫无难色，甚至有的人来求题字作画出售，他也不追究竟，乐于应允。所以近自京师，远至闽、浙、川、粤，无人不以购求他的画为幸，视为珍宝，特别是他40岁以后，画名更著，求画的人也更多。每天清早，大门未开，远方来求画者的船只已塞满了苏州河的两岸。有一次游西湖，沈石田被求画者堵在舟上，进退不得，弄得很窘迫，友人刘邦彦还写了一首诗嘲笑他说："送纸敲门索画频，僧楼无处避红尘。东归要了南游债，须化金身百红身。"因为求画者众，一双手无法应付，他就命弟子摹仿塞责，所以虽然是他亲笔题字的画，又不见得是真迹。因为沈石田的画风行一时，真伪难分，不少画工摹仿他的画出售来谋生，所以赝品极多。相传有一寒士，平时靠假造沈石田的画生活。一次，这人的母亲病重，为筹钱医治，他就拿一张摹仿沈石田的画，请求沈石田题上几个字，以便卖得较好的价钱来医治母亲的病。沈石田看了他的画，觉得很不错，又见他实话实说，并不隐瞒，况且是为母筹钱治病，用意值得同情。于是他将画润色了一下，题上自己的名号，盖了图章、交那寒士拿去，果然卖得很高价钱，老人因此得救，寒士对沈石田感激不尽。

世外桃源

典出晋陶潜《桃花源记》。

晋朝孝武太元间，武陵地方，有个打鱼的人。有一天，他顺着小溪捕鱼，忘了路程的远近，一直往前走，走进了一片桃花林。此处风景十分优美，为世上所罕见。渔人觉得奇怪，总想看看这座桃林到底有多远多宽。当他把桃林走完时，便发现山旁有一个洞，里面似乎还有光亮。他便走进洞去，初时道路狭窄，再走几十步，"豁然开朗"，简直是一片平原。平原上桃红柳绿，房舍俨然，男耕女织，"怡然自得"，人人过着自由幸福的生活。他们看见渔人进来，家家都设酒杀鸡，招待渔人。在言谈中，渔人才知道里面的人是他们的祖先为避秦代的祸乱，才逃进这个洞里来的。他们与世外隔绝多年，也不想再出去了。外面是个什么世道，他们也不知道。渔人在这洞中的平原里要了几天，受到各家各户的热情招待。当他辞别这些好客的主人们时，大家都告诉他："洞中情况，'不足为外人道也'（意思是：不要给外边的人说）。"

渔人出来后沿着原来的路往回去，还处处做了标记。到武陵后，渔人就把这事告诉了太守。太守马上派人去找那个世外的桃源，找来找去，毫无结果。

后人把这个故事所写的情景，称为"世外桃源"，用来比喻理想中的生活或安乐而幽美的环境。现在用以比喻一种空想的脱离现实的地方。

梳头太监

提起慈禧太后，人们都知道她身边有个非常得宠的贴心太监李莲英。

李莲英原是河南人。他很小的时候，父母就去世了，成了孤儿。长大后，他曾经跟着别人偷偷贩卖硝磺（一种做火药的原料），被捕入狱。出狱后，他生计没有着落，只得以补皮鞋维持生活。所以，李莲英又有"皮硝李"的绰号。

当时，宫中有个叫沈玉兰的太监，是李莲英的同乡。他见李莲英生活艰难，便有些可怜他，想把他介绍进宫里当一名太监。那时候，北京城内的风流女人流行一种新发髻。慈禧太后知道后，也想梳那种发型。可是，周围的梳头太监没有一个会梳的。换了好几个太监来梳，慈禧太后都不满意。沈玉兰在宫中打听了此事之后，便告诉了李莲英。于是，李莲英就在北京城内的大小妓院转悠，用心地学习那种新发型的梳法。没几天工夫，他就把技巧学到手了。

沈玉兰便带着李莲英到宫中去，向慈禧太后推荐。李莲英当场就为慈禧太后梳了那种新型发髻。慈禧太后十分满意，就把他留在宫中做了名太监。

打那以后，李莲英一天比一天受宠。他由梳头太监一直升到总管的地位，并把持了朝廷的部分大权。

慈禧太后对李莲英很优待。看戏的时候，让他跟自己并排坐在一起，吃饭的时候，也让他在自己跟前侍奉。遇上李莲英喜欢吃的菜，慈禧太后还赐给他吃。李莲英40大寿时，慈禧赐给他的财物相当于最高级的大臣的数量，还在宫中为他大摆宴席，接受大臣们的贺拜。李莲英靠着一点小小梳头的技艺，如此受宠，大逞威风，确属罕见。

死前弈棋

南朝宋明帝刘彧病危，知道自己将不久于人世。他想到太子年幼，怕皇帝被别人夺去，就下令赐死了自己的几个亲兄弟，只留下一个没有才能的刘休范，还把他贬到外地去做官。那时朝廷中王彧地位显赫，是

死前弈棋

皇后的亲哥哥。大臣张永能征善战，掌管军机。宋明帝听到有人造谣说："一士不可亲，弓长射杀人。"一士王字，弓长是张字，分别代表王彧和张永。他便下旨让王彧和张永自裁。

王彧接到圣旨时正在同客人下围棋。他从送诏书的使者手里接过圣旨，只见上面有宋明帝的亲笔，写道"朕不认为你有罪，但朕不想独自死去，只好请你先死。因为同你有交情，想保全你一家的性命，在阴间也有个伴下围棋，所以才作了这样的决定。"王彧把诏书放在一边，脸上没有丝毫的变化，继续下棋。他同客人争一个劫，直到这个劫打完了，才把棋子收拾起来，漫不经心地说："刚刚接到皇上的赐死诏书。"说完，把诏书拿出来给大家看。毒酒送来了，旁边一个叫焦度的门客十分气愤地把酒泼在地上说："大丈夫怎么坐着接受死呢？州里的文武官员有数百人，足以起来大干一场。"王彧说："我知道你的一片赤诚之心，不过要为我家100来口人考虑，这才是为我好。"于是，王彧研墨写信，感谢皇上给他的赐死诏书，然后又准备好毒酒，端起来对大家说："这个酒是不能劝别人喝的。"一仰脖，把毒酒喝了下去。

素琴无弦

典出《宋书·陶潜传》：潜不解音声，而畜素琴一张，无弦，每有酒适，辄抚弄以寄其意。

陶潜并不懂音律，却备有一张无弦的琴，每当与朋友一起饮酒，酒意正浓之时，就取出琴来，抚弄一番，以寄托自己的情趣，并说："但识琴中趣，何劳弦上声！"

素琴无弦

"素琴无弦"就是从这个故事来的。素琴：不加装饰的琴。人们用"素琴无弦"形容意趣高雅，自得其乐。

坦腹东床

典出《晋书·王羲之传》：时太尉郗鉴使门生求女婿于导，导令就东厢遍观子弟。门生归，谓鉴曰："王氏诸少并佳，然闻信至，咸自矜持。惟一人在东床坦腹食，独若不闻。"鉴曰："正此佳婿邪！"访之，乃羲之也，遂以女妻之。

晋王羲之，字逸少，山阴人，他很聪明，不但文章好，字也很好，13 岁时，已有名气，在拜谒周凯以后，他的名气更大了，因为当时周凯的声誉很高，士人们只要得到他称誉一句，身价就会很高。

当时太尉郗鉴，有一个女儿，不但美慧而且很有才学，一时找不到适当足以匹配的世家子弟。后来，想起了王家，郗太尉就派一个门生先到王府，去观察，看看是否有适当的人。那位门人到了王府，向家长王导说明来意，王导叫他自己到东厢去观察。

王氏子弟，个个生得眉清目秀，都是一表人才，他们听说郗家遣人前来相亲，不禁都紧张起来，大家装模作样，态度都不很自然；只有一个青年，袒露着肚子，盘坐在东边的床上吃东西，意态自如，旁若无人的样子。

那位相亲的门生把这情形回去告诉了郗太尉，郗太尉说："那位毫无矫揉造作、意态自如、坦腹东床的青年，正是我心目中的佳婿。"于是就把女儿许配给那个人。那位佳婿就是王羲之。

由于郗鉴择婿的故事，后来人们凡是称谓女婿，就叫坦腹东床，也有人称"东床快婿"，这句话含赞美的意思。

同乡棋圣

范西屏和施定庵是清代两位著名的围棋大师。又都是钱塘江畔的海宁县人，两人年龄仅差一岁，被誉为同乡棋圣。

范西屏天资聪颖，七八岁时就能与当地名手抗衡，他的父亲为把他培养成才，遍访浙江各地，为儿子择师学艺。听说山阴县高手俞长侯棋品很高，虽不及国手徐星友等，但在省里也是首屈一指的大师，就重金请来教范西屏下棋。几年过后，到范西屏12岁时，已经和自己的老师旗鼓相当，不相上下了。

施定庵出身书香门第，自幼体弱多病，施父希望定庵能承继家业，就把他送到学馆去念书，后来发现施定庵的学习成绩不好。就在家教他琴、棋，以启迪他的智慧。施定庵对围棋产生了浓厚的兴趣，棋艺水平与日俱增，进步飞快。后来听说同乡范西屏有名师俞长侯指导，非常羡慕，就在父亲的陪同之下，也拜在俞长侯的门下，和范西屏成为同窗学友。

俞长侯曾带领范西屏和施定庵到杭州去拜访过那时已是 78 岁高龄的棋坛名宿徐星友。徐老高兴地授两人三子对弈，并帮助复盘讲解。他那精辟的见解，深深地吸引住了两位小将。弈后徐老又将自己精心著作的《兼山堂弈谱》赠给他们。范、施得此书如获至宝，潜心研究了多年。

"当湖十局"是我国古代围棋最高水平的代表，也是范西屏和施定庵两位棋圣的代表作。"当湖"又叫拓湖，是浙江平湖的别称。"当湖十局"是两位棋圣在平湖所下的 10 局对抗赛的真实记录。今天我们拿来欣赏，仍然可以从其中洞察到古代围棋艺术的精髓。

范、施同窗多年，彼此十分了解。一次范西屏在扬州与一位盐商胡启麟对弈。棋至中盘，胡启麟的一条大龙被范西屏攻杀，一时找不到好的对手，就称病要求改日接着下。然后带着对局的棋谱找到施定庵，请求指点。施定庵经过推敲，告诉了胡启麟一步摆脱困境的妙着。后来，胡、范接着比赛时，胡启麟按施定庵教给的着式下了一子。范西屏一看这着棋，立即就明白了，笑着说："定庵人没到这里，棋倒是先到了。"胡启麟一听，觉得很不好意思，马上推盘认输了。

脱帽露顶

典出《新唐书·张旭传》：旭，苏州吴人。嗜酒，每大醉，呼叫狂走，乃下笔，或以头濡墨而书，既醒自视，以为神，不可复得也，世呼张颠。

唐代杰出书法家张旭，字伯高，苏州吴（今江苏苏州）人。据说，他见到公主的挑夫争先走道的步法姿态，又听到音乐的节奏旋律，领悟了字体的意态；观赏歌舞艺人公孙大娘舞《剑器》时刚柔相济的剑艺，又悟得书法的神韵。所以，他的书法十分高妙。

张旭一生喜好喝酒。每当喝得大醉时，就呼叫、狂跑，然后下笔书写，有时用头顶蘸上墨汁书写，酒醒后看自己写的字，认为玄妙神奇，但再不能写出这样的字了。人们给他起了个名号，叫"张癫"。

脱帽露顶

唐代大诗人杜甫在《饮中八仙歌》中写道："张旭三杯草圣传，脱帽露顶王公前，挥毫落纸如云烟。"

"脱帽露顶"这一典故就是从这个故事来的。人们用它形容行为狂放，不受礼教约束。

"张癫"也是从这个故事来的。人们用它指善于草书、性情豁达的唐代书法家张旭。

我醉欲眠

典出《宋书·陶潜传》：子曰："饭疏食，饮水，曲肱而枕之，乐亦在其中矣。不义而富且贵，于我如浮云。"

东晋大诗人陶潜，一名渊明，字元亮，很喜欢喝酒。每逢有人来访，不论其地位高低、出身贵贱，只要有酒，就要摆酒款待一番。如果陶潜先喝醉了，便对客

我醉欲眠

人说："我醉了，要去睡觉，你可以回去了。"他对人就是如此真诚坦率。

"我醉欲眠"就是从这个故事来的。人们用"我醉欲眠"形容人的自然真率。

五柳先生

陶渊明，一名潜，字元亮，号靖节先生、五柳先生。东晋浔阳柴桑（今江西九江市西南）人，是我国杰出诗人之一。尤其是他诗中的田园韵味更是令世人羡慕不已。

他出生在东晋末年，家境破落，"夏日常抱饥，寒夜无被眠"，生活很清苦，虽几次出仕，不过做参军、县令之类的小官，在任上，他看不惯当时政治的腐败，非常鄙视那些士族奢侈糜烂的生活。不久，他便辞了鼓泽县令，从此隐居不仕，由于生活的贫困和亲身参加劳动，使得他与劳动人民之间的距离缩小了，思想感情越来越贴近广大的劳动群众。历来之所以称陶渊明为"田园诗人"，是因为他的诗把田园生活当做重要题材，而这件事本身就很不平常。他歌颂农村的自然景色，歌颂劳动和劳动人民，把自己对社会的理想形象地表现在《桃花源记》和《桃花源诗》上，希望大家都能"怡然有余乐"。

因为陶渊明经过一般文人不曾经历的田园生活和实际劳动，他的诗就有一般文人所没有的朴实和清新。他虽处在那样一个文风崇尚骈骊，重形式而

五柳先生

轻内容的时代里，仍然能继承汉乐府的现实主义传统，形成一种独特的单纯自然的创作风格。

陶渊明曾给自己作传——《五柳先生传》，他说："宅边有五柳树，因以为号焉。"柳树，一般生活在水边塘畔，随遇而安，从不登大雅之堂，更不争宠，这恰恰是诗人自己的性格。唐代著名山水诗人王维十分仰慕陶渊明，他曾以五柳先生自比，说明了陶渊明对后世的影响。

徙宅忘妻

典出《孔子家语·贤君》：哀公问于孔子曰："寡人闻忘之甚者，徙宅而忘其妻，有诸？"孔子对曰："此犹未甚者也。甚者，乃忘其身。"

春秋时期，鲁哀公曾经问孔子说："我听说有一个健忘的人，搬家时把自己的妻子都忘记了，果真会有这样的健忘者吗？"孔

徙宅忘妻

子回答道："这还不算是最健忘的。最健忘的人，把自己都忘记了。"

"徙宅忘妻"就是从这个故事来的。人们用这个典故形容健忘者。

百鸟朝凤

据说明朝的时候，苏州城里有个叫钱知节的，以算命打卦、占卜阴阳为生，人称钱半仙。

有一年值逢大旱。100多天不落一滴雨，干得田地裂开了缝，不少人家的水井底朝天，连一碗水也淘不出来，地方官吏、乡绅和玄妙观里的道士一商量，决定通告众百姓去请钱知节求雨。钱知节一见乡亲来请，心中犹豫起来："平时我装神弄鬼欺骗百姓还算骗得过去，今天求雨却骗不了老天。若求不下来，今后这碗饭就吃不成了！"钱知节到底是个机敏人，眉头一皱，计上心来。他故弄玄虚，掐指比画了一阵，然后一本正经地说："观音在西天赴宴，没空来。"百姓们一听央求说："无论如何请仙人救救黎民。"这样一来，把钱知节弄得无可奈何，只好勉强应允说："待我明日午时三刻，请观音取东海水在苏州降落……"钱知节这么一诌，引得众百姓连连叩头拜谢。

第二天，玄妙观的道士在大殿前搭起台，把钱知节请了上去。同时，官府的差役在台下架了木柴，并且宣告，如果钱知节求不到雨就要烧一把火，请他"升天"，到玉皇大帝面前去恳求。钱知节看到此情此景，不由得心惊胆战。眼看着午时三刻到了，天上却一点云丝儿也没有，急得这个"钱半仙"惶惶不安起来。但是，"半仙"终究有些歪点子，心想："反正要死了，临死也得吃个饱、喝个醉，不能做饿死鬼。"于是，他手持杨柳条装神弄鬼地吩咐说："观音大驾已到！你们烧一盘'百鸟朝凤'献给观音下酒，她才肯去东海取水。"钱知节想出这瞎七搭八的菜名，为的是要难倒官吏。他一边说着，一边暗暗嘀咕："你们若烧不出这道菜，我可就死里逃生了。"

官吏听了钱知节的话，个个目瞪口呆，因为，从来还没有听说过这个菜名呀！就在这时玄妙观里的一个小道士忽然想出了一个办法。他马上跑到松鹤楼，关照厨师烧一只鸡放在盘子当中，四周放10只麻雀，辅以香菇、清笋、火腿、水晶肉圆等就算"百鸟朝凤"了。

不多一会，小道士将这盘菜端到钱知节面前说："这就是皇宫里的名菜'百鸟朝凤'，请仙人品尝。"钱知节没想到弄假成真，心里着实有些发慌。他想："真有这种菜？唉，反正一不做二不休，吃饱了再死也不迟。"于是，他狼吞虎咽地大吃大喝起来。

说也凑巧，就在这时，南天边涌出朵朵阴云，北面吹来阵阵狂风，片刻之间，下起了倾盆大雨。钱知节这条性命总算保存下来。

不久，这折"求雨"的戏，被宣扬开了，"百鸟朝凤"这道菜也随之远近闻名，一直流传至今。

歇后郑五

典出《旧唐书·郑綮传》：光化初，昭宗不宫，庶政未惬，綮每形于诗什而嘲之，中人或诵其语于上前。昭宗见其激讦，谓有蕴蓄，就常奏班簿侧注云"郑綮可礼部侍郎、平章事。"中书胥吏诣其家参谒，綮笑而问之曰："诸君大误，俾天下人并不识这，宰相不及郑五也。"胥吏曰："出自圣旨特恩，来日制下。"抗其手曰："万一如此，笑杀他人。"明日果制下，亲宾来贺，搔首言曰："歇后郑五作宰相，时事可知矣。"累表逊让不获，既人视事，侃然守道，无复诙谐。

唐代人郑綮，以进士登第，富有才学，滑稽幽默。唐昭宗（李晔）时期，郑綮历任监察御史、庐州刺史等职，光化（898—901 年）初年任宰相。

郑綮善于写诗。他写的诗，多半是嘲讽人物、讥刺时政，有时故意离开诗词的格律。例如，他离开庐州，与当地人告别时，吟诗道："唯有两行公廨（官署）泪，一时洒向渡头风。"显得那么幽默滑稽。因此，当时人把他的诗称作"郑五歇后体"。所谓"歇后"，即是隐语，如，讥笑人无耻，只说："孝悌忠信礼义廉"，而不明说无"耻"。人们把他称作"歇后郑五"，可见他是相当滑稽幽默的。

光化初年，唐昭宗回到宫廷，感到各种政务都不令人满意，郑綮经常撰写诗篇进行嘲讽，宦官有时在皇上面前朗诵他的诗作。唐昭宗看到他能率直地批评时弊，觉得他很有胆识，就在常见大臣的花名册旁边批注道："郑綮可任礼部侍郎、行宰相职。"中书省掌管文书的官吏到他家去参拜，郑綮笑着问道："诸位先生、大人误会了，即使天下人都不认字，宰相之职也轮不到我郑五来干。"官吏们说："这是来自陛下的旨意，明天就会下达正式任命的诏令。"郑綮把手一拱，说："万一如此，可要笑死人了。"第二天，果然下达了皇帝的任命，亲朋好友都赶来祝贺，郑綮挠着头皮说："我歇后郑五当了宰相，当前的政事可见一斑了。"他多次上表辞让不受，没有得到允许。自从进入宰相府管事之后，郑綮忠心耿耿地遵守为相之道，不再开玩笑了。

"歇后郑五"就是从这个故事来的。唐代人郑綮作诗，语多诙谐幽默，人们把他称作"歇后郑五"。可用"歇后郑五"比喻滑稽幽默的人。

画鱼逮獭

徐邈，字景山，三国时魏人。他生平喜爱饮酒作画。堪称一绝的是他作的画惟妙惟肖，可以以假乱真，真可谓"形神兼备"。

据说，有一次，魏明帝游洛水，忽见水中有只白獭，煞是可爱。魏明帝看着看着，很想把这只白獭逮住。但因为白獭很机灵，水性又很好，很难捕捉。这时，陪在一旁的徐邈看出了皇上的心思，对皇上建议说："獭喜欢吃鲭鱼，只要有鲭鱼就是死它也愿意。"于是，徐邈找来一块木板，拿起画笔就画了起来。

画鱼逮獭

不一会，一条鲜蹦活跳的鲭鱼就跃然板上。徐邈把这块木板悬在岸上。过了一会，一大群白獭都争先恐后地向这块木板游来，抢着要吃这条"新鲜"的鲭鱼。这样一来，侍从逮住了好几只白獭。魏明帝见状，高兴地赞叹徐邈说："卿画的画真是了不起！"

画的画竟能够把獭引出来，可见画得是如何逼真了。

雅歌投壶

典出《后汉书·祭遵传》：遵为将军，取士皆用儒术；对酒设乐，必雅歌投壶。

东汉初年，有一个人叫祭遵，字弟孙，颍川颍阳人。青年时期，他博览群书，知识渊博。刘秀起兵反对王莽之后，祭遵跟随刘秀多次征战，立下大功。刘秀拜他为征虏将军，封为颍阳侯。

雅歌投壶

祭遵当将军的时候，选拔人才都用儒家的一套学说加以考核。每逢宴会上饮酒奏乐的时候，一定要进行一种娱乐活动：宾主唱着《诗经》中的《雅》诗，依次把箭投到一种特制的壶中，谁投进去的多，就得胜；谁投进去的少，就失败，必须按规定饮酒。

"雅歌投壶"就是从这个故事来的。人们用它比喻宴饮等游戏活动。

雅戏双陆

唐代时很盛行一种叫双陆的赌博。在古代，赌博的花样很多，如弹棋、蹴鞠等。大家都知道弹棋是一种游戏，玩的人常用财物赌胜负，而蹴鞠相当于今日的踢球、打球。蹴鞠变成赌博是从宋代的神宗皇帝开始的，那么双陆又是一种什么方式的赌博呢？关于赌双陆还流传着一个有趣的故事。

传说中国历史上唯一的女皇帝武则天有一天晚上梦见赌双陆，自己越赌越输，越输越着急，一着急就惊醒了。醒来后她不知是凶是吉，于是，第二天一上朝就命人把圆梦大师狄仁杰找来。请他上殿解梦。

过了一会儿，狄仁杰来到殿前。拜见武则天："陛下召见臣有何事！"武则天回答说："朕昨晚梦见赌双陆，而且赌输了，不知是祸是福，故今天请你来解解这个梦。"狄仁杰沉思了一下便开始解梦："臣认为，双陆是一种用箸做筹码，不要下子的赌博，陛下做这个梦说明皇宫无太子；上天托梦给陛下，陛下怎么可以久悬储位呢？"武则天对狄仁杰的解梦十分满意，随即奖赏了他。

从此，武则天对玩双陆产生了浓厚的兴趣。有一天，武则天叫梁公和自己的宠臣张昌宗赌双陆，武则天问梁公赌什么？梁公要用自己的朝服赌张昌宗身上穿的狐裘大衣。武则天对梁公说："你穿的紫袍一点也不值钱，而张昌宗穿的狐裘却值一千金，这样悬殊怎么能赌呢？"

梁公回答说："陛下知道，紫袍是大臣上朝时穿的朝服，张昌宗身上穿的狐裘是小人嬖幸宠遇时穿的服装，我的紫袍要比他的狐裘贵重得多，又怎么不能赌呢？"

张昌宗听了梁公的一席话，羞愧万分，很难为情，根本就静不下心来赌，结果一赌就输了。梁公赢了狐裘，走出朝门就把它送给了自己的仆人。

狄仁杰为女皇解梦的事传出宫外，许多王公大臣开始玩双陆上了瘾，不想办正事，有的人成天泡赌场，有的人通宵赌，倾家荡产的人比比皆是。

据考证，双陆有黑、黄两色筹码，每种颜色各有 15 个，玩的时候用两只骰子向赌盘上投，点子大的赢，两只骰子各得 6 点为最大，故名双陆。

也有人说，双陆是古代最文雅的赌博，又叫雅戏，它是从天竺传入中国的。早在三国时代，魏国就有人玩了，南朝的梁和北朝的魏齐以及隋唐以后各代都非常流行。

燕雀相贺

典出《淮南子·说林训》：汤沐具而虮虱相吊，大厦成而燕雀相贺，忧乐别也。柳下惠见饴曰："可以养老。"盗跖见饴曰："可以粘牡。"见物同而用之异。

热水洗头的用具准备好了，而虮虱会互相吊丧；大厦建成，而麻雀、燕子互相庆贺。忧愁、欢乐各自有区别。柳下惠（又叫展禽，鲁国贤大夫）看到饴糖，说："可以养活老人。"盗跖看见饴糖，就会说："偷东西时，可

燕雀相贺

以用它粘门上的锁钥。"所见的食物相同，而用法大有差异。

"燕雀相贺"就是从这个故事来的。人们用它说明对同一事物，不同的人却有差异较大的观点。

优哉游哉

典出《左传》襄公二十一年：优哉游哉，聊以卒岁。

春秋时代，晋国的大夫叔向因栾盈之党叛乱而受株连。被捕入狱后，有人对他说："你之所以犯罪入狱，大概是因为你不聪明的缘故吧？"叔向自我安慰地回答说："虽被囚了，但总比死了好些。《诗经》上说得好，'优哉游哉，聊以卒岁。'（意思是：悠悠闲闲，姑且混满一年。）这就是聪明的表现。"

叔向有个熟人乐王鲋，也是晋国的大夫。此人有些狡猾，是晋君身边的人。当他知道叔向入狱后，便去监狱看望叔向，并向叔向说："我打算救你出狱。"叔向知道他的为人，就没有答应。乐王鲋走时，他也没有表示感谢。人们觉得奇怪，就责备他说："乐王鲋是跟随晋侯的人，他可在晋侯面前为你说话呀！只要他肯救你，就一定能行啊！你为什么还不答应呢？"叔向说："我希望

优哉游哉

一个秉公正直的人来救我。"他停了一下接着说："这个人就是祁奚，他外举不避仇，内举不避子，多么公正的人哪！如果他知道我的情况，他一定会来救我。"乐王鲋受到叔向的拒绝之后，心中十分不满，总想报复叔向。后来，晋侯问乐王鲋："叔向究竟犯了什么罪？"乐王鲋说："叔向是栾盈的同谋。"可是，就在这时叔向受到株连的事被祁奚知道了，于是他马上坐着车子去找范宣子商量，希望他能把叔向救出来。范宣子也是晋国的大夫，而且为人公正，听说叔向是受株连，也就乐意出力。经范宣子的营救，叔向终于被救出狱了。叔向认为他们救他是为公而不是为私，所以没有去感谢他们。

后人用"优哉游哉"来形容悠闲无事。

玉屏箫笛

玉屏县在贵州东南，是个山清水秀、人口不多的边远小城，但出产的箫笛却是天下第一。据说，玉屏箫笛最盛的时候，满街都是做箫笛卖箫笛的。

这里流传着一个年代久远的故事：那还是在明朝万历年间，郑芝山的先人去黔东南古镇——镇远游玩，其间结识了一个云游道人。后来，那个道人到玉屏县游玩，住在郑家，不想老道病倒了，郑氏夫妇端汤送药，关怀备至。老道病好后，为表谢意，到玉屏的飞凤山中砍来几根青毛竹，制成几根箫笛，并把制箫笛的技艺传给了郑家。

后来，老道带玉屏箫笛云游到北京，住在紫禁城边的一个道观里，每到晚上就对月吹箫。一天，万历皇帝在御花园散步，听到这优雅的箫声，不由自主地驻足品味，叹道："此曲只应天上有，人间能得几回闻。"第二天晚上，万历皇帝又来听箫，但没有听到，急命太监前去打探。道观中的道士说，那是从贵州玉屏来的一个云游道士，已不知何往。万历皇帝下令让太监去玉屏找，一定要找到吹箫之人。

钦差千里迢迢到玉屏寻找道士，未寻见老道，却发现了玉屏出产的箫笛，它的音质浑厚，音色圆润，尤其是那种椭圆形的扁箫更是声音奇绝。从此，这种扁箫被指为贡箫，玉屏箫笛也就出名了。

玉山倾倒

典出《世说新语·容止》：嵇康身长 7 尺 8 寸，风姿特秀。见者叹曰："萧萧肃肃，爽朗清举。"或云："肃肃如松下风，高而徐引。"山公曰："嵇叔夜之为人也，岩岩若孤松之独立；其醉也，傀俄若玉山之将崩。"

玉山倾倒

嵇康（223—262 年），三国时期魏国谯郡人，字叔夜。博学多识，喜欢《老子》《庄子》，长于诗文，善于弹琴，精通音律，与阮籍、山涛、向秀、阮咸、王戎、刘伶被称为"竹林七贤"。

嵇康身长 7 尺 8 寸，英俊潇洒，风度翩翩，不加修饰，则流光溢彩，即使处在人群之中，人们一眼便能看出他是一个非常的人物。见到他的人都赞叹地说："他竦立着，是那么庄重，又是那么明快开朗，举止是那么高洁。"也有人说："他的气度，是那么劲烈，如同松林间的风声，高亢而轻缓。""竹林七贤"之一的山涛说："嵇康之为人，宛如一株独立的松树，高高地耸立着；他吃醉了酒，就像巍峨的玉山倾倒下来。"

"玉山倾倒"就是从这个故事来的。人们用"玉山倾倒""玉山崩"比喻醉酒、醉态。

重阳登高

农历九月九日是重阳节。重阳节这天，人们要在胸前佩戴茱萸，饮菊花美酒。茱萸，是一种中草药，又叫"艾子"，味道苦而香，有驱虫去湿、延年益寿的作用。菊花酒是菊花加小米酿制而成，芬芳可口，舒筋活血，对身体很有益处。

除此之外，重阳节还有登高的习俗。兄弟姐妹，亲朋好友，相邀登高，望远抒怀，其乐无穷。登高的习俗起源于汉代。围绕登高有一个妙趣横生的传说故事。

东汉时，河南有个叫桓景的人，对道术很感兴趣，便到外地拜了个道士为师，悉心钻研。多年以后，他的学业大有长进。有一年秋天，他师傅告诉他，九月九日那天，他的家将有瘟神降临，让他务必回家一趟，并告诉了他消灾的办法。九月九日那天，桓景日夜兼程地赶回家里。他依照道士的吩咐，给家人每人发了个装有茱萸的绛色小袋挂在胸前，并让他们都喝了菊花酒。之后，他领着家人登上附近的一座山头，痛痛快快地游玩了一整天，直到夕阳落下时才回家。回到家里一看，养的猪、狗、猫、鸡、鸭等统统死掉了，他想，只要家人都平安无事，死些鸡鸭又何妨。九月九日这天过后，他又辞别家人，回道士那里继续学习。见了师傅后，桓景把结果给师傅说了。道士捋着胡须，笑笑说："那些猪狗鸡鸭都是替死鬼，代你家消灾避祸。"

这个故事传开后，登高的风俗便渐渐为人们所继承。登高望远具有了消灾避祸的意义。

清谈误国

我国古代的魏晋南北朝时期，一批有学问、有地位，向往"纯任自然"的老庄哲学的人，常常聚在一块儿海阔天空地聊，或是在一起分析哲理，其实，就相当于今天的"侃"，这就是历史上的清谈。

魏晋时代，许多仁人志士都沉溺于清谈之中，"竹林七贤"就是最突出的例子。竹林七贤包括嵇康、阮籍、山涛、向秀、阮咸、王戎、刘伶 7 人，他们常结伴在竹林中谈天，因而被人叫做"竹林七贤"。他们在竹林中痛快饮酒，大声地谈话，讨论《周易》《老子》和《庄子》（叫做三玄），他们表扬道家的玄学，攻击儒家的礼教。

竹林七贤不但在理论上崇尚玄学，在行为上也狂飙放浪。比如，刘伶常带一坛酒坐在车上，叫仆人拿着锄头跟在他身后，说如果他醉死了便把他就地埋掉。他有时还赤裸着全身在室内饮酒。

嵇康在学术界居于领导的地位，他被人害死时，他的学生已达 3000 多人。玄学越谈越有趣，人才也越来越多，"竹林七贤"之后又有做吏部尚书的王衍和尚书令乐广等人加入，清谈的队伍同时加入的还有不少名人。

在朝的人不断加入清谈，其他的官吏也就乐得寄情酒色，不管国事了。西晋朝野从此呈现一片颓

清谈误国

唐、消沉的气氛。八王之乱发生，政局动荡了 16 年，匈奴人刘曜杀了晋愍帝，西晋亡了国。后人因而说西晋亡国是受了清谈的影响。

实际上，清谈对西晋的存亡，确有相当的影响，谈玄学的王衍被石勒捉住，被墙头压死的一刹那，他忏悔地说：我们虽不如古人，但我们如不崇拜浮虚，努力治理天下，哪里会走到今天这样的地步？桓温在北征的时候，同他的僚友登楼眺望中原，也很感慨地说，神州陆沉了，王衍他们不能不负责任呵！清谈误国这句话就是这样传下来的。

拄笏看山

典出《晋书·王徽之传》：徽之，字子猷。性卓荦不羁，为大司马桓温参军，蓬首散带，不综府事。又为车骑桓冲骑兵参军，冲问："卿署何曹？"对曰："似是马曹。"又问："管几马？"曰："不知马，何由知数！"又问："马死多少？"曰："未知生，焉知死！"尝从冲行，值暴雨，徽之因下马排入车中，谓曰："公岂得独擅一车！"冲尝谓徽之曰："卿在府日久，比当相料理。"徽之初不酬答，直高视，以手版拄颊云："西山朝来致有爽气耳。"

王徽之，字子猷，晋代会稽人，是著名书法家王羲之的儿子。才能卓绝出众，性情洒脱疏放，给大司马桓温当参军，蓬乱着头发，松散着衣带，不治理府中的公事。后来，又在车骑将军桓冲部下当骑兵参军，桓冲问他说："您担任什么官职呢？"王徽之回答道："好像是管马的官儿。"桓冲又问道："您管理多少匹马呢？"王徽之回答说："我连马都没有见过，怎么会知道有多少匹马呢！"桓冲又问道："马已经死了多少匹？"王徽之回答说："我不知道有多少活马，怎么会知道有多少死马呢！"

有一次，王徽之跟着桓冲外出，正巧赶上天下暴雨，于是，王徽之下了马，挤进桓冲乘坐的车中坐下，对桓冲说："您怎么能一个人霸占一辆车呢！"

桓冲曾经对王徽之说："您在官府很多日子了，早应料理公务了。"王徽之听了，先不答话，两只眼睛望着远处，用手版支撑着面颊，只管看山景，答非所问地说："早晨的西山，空气很新鲜。"

"拄笏看山"就是从这个故事来的。拄：支撑。笏：古代大臣上朝拿着用以记事的手版。人们用"拄笏看山"形容官员的闲情雅兴。也可用以形容狂放不羁，不问俗事。

走马章台

典出《汉书·张敞传》：唯广汉及敞为久任职。敞为京兆，朝廷每有大议，引古今，处便宜，公卿皆服，天子数从之。然敞无威仪，时罢朝会，过走马章台街，使御吏驱，自以便面拊马。又为妇画眉，长安中传张京兆惆。有司以奏敞。上问之，对曰："臣闻闺房之内，夫妇之私，有过于画眉者。"上爱其能，弗备责也。然终不得大位。

汉代，有一个人叫张敞，字子高，河东平阳人。汉宣帝时期，张敞任太中大夫。因为得罪了大将军霍光，他被派做函谷关都尉，后又改任山阳太守。有一年，渤海、胶东盗贼并起，极不安定。张敞上书自荐，被任为胶东相，前去平定盗贼。结果，盗贼尽除，国中太平。京兆尹赵广汉死后，朝廷先后委任数人担任京兆尹，但都不称职，京城长安疏于管理，盗贼极多，商人叫苦不迭。宣帝委任

走马章台

张敞为京兆尹，叫他维持好京城的秩序。张敞到任后，进行调查研究，找到了偷长（盗贼的头目），命令他供出同伙，将功赎罪。偷长说："您如果把我抓起来，盗贼们就躲起来了，您也抓不到他们。如果您叫我当个官吏，我就有办法对付他们了。"于是，张敞任偷长为官吏，把他放回家。群盗听说偷长当了官，纷纷赶来祝贺。喝酒大醉以后，偷长用赤土撒在盗贼的衣襟上，作为标记。当他们摇摇晃晃走到街上时，狱吏们早已恭候多时，见到衣襟上有赤土的人，就照逮不误，一天之内抓了几百个盗贼。从此以后，长安市场上再也没有发生偷盗的事件。因此，张敞在长安站住了脚，受到宣帝的嘉奖。

屈指算来，唯有张敞和赵广汉担任京兆尹的时间最长。张敞任京兆尹期间，朝廷里每有重要的问题要讨论，他就引古论今，分析利弊，讲得头头是道，公卿大臣都很佩服他，宣帝也多次采纳他的意见。然而，张敞缺少威仪，上朝回来，骑着马从长安城中繁华热闹的章台街走过，叫御吏赶马，自己用扇子拍马前行。他又经常给自己的妻子描画眼眉，以致长安城中传言纷纷，说："张京兆画的眼眉妩媚极了！"有关部门看不惯，向宣帝上书，告张敞的状。宣帝讯问，张敞回答道："我听说闺房之内，夫妻之间的私情多着呢，有的私情比画眉还过分，画画眉又算得了什么呢？"宣帝觉得他说得有理，也很欣赏他的才能，就没有过分责备他。但是，张敞始终没有得到较高的官位。

"走马章台"就是从这个故事来的。人们用它比喻游览繁华之处。

"张敞画眉"也是从这个故事来的。人们用它形容夫妻恩爱，或者用来形容男子多情。

画付酒账

很多人都看过《三笑》，其中的风流才子唐寅给大家留下了深刻的印象。唐寅是明代名噪一时的大书画家，祖籍江苏吴县，字伯虎，倜傥狂放，不拘小节。关于他的轶闻趣事非常多，下面我们就讲一个他与张灵、祝枝山3个人之间的小故事。

张灵，字梦晋，是唐寅的邻居，人物画很出名。祝枝山，名允明，是明代的大书法家，两人是唐寅最要好的朋

画付酒帐

友。当时，这3个人的书画，哪一个都得价值千金。一天，3位好友结伴到酒楼买醉，觥筹交错，开怀畅饮，十分尽兴。但最后结账时3人都傻了眼，原来谁都没带钱。这一顿吃了30两银子，在当时可不是个小数目。最后祝枝山想出个办法，拿出一把一面写了自己的诗的扇子，让唐伯虎在另一面画上烂漫怒放的桃花。然后对老板说："真是对不起，我们没带银子，不知这把扇子能不能抵这顿酒钱？"老板怎会不肯，满脸堆笑地答应了。这时有一位客人，认得这3位大名鼎鼎的文人，忙上前作揖道："3位，如果张先生能在这扇子上再画个人物，我愿用更高的价钱买下这把扇子。"张灵当时已经半醉，听了这话，夺过扇子，唰唰几笔，在桃花旁勾出一个半身美人。这把扇子同时有唐寅、祝枝山、张灵3人的字画，其价值简直难以想象。于是那位客人躬身施礼，接过扇子问："不知3位要价几何？"旁人以为这还不得要几个千两，谁知唐伯虎却说："刚才这事，使我们原来很尽兴的一顿酒饭扫了兴，阁下能否请我们一顿，再让我们尽一次兴？"那位客人真是喜出望外，忙吩咐酒家把最好的菜、最好的酒端上来请3位书画家随意吃喝。结果这3个人又大吃大喝起来，最后都醉得东倒西歪了才离开酒楼。

那位客人可是得意地不得了，只用了几十两银子，就得到了价值千金的名家联名之作。

谤书盈箧

典出《战国策·秦策二》：魏文王令乐羊将攻中山，三年而拔之。乐羊反而语功，文侯示之谤书一箧，乐羊再拜稽首曰："此非臣之功，主君之力也。"

战国时期，魏国的国君魏文侯十分贤明，他对手下人很信任，善于运用他们的才能。

一次，魏文侯任命

谤书盈箧

乐羊为将军，率兵攻打中山国。这场战争打得很艰苦，乐羊用了3年时间才攻克中山国，当乐羊得胜回来，向魏文侯报告作战经过时，流露出了炫耀战功、得意扬扬的神色。魏文侯察觉了乐羊的自大情绪，却没有说他什么，而是让手下人取出了两只箱子，让乐羊自己去看。原来，这两只箱子装的是这几年间魏国群臣宾客写给国君的奏书，内容都是责难攻打中山国之事以及诽谤乐羊的。乐羊看到这两箱谤书，吓得浑身直冒冷汗，明白了自己最终能取得这样大的战功，全靠君王对他的信任。于是，乐羊再三地向魏文侯磕头谢罪说："这次攻打中山国成功，不是我的功劳，而是君王之力啊。"

后人用"谤书盈箧"的典故形容遭到别人的攻击、诽谤，或者形容是非不明、谗言可怕。

痴人说梦

典出《冷斋夜话》：僧伽龙朔中游江淮间，其迹甚异。有问之曰："汝何姓？"答曰："姓何。"又问："何国人？"答曰："何国人。"唐李邕作碑，不晓其言，乃书传曰："大师何姓，何国人。"此正所谓对痴人说梦耳。

唐朝时候，有一位名叫僧伽的和尚，道德学问都很高深，是一位远近闻名的高僧。龙朔（唐高宗年号）年间，僧伽到江、淮一带游历。

痴人说梦

他的行径十分古怪，有人问他说："你姓什么？"他答道："我姓何。"那人再问他："哪一个国家的人？"他又答道："何国人"。僧伽死后，李邕（唐代大文学家，书法尤其出名，当时有"书中仙手"之称）替他写碑记，以为僧伽当年所说的是真话，便写道："大师姓何，何国人。"这真可说是对痴人说梦话哩。

原来僧伽的答语，是含有高深的佛学哲理的，李邕在写碑记时，不假思索地误以为他是姓何、何国人，这无异是将梦境当做真实。

"痴人说梦"本指对痴呆的人说梦话，而痴呆的人信以为真，后来讽刺人说不可能实现的荒唐话。

大放厥词

典出唐·韩愈《昌黎先生集·祭柳子厚文》：玉佩琼琚，大放厥辞（词）。

唐朝时，有一位杰出的文学家、哲学家柳宗元（773—819年），字子厚，河东解（今山西运城解州）人，世称柳河东。他自幼学习刻苦，20岁中进士被授为校书郎，调蓝田尉，升监察御史里行。柳宗元与刘禹锡等参加了主张革新的王叔文集团，任礼部员外郎。革新失败后，他被贬为永州司马，后迁柳州刺史、

大放厥词

柳宗元文学成就很高，是"唐宋八大家"之一，"韩柳"并称。他的散文峭拔矫健，说理透彻；山水游记，写景状物，多所寄托。819年，柳宗元病逝在柳州，时年47岁。

在柳宗元死后的第二年，著名文学家、柳宗元的好友韩愈写了《祭柳子厚文》，寄托对柳宗元的哀思。祭文中对柳宗元的文采和才华大加称赞，说他"玉佩琼琚，大放厥辞"。意思是说，柳宗元的文章文笔秀美，尽力铺陈辞藻，美如晶莹净洁的玉石。

"大放厥词"原来是赞扬柳宗元写出了大量的有文采的文章，含褒义。厥：其，他的。后来，人们在运用这个典故时，语义有了变化，常用来讽刺人大发议论，多用于贬义。

大声疾呼

典出唐·韩愈《昌黎先生集·后十九日复上宰相书》：行且不息，以蹈于穷饿之水火，其既危且亟矣，大其声而疾呼矣！

唐朝时，有一位著名的文学家、哲学家叫韩愈，字退之，邓州南阳（今河南南阳）人。他25岁时中进士，到了28岁时尚未被任用，便写信给宰相赵憬，希望得到朝廷的任用。信发出以后，等了19天尚未见复信，韩愈又写了第二封，即《后十九日复上宰相书》。

信中，韩愈大声疾呼朝廷应像救水火之灾那样，来援救和任用那些有才学而面临困境的人。他说：当一个人遭受水火之灾而向人们求救时，不仅亲属为他奔走呼号，就是旁观者也会大声疾呼，希望人们快来救救这个遭受灾害的人。这是因为这个人所面临的情况实在危急，处境实在可悲。现在我的境遇也是这样既危险又急迫，因此我也大声疾呼，希望人们伸出救援之手……

后人用"大声疾呼"指向人迫切地大声呼吁，使人警觉。

言之凿凿

典出清·蒲松龄《聊斋志异·段氏》：言之凿凿，确可信据。

从前有个大富翁名叫段瑞怀，年纪已经40岁了，膝下还没有儿子。他本想娶一个小妇人，但因其妻连氏十分妒忌，所以一直不敢。他与一女婢有私，连氏发觉后又把女婢卖给了河间一个姓栾的为妻。段瑞怀年岁日益增长，由于没有儿子，所以他的侄儿们都来向他要钱要粮，可段瑞怀一文不给。段瑞怀考虑自己无子，准备选一个侄儿为子，但侄儿们都反对。这时段瑞怀才后悔过去不该对侄儿态度那么坏。没有办法，他只得大起胆子去买了两个妾，不久，二妾

言之凿凿

都怀了孕。但是两个妾的孩子一生下来就死了，全家失望怄气。过了一年多，瑞怀中风卧床不起，众侄子乘机来家自取牛马什物。连氏出来干涉，众侄子反而反唇相讥。不久瑞怀身死，众侄儿把他的财产分得精光。正分财产时，忽然一人前来吊丧。众人都不认识，便问他道："你是何人？为何前来吊孝？"那人答道："死者是我的父亲。"众人惊异，便问其故。来人说："我母亲曾是你家婢女，后被卖出。她卖来栾家后，5个月就生下我来。我在栾家，众兄弟都不分财产给我，都说我是段家的儿子。"他"言之凿凿，确可信据"。连氏听了非常高兴，说道："我今天有儿子了。"众侄儿听罢不服，于是告到官府。官府问明情况，将众侄儿夺去的财物尽皆收回，发还原主。

后人用"言之凿凿"（凿凿：确实）形容说得非常确实，有根有据。

飞短流长

典出《聊斋志异·封三娘》：封泣下如雨，因曰："妾来当须秘密。造言生事者，飞短流长，所不堪受。"十一娘诺。

从前有一个年轻美貌的姑娘，名叫范十一娘。父母很疼爱她，凡是来范家提亲的，父母都让女儿自己选择。有一年，七月十五庙会，范十一娘去游玩。在庙会上她遇见一位少女，长得与她一样漂亮，而且说起话来很有礼貌，两人情投意合，相互友爱像姐妹一样。范十一娘问她什么名字？家住何方？她回答说：

"我叫封三娘，父母早逝，家中只有一个老太太守家望门，我家住在不远的邻村。"

范十一娘邀请封三娘到家串门，封三娘答应了。

一晃去了两个月，封三娘没有如约来范家，范十一娘非常想念她，竟然忧伤出病来。一天傍晚，范十一娘闲得无聊，让丫鬟陪她去花园散心。她们刚在石头上坐定，忽然瞧见封三娘爬在墙上往院里望。范十一娘又惊又喜，忙拉她进园，一起畅谈起来。

范十一娘责怪她说："你为何不守信用？想死人家啦！"

封三娘解释说："我也想念你呢，只是我家贫寒，你家富贵，与你交往我怕让你家仆人婢女耻笑呢！"

范十一娘流着眼泪说："我为你都害病了呢，你这回不要离开我啦……"

封三娘也流下了眼泪，挽着范十一娘的脖子娇声地说："我来这里姐姐可要保守秘密呢！让那些造谣生事的人知道了，流言蜚语，说长道短的，实在叫人受不了……"

范十一娘破涕一笑，欢喜地说："只要你留下陪我，我什么都答应你！"

从此她们俩同睡一床，十分友爱，范十一娘的病也好了。父母听说女儿请来一位美丽的小姐，也非常满意……

原来封三娘是由狐狸精变的……

成语"飞短流长"意思是散布谣言、恶意中伤。

"飞短流长"也写作"蜚短流长"。

沸沸扬扬

典出《水浒传》第十八回：后来听得沸沸扬扬地说道："黄泥岗一伙贩枣子的客人，把蒙汗药麻翻了人，劫了生辰纲去。"

晁盖、吴用等智取了生辰纲之后，大名府留守梁中书、东京太师府蔡太师分别来书札和指令，要济州府府尹立即捉拿劫取生辰纲的"贼人"。蔡京限济州府 10 日内捉拿"贼人"归案，否则唯府尹是问。济州府尹得上司指令，慌了手脚，即唤捕快头目何涛从速破案，否则重罪加身，决不宽饶。

何涛领了台旨，焦躁得如热锅上的蚂蚁，立即召集许多做公的到机密房中商议此事。众做公的都面面相觑，如箭穿雁嘴，钩搭鱼鳃，尽无言语。当初何涛只有五分烦恼，今见众做公的拿不出办法，又增添了五分烦恼，无奈，只得回到家中，独自一个，闷闷不已。

沸沸扬扬

何涛之弟何清知道其兄的难处后，拍着大腿说："这伙贼，我都捉在便袋里了。"何涛大惊道："兄弟，你如何说这伙贼在你便袋里？"何清道："我赌博输了，便去北门外 15 里的安乐村给客店的店小二抄了半个月的文簿。六月三日，有七个贩枣子的客人来投宿，我认得其中一个是郓城县东溪村的晁保正。第二天，又有一个叫白胜的挑着担子从村前经过，后来听得沸沸扬扬地说道：'黄泥岗上一伙贩枣子的客人，把蒙汗药麻翻了人，劫了生辰纲去。'我猜不是晁保正，却是兀谁！如今只捕了白胜，一问便知端的。"

何涛听了大喜，随即报告了府尹，当下便差 8 个做公的去捉拿白胜。

后人用"沸沸扬扬"形容议论纷纷。

丰干饶舌

典出《宋高僧传》卷十九：二僧人曰："丰干饶舌。"

唐朝时有个僧人名叫丰干。最初，他居住在天台山国清寺，作舂米的工役，后来行化到京兆。此时，京兆有个叫闾丘胤的要到台州去做太守，临行时他问丰干：国清寺有没有高明的和尚。丰干回答说："有烧饭、洗碗的两个和尚，名叫寒山和拾得。"闾丘胤到任之后，就去拜访这两个和尚。当闾丘胤见到寒山、拾得说明来意后，这两个和尚笑着说："你怎么会知道我们呢。一定是丰干饶舌。"闾丘胤笑笑说："正是丰干告知我的。"

后人用"丰干饶舌"表示喜欢多嘴。

鼓闻百里

典出《笑府》：甲曰："家下有鼓一面，每击之，声闻百里。"乙曰："家下有牛一只，江南吃水，头直靠江北。"甲摇头曰："那有此牛？"乙曰："不是这一只牛，怎蒙得这一面鼓？"

甲说："我家里有一面鼓，只要敲击，百里之外都能听见。"乙说："我家里有一头牛，如果在江南吃草的话，它的头就靠在江北。"甲摇摇头说："哪会有这样一头牛？"乙说："如果没有这样的牛，怎么会有你那一面鼓？"

后人用这则寓言讽刺吹牛、说大话。寓言中的甲是吹牛者，乙方揭露谎言者，乙采取的方法是以子之矛攻子之盾，使谎言不攻自破。

花言巧语

典出《诗经·小雅·巧言》：巧言如簧，颜之厚矣。《论语·学而》：巧言令色，鲜矣仁。《朱子语类》中解释"巧言"说："巧言，即今所谓花言巧语……"元王实甫《西厢记》中，对"花言巧语"有形象的描写："对人前巧语花言，没人处便想张生，背地里愁眉流泪。"

《西厢记》里说：张生和崔相国的女儿莺莺相爱，托莺莺的丫鬟红娘带了一封情书给莺莺。嫌贫爱富的相国夫人不许他们相爱，只许他们以兄妹相称。莺莺惧怕老夫人，见了张生的书信后，故意发怒道："我是相国家的小姐，谁敢将这束帖来戏弄我！"当场责备了红娘几句，并写了回信让红娘送给张生。其实，莺莺信中却密约张生月下相会。红娘识破了小姐的用心，把信交给张生时，唱道："我们小姐，对人前花言巧语，没有人时便想张生，背地里愁眉不展，暗自流泪。"

后人用"花言巧语"指虚伪而好听的话。

惠子善譬

典出《新序·善说》：客谓梁王曰："惠子之言事也善譬。王使无譬，则不能言矣。"王曰："诺。"明日见，谓惠子曰："愿先生言事则直言耳，无譬也。"惠子曰："今有人于此而不知'弹'者，曰：'弹之状何若？'应曰：'弹之状如弹'，则谕乎？"王曰："未谕也。"于是更应曰："'弹之状如弓，而以竹为弦'，则知乎？"王曰："可知矣。"惠子曰："夫说者固以其所知谕其所不知，而使人知之。今王曰无譬，则不可矣。"王曰："善。"

有一个门客对梁王说："惠子说话，就是善于打比方。大王如果叫他不打比方，那他就无法把一件事情说清楚了。"梁王说："行。"第二天，梁王遇见了惠子，对惠子说："希望先生今后讲什么事情就直截了当地说，不要打比方了。"惠子说："现在如果有一个不知道'弹'是什么东西的人在这里，他问你弹的形状像什么，如果回答说

惠子善譬

弹的形状就像弹,那他明白吗?"梁王说:"不明白。"惠子接着说:"在这时就应该告诉他:'弹的形状像把弓,却用竹子做它的弦',那么他会明白吗?"梁王说:"可以明白了。"惠子说:"说话的人本来就是用人们已经知道的东西来说明人们所不知道的东西,从而使人们真正弄懂它。现在您却叫我不打比方,这就行不通了。"梁王说:"你讲得好。"

这则故事形象地说明了比喻的妙用。它的寓意还在于:把别人的长处看作短处,并且强迫别人放弃自己的长处去说话、去办事,那是行不通的。

喙长三尺

典出《庄子·徐无鬼》:"丘(孔丘)愿有喙长三尺。"意思是闭口不言。用这句成语形容人能言善辩则见于宋人伪托唐·冯贽《云仙杂记》引《朝野佥载》:"陆余庆为洛州长史,善论事而谬于判决。时嘲之曰:'说事即喙长三尺,判字则手重五斤。'"

喙长三尺

唐代时,有一位叫陆余庆的人,当过洛州长史。他同当时的著名文人陈子昂等是朋友。据说,陆余庆口才很好,发表起议论来,滔滔不绝,口若悬河,但他的文笔不佳。有一次,皇上命他当殿草拟诏书,他半天也写不出一句,急得团团转。就是对一些重大问题,他也是议论起来头头是道,判决起来漏洞百出。当时，人们嘲笑陆余庆："说事即喙长3尺，判字则手重5斤。"意思是说，陆余庆议论起事来嘴有3尺长，用文字判决时手中的笔有5斤重。

现在，人们常用"喙长三尺"形容人能言善辩。

击鼓骂曹

出自《三国演义》第二十三回。

祢衡，字正平，三国平原郡（今山东临邑东北）人。他有才干，善辩论，擅长笔墨文章，刚强傲物。

有一次，曹操召见祢衡，不叫他坐。祢衡仰天长叹说："天地虽阔，怎么没有一个人呢？"曹操问："我手下有数十人，都是当世英雄，怎么说没有人？"祢衡说："你手下这些人，我都认识，不是要命将军，就是要钱太守，都像衣架、饭囊、酒桶、肉袋之辈！"曹操听了大怒，叫他当个打鼓手，早晚朝贺和宴会，都叫他打鼓助乐，想用这个办法侮辱祢衡。

一天，曹操在大厅上宴请宾客，叫祢衡出来打鼓。按规矩，打鼓手要更换新衣服，可是祢衡仍然穿着破旧衣服出来打鼓。曹操左右的人问："为什么不换新衣服？"祢衡并不搭腔，当场脱下衣服，裸体而立，浑身尽露，在众宾客面前，大出曹操的丑！曹操气得大骂："大庭广众下这样做，真是太无礼！"祢衡回答："欺君罔上，才是无礼。我露父母之形，以显出清白的身体！"

击鼓骂曹

曹操问："你清白，谁污浊？"祢衡慢条斯理地告诉他："你不识贤愚，是眼浊；不读诗书，是口浊；不纳忠言，是耳浊；不通古今，是身浊；不容诸侯，是腹浊；常怀篡逆，是心浊！"祢衡祖露着身体，当着众人面前，一边击鼓，一边历数曹操的罪恶行径。曹操当场被骂得火冒三丈，立即令人将他遣送给荆州刘表。曹操借刀杀人，被刘表所识破，又转送给江夏太守黄祖。后来，祢衡被黄祖杀死。

"击鼓骂曹"，比喻当面指出对方的错误，加以批评责问。

街谈巷议

典出《文选·西京赋》：街谈巷议，弹射臧否。

东汉时，封建统治阶级依仗他们手中的权力，残酷压榨人民，过着穷奢极欲的生活。封建皇帝自不待说，就是一些达官显贵、皇亲国戚也是肆意勒索，虎狼般地残害人民。据《后汉书》记载，中常侍侯览夺人宅屋381所、田地11800亩。侯览的哥哥侯参任益州刺史，肆意勒索。他搜刮的金银锦帛珍玩用300多辆车子都没装完。还有一些中、下层官吏，也是贪赃枉法，横行霸道。

封建统治者的穷奢极欲，引起了一些志士仁人的愤慨和谴责。有一个叫张衡的文学家，用10年时间写成了两篇名赋：《西京赋》和《东京赋》来讽谏统治者。在《西京赋》中，张衡描写了西汉统治者的奢侈生活，讽刺他们只图享乐而无远虑，借此讽谏东汉统治阶级。赋中讲了这样一个故事：西汉时，丞相公孙贺的儿子当太仆时，擅自动用了北军1900万元的军费，并因此下狱。公孙贺到处活动为儿子开脱。当时，正在追捕一个叫朱安世的人，公孙贺便串通捕吏捕获了朱安世来顶替自己的儿子伏法。对此，人们街谈巷议，纷纷提出批评和指责。

"街谈巷议"即大街上谈，小巷里议。

后人用"街谈巷议"这个典故比喻大街小巷里的人们对某件事情议论纷纷。

绝口不道

典出《汉书·丙吉传》：吉为人深厚，不伐善。自曾孙遭遇，吉绝口不道前恩，故朝廷莫能明其功也。

丙吉，字少卿，年少好学，为人忠厚，后来做过廷尉监。刘询未当皇帝之时，曾遇难入狱，丙吉为此多方设法营救，使他得以安全脱险。

刘询即位后，号称宣帝。这时丙吉被封为关内侯，但他从不矜夸自己的好处。尤其是关于营救过宣帝刘询之事，在任何时候、任何地点，他都"绝口不道"，所以宫廷之中，没有人知道他营救过刘询的事。

丙吉做人忠厚，不谈己善，也不居功。后来刘询加封丙吉为博阳侯，采邑300户。就在这时，丙吉病倒床褥，后经多方治疗，终于痊愈。丙吉康复之后，上书辞谢受封。他说功小受封，于心有愧。经宣帝劝说，他才勉强接受了。5年之后，他代魏相为丞相。

后人用"绝口不道"（亦作"绝口不谈"）来形容闭口不说，绝不漏嘴。

空穴来风

典出战国楚·宋玉《风赋》：臣闻于师，积句来巢，空穴来风。

楚国人宋玉，是屈原的学生，也是当时著名的文学家。有一次他陪着楚顷襄王到兰台去游玩，到了台上，刚好有一阵风飒飒地吹来，顷襄王披着衣襟，迎着凉风，觉得很凉快，口里说道："这阵风真凉快呀！这是我和老百姓们共有的呀！"宋玉因为顷襄王淫乐无道，又听了弟弟令尹兰和上官大夫靳尚的话，把他的老师屈原放逐到湘北去，所以藉了"风"的题目去讽刺他。说道："这风是你大王独有的，老百姓哪里能和你共有呢？"顷襄王觉得风的吹拂，不分贵贱，现在听宋玉说是他独有的，倒觉得奇怪起来，就叫宋玉把道理讲出来。宋玉说："听我老师屈原说过：枳树弯曲了，就有鸟在上面做巢；空的洞穴中，会生出风来，因为它各有凭藉，那么风气就自然不同了。……"宋玉用讽刺的口吻，把风划分开来。他说："在高台上，皇宫里那些清静的地方风是清凉的，所以属于贵族的；老百姓居住低洼的陋巷里，即使有风吹来，都是夹杂着许多泥沙和秽臭，所以是属于老百姓的……"

"空穴来风"，本来是宋玉藉题来讽刺顷襄王的，但后人把它引申了，意思是某种说法有一定的成因，或者比喻流言乘虚而入。

孔子马逸

典出《吕氏春秋·孝行览》：孔子行道而息，马逸，食人之稼，野人取其马。

子贡请往说之，华辞，野人不听。

有鄙人始事孔子者，曰："请往说之。"

因谓野人曰："子不耕于东海，吾不耕于西海也，吾马何得不食子之禾？"

其野人大说，相谓曰："说劝，皆如此其辩也，独如向之人！"

孔子马逸

解马而与之。

孔子赶路，中途歇息时马饿了，吃了人家的庄稼，农民把他的马扣留起来。

子贡自告奋勇去说情，费尽了口舌，农民根本不听他的。

有个刚跟随孔子的乡下人，说："请让我去说一说。"

这人对农民说："您不是在东海种地，我不是在西海种地，我的马怎么能不吃您的庄稼？"

农民一听这话，大为高兴，互相议论说："说话也有这样雄辩的，哪像刚才那个人！"随即把马解下来归还给他。

后人用"孔子马逸"比喻只有真正熟悉农村生活的人，才能通情达理地对农民说出切实有力的语言，一语破的，解决问题。

口快心直

典出《元曲选·李逵负荆》：山儿，你也忒口快心直了。

杏花村有个王林，卖酒为生。老伴死得早，只留下一个女儿，名叫满堂娇，年方 18，尚未许人。

有一天，贼人宋刚和鲁智恩到杏花村喝酒，宋刚自称是梁山泊头领宋江，鲁智恩自称是花和尚鲁智深。王林没有见过宋江和鲁智深，就以为他们俩真是梁山上的好汉，便热情接待，并唤女儿满堂娇出来敬酒。

宋刚喝醉了酒就要讨满堂娇做压寨夫人。鲁智恩就对王林说："把你女儿与俺宋公明哥哥做压寨夫人吧，只借你女儿 3 天，第四天便送来还你；"说着不管三七二十一就把满堂娇带走了。

正好那时李逵也下山游玩，来到王林酒店喝酒，听说宋江和鲁智深抢走了王林的女儿，好不气愤。李逵立即回山与宋江理论。

李逵回得山寨，见了宋江，连忙打恭道："给哥哥道喜！"宋江问道："喜从何来？"李逵道："哥哥不是要讨压寨夫人了么？"然后指着鲁智深说："秃儿，这是你做的好事呢？"鲁智深不知话从何说起，便呆了。李逵恨恨地说："原来这梁山泊有天无日，我恨不得砍倒这面杏黄旗。"宋江忙说道："你这铁牛，有什么事也不查个明白，就提起板斧来，要砍倒杏黄旗。"吴学究则在一旁说道："山儿，你也忒口快心直了。"宋江说："山儿，你下山喝酒，遇着了什么人？他们说了我些什么？……"

李逵把事情的原委都说了出来，宋江否认。李逵不信，便与宋江打赌说："如果不是你，我愿把这个脑袋输了。"宋江道："既然如此，就立下军令状，交学究收着。"李逵道："那怕指天画地能瞒鬼，步线行针待哄谁。"为了弄清问题，于是宋江、鲁智深和李逵一道下山去找王林老头对质。在下山的路上，李逵总认为宋江和鲁智深走路太慢，必是心中有鬼，便道："让我来给你们逢山开道。"鲁智深说："山儿，我要你遇水搭桥呢！"李逵道："你休得顺水推舟，偏不许我过河拆桥。"宋江知道李逵的话中有意，便说："山儿，你记得你上山时，是八拜之交认我做哥哥的吗？"李逵不听这些，只管赶路，不觉来到杏花村王林家下。对质的结果，抢王林女儿的果然不是宋江。

宋江回山要杀李逵的头，李逵也无话可说。正在这个当口上，王林来报，那个假宋江、假鲁智深已经送他女儿回来了，正到了他家。宋江便说："山儿，你下山拿得两贼，恕你无罪。"李逵听说，连忙谢恩。他说："这是揉到我山儿的痒处了。管叫瓮中捉鳖，手到拿来。"说完飞速下山把两个贱人捉拿上山来了。

后人用"口快心直"（或作"心直口快"）形容人胸襟坦率，性情直爽，想什么就说什么。

口若悬河

典出《世说新语·赏誉》：王太尉云："郭子玄语议如悬河泻水，注而不竭。"

晋国时候有一个大学问家，名叫郭象，字子玄。他在年纪还小的时候，就很有才学，特别对于日常生活中发生的一切现象，肯下功夫思索。后来，他爱好老子和庄子的学说，并且具有深湛的研究。当时有许多人请他去做官，他一概辞掉了。只是拿研究学问和谈论哲理当做最快乐的事情。最后算是做了个黄门侍郎。

因为他的知识很丰富，能够把一切事情的道理讲得清清楚楚，又喜欢尽量发挥自己的见解，于是太尉王衍常常称赞他说："听郭象说话，好比悬在山上的河流泻水，直往下灌，从来没有枯竭的时候。"后来的人就根据王衍的话，引申出"口若悬河"这句成语。

"口若悬河"比喻人健谈，言辞如河水倾泻，滔滔不绝。

口口声声

典出《元曲选·秋胡戏妻》：你这厮，太无礼了。你待要偕比翼，你也曾听杜宇它那里口口声声撺掇先生，不如归去。

钜野县鲁家庄有个寡妇刘氏，她身边只有一个儿子名叫秋胡。她的邻居罗大户有个女儿叫做梅英。经媒说合，秋胡与梅英结为夫妻。成婚之后，媒人因嫌谢礼太少，便从中挑拨。她对梅英说："姐姐一表人才，当初应选一个财主，有吃有穿，一生受用，而今嫁给这个秋胡，穷困艰苦，看你今后怎样过活？"梅英道："至如他釜有蛛丝甑有尘（意思是：就是他穷得锅底朝天，甑上有灰尘），我也愿意。"

媒婆之言，梅英根本不听。

结婚不久，秋胡便从军服役去了。债主李大户趁机来向罗大户逼债，想借此机会将梅英弄到手。罗大户因无钱偿还，李大户便摆出一副财主的架势说："既无钱还债，就把你的女儿梅英嫁给我，以了此债。"他还造谣说："你女婿已经死了，你女儿又这么年轻，总不能老守活寡呀！若嫁给我李某，不但你女儿一生吃穿不愁，你这个当岳父的也可跟着享享清福哇。"经他这么一说，罗大户便动心了。

罗大户来到刘家对刘氏说："秋胡已死。我女儿年轻，不能守寡！而今李大户要娶梅英，他自家牵羊担酒送礼来了。"刘氏无法，只得叫梅英梳妆打扮。她对梅英说："虽然秋胡不在家中，你是个年轻媳妇，也该梳梳头，收拾收拾呀！似这般蓬头垢面，不让人家笑话么？"梅英说道："你儿不在家已五载十年了，妇道人家也该识个好歹高低呀！"婆媳俩正在说话之间，李大户偕同罗大户及罗大户的老婆，带着一班人吹吹打打，鼓乐喧天地到鲁家庄娶亲来了。

梅英对李大户的卑劣行为极力反抗，她坚决而愤怒地对他父母说："要儿改嫁，要等那日从西边升起！"此时李大户死皮赖脸地对梅英说："小娘子不要多言，我这模样可长得不丑呀"梅英听了，好不气愤，啪的一声，一巴掌打在李大户脸上。并且骂道："你有钱，你有势，怎敢把我穷人欺，我虽穷，有骨气，你敢把我良家妇来调戏！滚滚滚，去去去，凤凰岂肯乌鸦配。"李大户见势不妙，只好暂时退去，妄想另找机会报复。

事后不久，秋胡便告假回家探亲来了。

秋胡入伍后，屡立奇功，现在已官至中大夫了，他告假回家，走到自己的桑园时，看见梅英正在采桑，便更衣去戏弄他的妻子。他说："小娘子，左右无人，我央求你，采桑不如嫁郎，你就成全了我吧。"梅英怒骂道："你这厮，太无礼了。你待要偕比翼，你也曾听杜宇它那里口口声声撺掇先生，不如归去。"秋胡还要和他纠缠，被梅英痛骂了一顿。

梅英夫妻团圆之后，秋胡便令钜野县官严惩李大户。县官立即捉拿李大户归案，将他重打 40 大板，关押 3 个月，罚粮 1000 石，用于救济饥民。

后人用"口口声声"来形容把一说法经常挂在口头上。

立木南门

典出《史记·商君列传》：（商鞅之）令既具，未布。恐民之不信己，乃立三丈之木于国都市南门，募民有能徙之北门者，予十金。民怪之，莫敢徙。复曰："能徙者，予五十金。"有一人徙之，辄予五十金，以明不欺。卒下令。

商鞅制定新法完毕，尚未颁布。他恐怕百姓们不信赖自己，于是在秦国都城的南门口竖立了一根 3 丈长的木杆，召集百姓，告示说："如果有人能将木杆移至北门，赏赐十金。"

立木南门

众百姓听了很奇怪，不知他是什么意思，都不敢贸然去移。商鞅又说："能移木杆的人，赏五十金。"这时，人群中走出一个人来，将立木搬至北门，商鞅当众赏赐了 50 金，以表示自己言而有信，不欺骗百姓。

事后，他便颁布了新法。

后人用"立木南门"这个典故告诉我们办事情，应该言而有信，方能取信于民，绝不能朝令夕改，失信于人。

利口捷给

典出《汉书·张释之传》：从行，上登虎圈，问上林尉禽簿，十余问，尉左右视，尽不能对。虎圈啬夫从旁代尉对上所问禽兽簿甚悉，欲以观其能口对响应亡穷者。文帝曰："吏不当如此邪？尉亡赖！"诏释之拜啬夫为上林令。释之前曰："陛下以绛侯周勃何如人也？"上曰："长者。"又复问："东阳侯张相如何如人也？"上曰："长者。"释之曰："夫绛侯、东阳侯称为长者，此两人言事曾不能出口，岂效此啬夫喋喋利口捷给哉！"

张释之（西汉南阳堵阳人，字季，与哥哥张仲居住在一起）花钱捐了个骑郎官，事奉汉文帝刘恒（公元前202—前157年），10年没有得到升迁，也没有获得什么名气。张释之说："长期当这种穷官，把哥哥的财产都耗尽了，也不能飞黄腾达。"于是，他想辞官不做。中郎将爰盎知道他有贤才，就向汉文帝推荐他。张释之在汉文帝面前谈论秦朝之所以灭亡、汉朝之所以振兴的道理，汉文帝认为他谈得很好，于是拜张释之为谒者仆射。

有一次，张释之随同汉文帝来到养兽的场所——虎圈，文帝向上林苑（皇家游猎场，故址在今陕西西安市长安区西）的长官询问禽兽记录，提出十几个问题，上林尉看着身边的人，一个问题都回答不出来。这时，管理虎圈的小吏从旁代替上林尉回答文帝所问的禽兽记录，回答得十分详细，想借机显示他的口才能对答如流。文帝说："管理上林苑的官吏不应当这样吗？上林尉不可信赖。"随即命令张释之提升管虎圈的小吏为上林令。张释之上前对文帝说："您认为绛侯周勃是怎样的人？"文帝回答道："是个年高德重的人。"张释之又问："东阳侯张相如是个怎样的人？"文帝又回答道："也是一个年高德重的人。"张释之说："绛侯、东阳侯被称为德高望重的人，可是这两个人谈论问题却显得拙嘴笨舌，哪像这个管理虎圈的小吏，说起话来喋喋不休，言辞敏捷，善于应付呢？"接着，张释之说，秦朝，就是因为任用善于欺上瞒下的刀笔吏和狡猾奸诈的赵高之流，使皇上听不到真实情况，结果秦二世（胡亥）被推翻，搞得天下大乱。如果仅凭口才而提拔管虎圈的小吏，天下人就会随风倒，结果竞相表现口才，而不注重实际才干。上行下效，其恶果是不堪设想的。汉文帝觉得张释之说得有道理，没有提升那个管理虎圈的小吏。

"利口捷给"就是从这个故事来的。给：言辞敏捷。人们用"利口捷给"形容能说会道，言辞敏捷，善于应对。

流言蜚语

典出《尚书·金縢》：武王既丧，管叔及其群弟乃流言于国，曰："公将不利于孺子。"周公乃告二公曰："我之弗辟，我无以告我先王。"周公居东二年，则罪人斯得。于后，公乃为诗以贻王，名之曰《鸱鸮》。王亦未敢诮公。

周武王（姬发）灭掉（殷）商之后的第二年，得了一场重病。内史周公（姬旦）写册书向已经去世的先王祈祷。他清扫了一块土地，在上面筑起3座祭坛，又在3坛的南方筑起一座台子，向北而立，站在台子上，虔诚地向已逝的太王、季王、文王祷告说："假若你们3位先王答应我的请求，就让我代替武王去死吧！"祈祷的结果，得到了吉利的预兆，史官把周公祷告的书简放进金縢里，也就是放进金属装饰的匣子里。可巧，第二天，周武王就痊愈了。

后来，周武王死了。周武王死后，年少的周成王继位，周公摄政。周武王的弟弟、周公的哥哥管叔（姬鲜）心怀怨望，对周公不满，和其他几个弟弟在国内散布谣言，说："周公将对年幼的成王不利。"周公对太公、召公说："假若我不摄政，将在先王面前无言以对，没法交代。"于是，周公东征，留在东方两年，平定了管叔等人的叛乱，逮捕了作乱的罪人。后来，周公写了一首诗送给成王，叫做《鸱鸮》，向成王申述周室危急，自己历尽艰辛，救乱扶倾的苦心，成王也不敢责怪他。

"流言蜚语"就是从这个故事来的。蜚语：飞语。"流言蜚语"指制造谣言，也可用以指谣言。

"流言"也是从这个故事来的。人们用它指散布没有根据的话。也用来指带有诽谤性的话。

鲁鱼亥豕

典出《吕氏春秋·察传》：有读史记者曰："晋师三豕涉河。"子夏曰："非也，是己亥也。夫己与三相似，豕与亥相似。"至于晋而问之，则曰："晋师己亥涉河也。"

春秋时，有一次孔子的一名学生子夏到晋国去，经过卫国，听见有人琅琅念道："晋国伐秦，三豕涉河。"予夏听了，感到有些莫名其妙，为什么晋国的军队征伐秦国，有3只猪渡过黄河呢？恐怕不是什么"三豕涉河"，而是"己亥涉河"吧？他到了晋国，一问，果然是"己亥涉河"。

原来，汉字中有许多字形相同的字，像"鲁"和"鱼"，"亥"和"豕"等。搞不好就要弄错。

后人用"鲁鱼亥豕"表示书籍在传抄、刊印过程中的文字错误。

马谡用兵

典出《三国演义》第九十五回。

马谡，字幼常，三国时代襄阳宜城（今湖北宜城南）人。他好读兵书，在蜀汉军中任参军之职，常夸夸言兵。刘备临死时，嘱咐丞相孔明说："马谡言过其实，不可大用。"

一次，魏国将军司马懿率军攻打军事要地街亭（今甘肃秦安县东北）。马谡要求前往把守街亭。孔明说："曹魏欲取街亭，乃断我咽喉之路。街亭虽小，关系重大。你虽然深通谋略，但街亭没有城郭，又无险阻，防守很不容易啊！"马谡说："我自幼熟读兵书，颇知兵法，难道还守不住一个街亭？"表示愿以性命担保，并立下军令状。孔明只好答应，并派一向谨慎的大将王平相助。

马谡领兵来到街亭，看了地势，冷笑说："丞相太多心了。街亭这样偏僻，魏兵如何敢来？"他要屯兵于一座小山上。王平担心屯兵山上会遭敌围困。马谡说道："你的见识太浅。兵法说：'凭高视下，势如劈竹。'如魏兵来，叫他片甲不回！"王平劝他："这小山是一处绝地，如魏兵切断汲水的道路，就无法坚守。"马谡生气地说："兵书说，'置之死地而后生'。如山上断水，便只有死战，一人能当百人用！"他越说越得意忘形，"连丞相都经常向我请教，你却不信任我！"王平只好请求分兵在山下扎一小寨。

司马懿领兵来到，得知蜀军已经先扎下营寨，认为自己很难取胜。探得蜀兵屯驻山上，街亭大道路口并无寨棚，觉得自己有得胜的把握，感叹地说："马谡徒有虚名，才能平庸，孔明重用此人，如何不误事！"于是令部将张部引军挡住王平的来路，又派兵切断汲水的道路。司马懿亲率大军，将马谡围困在山上。蜀兵被围困了一天，饥渴难忍，人心惶惶。半夜，山南面的蜀兵大开寨门，下山降魏。魏军又在山的周围放火，制造更大的混乱。马谡料想死守不住，便带残部突围下山，逃回祁山，向丞相孔明请罪去了。后来，孔明深悔自己用人失误，挥泪斩了马谡。

"马谡用兵"，比喻说话夸张失实，超过实际所能办到的，也指办事违背了客观规律。

满城风雨

典出《冷斋夜话》卷四：黄州潘大临工诗，多佳句，然甚贫。……临川谢无逸以书问有新作否。潘答书曰："秋来景物，件件是佳句，恨为俗氛所蔽翳。昨日闲卧，闻搅林风雨声，欣然起，题壁曰：'满城风雨近重阳。'忽催租人至，遂败意，止此一句奉寄。"

秋天到来之后，自然界的景物，样样都可作为写诗的绝好材料。昨天无事，靠在榻上养神，听到从丛林中发出来的风吹雨打的声音，美妙极了，起身提笔，在墙壁上题诗："满城风雨近重阳……"刚写了第一句，忽然催收房租的人拍门进来，就此将我的诗兴败坏了，所以只能将这一句寄给你看。

"满城风雨"原指城内处处风雨交加的深秋景色，后来多用以比喻某事很快传播开来，人们议论纷纷。

扪虱而谈

典出《晋书·王猛传》：猛瑰姿俊伟，博学好兵书，谨重严毅，气度雄远，细事不干其虑，自不参其神契，略不与交通，是以浮华之士咸轻而笑之。猛悠然自得，不以屑怀。少游于邺都，时人罕能识也。唯徐统见而奇之，召为功曹。遁而不应，遂隐于华阴山。怀佐世之志，希龙颜之主，敛翼待时，候风云而后动。桓温入关，猛被褐而诣之，一面谈当世之事，扪虱而言，旁若无人。温察而异之，问曰："吾奉天子之命，率锐师十万，仗义讨逆，为百姓除残贼，而三秦豪杰未有至者，何也？"猛曰："公不远数千里，深入寇境，长安咫尺而不渡灞水，百姓未见公心故也，所以不至。"温默然无以酬之。温之将还，赐猛车马，拜高官督护，请与俱南。猛还山谘师，师曰"卿与桓温岂并世哉！在此自可富贵，何为远乎！"猛乃止。

王猛（325—375年，字景略，东晋十六国时期前秦国人）出身贫家，幼年时以卖畚为业，养家糊口。

王猛姿容奇特，俊秀而高大，博学多识，喜读兵书，性情严谨庄重，态度严肃，气度不凡，志向远大，从不考虑细小的琐事，也不参拜天地神灵，不与他人来往。所以，一班华而不实的士人都轻视他，嘲笑他。王猛心安理得，不放在心上。少年时代，王猛到邺都游历，当时很少有人赏识他。只有徐统看到王猛之后，认为他有杰出的才能，就征召他为功曹。但是，王猛溜了，不肯答应，到华阴山隐居。他怀着济世的志向，希望出现一个贤明有为的君主。他像雄鹰一样收拢着翅膀，待时而展翼高飞，等待风云际会之时，才采取行动。桓温（东晋将领）率领军队进入函谷关，王猛身披麻布短衣，前去求见桓温。他一面同桓温谈论天下大事，一面把手伸进衣服内捉虱子，旁若无人。桓温发现王猛在捉虱子，感到很惊异，问道："我奉天子的命令，率领精锐部队10万人，匡扶正义，讨伐叛逆，为老百姓扫灭残败的贼人。可是，三秦（地名，故地在今陕西省一带）的英雄豪杰都没有来见我，这是为什么呢？"王猛回答道："桓公不远数千里来到这里，深入贼寇的境地，可是长安离此地这么近，却不肯过灞水，老百姓不知你心中作如何打算，所以不来拜望。"桓温被王猛说得哑口无言，说不出回答的话来。桓温退兵时，赐给王猛车辆马匹，任他为督护高官，请王猛与他一起去江南。王猛回到华阴山同师傅商议，师傅说："你同桓温怎么能一起在世上存在呢！你在这里，自可得到富贵，何必远行呢！"于是，王猛没有跟随桓温去。王猛知道，回到高级士族专权的东晋朝，自己不可能有前途，与其帮着桓温来篡晋，还不如留在关中看机会。不久，王猛成为苻坚的亲信，发挥出杰出的政治才干。

"扪虱而谈"就是从这个故事来的。扪：捕捉。人们用"扪虱而谈"形容举止言谈不凡，态度从容不迫，无所顾忌。

贫嘴贱舌

典出《红楼梦》第二十五回：什么诙谐！不过是贫嘴贱舌的讨人厌罢了！

王夫人见宝玉多喝了酒，脸上滚热，便叫他躺下休息，并叫丫头彩霞为他拍揉。趁此机会，宝玉便要和彩霞说笑玩耍。坐在一旁的贾环因喜欢彩霞，心中大为不快，于是故作失手，将一盏油汪汪的蜡灯推在宝玉脸上。为此，宝玉无法出门，只得在屋里养伤。

宝玉烫了脸，黛玉便有机会常和他一处说话。一日饭后，黛玉看了两篇书，又和紫鹃做了一会儿针线，便出门观看新笋。他俩来到园中，四望无人，惟见花光鸟语，信步便往怡红院来。她们二人一进门，便见李纨、凤姐、宝钗都在屋内，正和宝玉谈笑。黛玉笑道："今日齐全，谁下帖子请的？"

凤姐见众姑娘都在宝玉处，便问："我前日打发人送了两瓶茶叶给姑娘，可还好么？"宝玉抢先说："不好。"宝钗说："味道也还好。"黛玉却说："好。"凤姐见黛玉说好，便道："我打发人再送些来，并有一事求你。"黛玉笑道："你们听听，这是吃了他一点子茶叶，就使唤起人来了。"凤姐马上还击，笑道："你既吃了我们家的茶，怎么还不给我们家做媳妇儿？"众人都大笑起来。黛玉满脸绯红，回过头去，一声儿不言语。宝钗见状，赶紧出来解围，笑嘻嘻地说："二嫂子的诙谐真是好的。"黛玉立刻驳斥道："什么诙谐！不过是贫嘴贱舌的讨人厌罢了！"凤姐当即指着宝玉回答道："你给我们家做了媳妇，还亏负你么！"黛玉听了，起身便走了。

后人用"贫嘴贱舌"（亦作"贫嘴薄舌"）表示爱多说话，言语尖酸刻薄，使人讨厌。

千里犹面

典出《旧唐书·房玄龄传》：玄龄在秦府十余年，掌管典记，每军书表奏，驻马立成，文约理赡，初无稿草。高祖尝谓侍臣曰："此人深识机宜，足堪委任。每为我儿陈事，必会人心，千里之外，犹对面语耳。"

房玄龄（578—648 年），名乔，字玄龄，唐代齐州临淄人，18 岁举进士，在隋朝任隰城尉，因事除名。秦王李世民（唐太宗）起兵，到达渭北，房玄龄求见李世民，随李世民征战攻伐，在秦王府供职 10 余年。唐太宗称帝后，房玄龄为中书令，任宰相 15 年。

房玄龄在秦王府 10 余年，任记室职务，常常掌管各类文书，每当写军书表奏时，停马写作，立刻成功，文字简练，道理充分，从不打草稿。唐高祖（李渊）曾对侍臣说："此人深识机宜，值得信任。每为我儿论事，深懂人心，千里之外传达意见真切无误，就像对面讲话一样。"

"千里犹面"就是从文中"千里之外，犹对面语耳，"一语演化而来的。人们用它指传达意见真切无误。

强词夺理

典出《三国演义》第四十三回：座上一人忽曰："孔明所言，强词夺理，均非正论，不必再言。"

战国时代，宋国有一个大夫（官名），名叫高阳应，是一个强辩的人，没有理由的事情，他也要强辩硬说。别人虽然嘴里说不过他，可是心里就是不服。有一次，高阳应要建一座房子。一位有经验的木匠看了盖房子的材料向他说：

"现在还不能动工,木头还没有干呢!用这样潮的木头做柱子,不久会有裂痕。木头一有裂痕,就会支撑不住房子了,将来房子会倒塌的。还是等木头风干以后再动工吧!"高阳应却反驳说:"根据你的说法,恰恰相反,用潮木头做柱子,房屋不仅不会倒塌,反而应该更坚固。你看,木头越干就越有力,砖瓦泥土越干就越轻。现在木头还潮的时候,加上了屋顶尚且能支架得住,过了些时候,砖瓦的压力减少了,木头风干了,不是更能支持得了吗?怎么会倒下来呢?"

木匠被他这么一驳,无话可答,只好依着主人的意思去做。房屋很快盖起来了,但是没多久,不出木匠所料,房子果然倒塌了。

后人用"强词夺理"比喻硬用语言强辩,把无理说成有理。

巧言令色

典出《尚书·皋陶谟》:何畏乎巧言令色孔壬。

传说皋陶和禹在舜帝面前讨论过治理国家的事情。在讨论的时候,皋陶说:"相信并按照先王之道处理政务,就能使谋略实现,大臣之间也就能团结一致,同心同德。"禹说:"对呀,但如何才能做到这样呢?"皋陶说:"唉,这就应该严格要求自己,以身作则,努力提高品德修养,以宽厚的态度对待同族的人,同时也要使他们贤明起来,努力辅助你治理国家"禹非常佩服地对皋陶说:"你说得好啊!"

巧言令色

接着皋陶又说："还有呢，怎样用人也非常重要，一定要做到知人善任。"禹说："对！知人善任的人，才是有智慧的人；有智慧的人，才能用人得当。如果能做到这点，又'何畏乎巧言令色孔壬'（意思是：何必怕那些花言巧语善于谄媚的人呢）？"

后人用"巧言令色"来形容花言巧语，伪装和善的样子。

清谈挥麈

典出《世说新语·文学》：孙安国往殷中军许共论，往反精苦，客主无间。左右进食，冷而复暖者数四。彼我奋掷麈尾，悉脱落，满餐饭中。宾主遂至莫忘食。殷乃语孙曰："卿莫作强口马，我当穿卿鼻。"孙曰："卿不见决鼻牛，人当穿卿颊。"

晋代人孙盛（字安国）喜好《老子》《庄子》《周易》之学，善谈经义玄理。当时的中军将军殷浩（？—356年，字渊源）也喜好老庄之学，善于清谈。孙盛到殷浩那里去清谈，不辞辛苦，来来往往，客主亲密无间。2人清谈起来兴趣极浓，饭都忘吃了，仆役们送来饭食，凉了又热，折腾了许多次。互相争论不休，每人都奋力挥动着用驼鹿尾做成的拂尘，尾毛都甩脱落了，掉到满桌的饭菜之中。宾主一直谈到日暮时分，忘了吃饭。殷浩善于清谈，在当时极有声名，能以清谈与他相抗衡的，只有孙盛一人。殷浩对孙盛说："您不要充当烈性马，如此狂傲不驯。我要像对待牛那样，穿住您的鼻子。"孙盛说："您没有想到，牛被穿住鼻子，常常会挣断逃脱。对于人，应当穿住面颊，这样就无法挣脱了。"

"清谈挥麈"就是从这个故事来的。麈：指麈尾，即用驼鹿尾做成的拂尘。用"清谈挥麈"形容善于言谈辩论，谈起来兴高采烈。

"强口马"也是从这个故事来的。"强口马"指烈性马，人们用它比喻性情执拗，固执倔强。

鸲鹆效声

典出《叔苴子·内篇》：鸲鹆之鸟生于南方，南人罗而调其舌，久之能效人言，但能效数声而止，终日所唱惟数声也。蝉鸣于庭，鸟闻而笑之。蝉谓之曰："子能人言甚善，然子所言者未尝言也。曷若我自鸣其意哉？"鸟俯首而惭，终身不复效人言。

八哥，是生长在南方的一种鸟。人们用网捕到后，便训练它学说话，日久天长，

鸲鹆效声

八哥就能跟着人学舌了，但只能模仿几句而已，从早到晚所唱的也就是这么几声。

有只蝉在院里叫，一只八哥听到后便嘲笑它。蝉于是对八哥说："你能学人说话，这很好。然而你所说的都不是自己的话，实际等于没有说，哪里比得上我叫的都是自己的意思呢？"八哥听后，羞愧地低下头，一生再也不跟人学舌了。

后人用"鸲鹆效声"这个典故讽刺那些自己毫无主见，人云亦云，拾人牙慧还要到处吹嘘的人。

鹊集噪虎

典出《郁离子》：女几之山乾鹊所巢。有虎出于朴薮，鹊集而噪之。鸲鹆闻之，亦集而噪。鹎鶋见而问之曰："虎，行地者也，其如子何哉而噪之也？"鹊曰："是啸而生风，吾畏其颠吾巢，故噪而去之。"问于鸲鹆，鸲鹆无以对。鹎鶋笑曰："鹊之巢木末也，畏风，故忌虎；尔穴居者也，何以噪为？"

在女罂南边，是喜鹊做窝的地方。有一只老虎从朴薮树后跳了出来，喜鹊一见便群集在树上对着老虎高声乱叫。八哥鸟听见了，也群集在树上高声乱叫。

寒鸦看见了便问喜鹊说："老虎是在地上行走的动物，它跟你有什么相干？对它乱叫是为什么？"

喜鹊回答说："这种长声吼叫可以生风，我害怕它把我的巢颠覆了，所以才叫。"

寒鸦又询问八哥，八哥听了则无言以对。

寒鸦笑着说："喜鹊把自己的巢搭在树枝上，怕风吹，所以畏惧老虎；而你住在山洞里，又何必跟着乱叫呢？"

后人用这则寓言讽喻毫无意义的多嘴多舌者。多嘴多舌的人，往往闻风便是雨，它们既缺乏是非感，也没有现实感。浑浑噩噩，随波逐流，却往往给生活增添许多不必要的麻烦。

生公说法

典出《莲社高贤传》《苏州的传说》。

晋朝时，有个和尚俗名魏道生。他从小出家，苦读经书，钻研佛学，精通佛典，才华出众，大家叫他道生法师，尊称为生公。

生公在京城里传经布道，深受皇帝的器重。当时佛教盛行，佛教中又有许多不同的派别，朝廷里有的大臣见皇帝器重生公，产生嫉妒，奏本诬告生公是邪教。皇帝听信了谗言，便把生公赶出了京城。

生公到处云游，四海为家。有一次，他来到苏州城，看到虎丘山风景特别好，便在这里居住下来，

生公说法

传经布道。苏州人听说虎丘山上来了名僧，大家都来听他讲经。一传十，十传百，百传千……来听经的人群把虎丘山上的一块大磐石都坐满了。

说起虎丘山上的这块大磐石，还有它的一段故事。早年吴王阖闾在虎丘造墓，为了不泄露机密，坟墓造好了，便下令将造墓的1000名工匠全部杀掉。工匠们拼死抵抗，在大磐石上和官兵肉搏厮杀，终因手无兵器，统统被杀害了。千人的鲜血染红了这块大磐石，后人取名"千人石"。千人的鲜血流到磐石边的水池里，殷红殷红，便取名"血河池"，后来池中白莲盛开，改名叫"白莲池"。

生公在虎丘山上讲经的消息，在苏州城内外很快传开了，听他讲经的人越来越多。苏州知府知道后，害怕冒犯朝廷，得罪朝中大官，便下令不准生公讲经，并派出大批官兵将前来听讲的人全部赶走。那"千人石"上只留下一块块垫座的石头。

生公并不灰心，依然坚持不懈，天天讲经。没有人，向谁讲？他面对一块块的顽石，像往常对着听讲的人群一样，一丝不苟地讲解佛经。说来也奇怪，每当生公讲经的时候，虎丘山上的百鸟停止了歌唱，都静静地听着；白莲池里的水也会盈满起来，所以说"生来池水满，生去池水空"；那池里的千叶

白莲听到生公讲经，也都一起开放吐香；连一块块垫座石，听了也会频频点头。这是什么道理呢？有人说生公讲经讲得好。更多的人说，生公的意志坚忍不拔，精神十分感人，感动得花鸟也知情、顽石都点头！

"生公说法"，比喻道理讲得透彻，使人心服口服。说法：讲解佛法，引申为讲述道理。

声色俱厉

典出南朝·宋·刘义庆《世说新语·汰侈》。

晋代有两个豪绅：一个叫石崇，一个叫王恺。王恺是晋武帝司马炎的舅父。晋武帝常常支持王恺与石崇争富。有一次，晋武帝送了一只高两尺多、枝条繁茂、世所罕见的珊瑚树给王恺。王恺十分得意，便拿去给石崇看，借以显示自己的富豪。石崇看了一看，便用铁如意将珊瑚打碎了。王恺既感到痛惜，又觉得是石崇嫉妒他有这样稀奇的宝贝，因而便声色甚厉地责备石崇。石崇却无所谓地冲王恺说："这有什么稀奇，还你一只得了。"当即便叫人把自己的珊瑚拿出来让王恺挑选。石崇的珊瑚树高三四尺不等，枝条主干姿态绝世，光彩夺目；六七只珊瑚，每只都比王恺的高大而瑰丽。王恺一看，不禁大吃一惊，顿觉愕然。

后人把"声色甚厉"说成"声色俱厉"，用来表示说话的声音和脸色都很严厉。

声色俱厉

拾人牙慧

典出《世说新语·文学》：殷中军云："康伯未得我牙后慧。"

晋朝时有一个叫殷浩（字深源）的人，很有学问，又善于说话。曾被封为建下将军，统帅扬、豫、徐、兖、青5州兵马。后因作战失败，被罢官流放到信安（今浙江省衢州市衢江区境）。殷浩有一个外甥叫韩康伯，人非常聪敏，又有学问，殷浩也很喜欢他。殷浩在被流放时，韩康伯也随在一起。有一天，殷浩见他对人发表议论，显示出十分得意的神情。事后殷浩就说："康伯连我的牙后慧还没有得到哩！"

牙慧，是指牙上的污秽。殷浩这句话的意思是：韩康伯连殷浩牙齿后面的污秽还没有得到，谈的道理实在和殷浩所知道的差得很远呢！后来的人，就根据这个故事，引申成"拾人牙慧"这句成语，来比喻沿袭别人说过的话，自己没有真知灼见。

滔滔不绝

原作"滔滔不竭"，典出五代王仁裕《开元天宝遗事》：张九龄善谈论，每与宾客议论经旨，滔滔不竭，如下阪走丸也。

唐代时，有一个大臣叫张九龄，字子寿，一名博物，韶州曲江（今属广东）人。他中过进士，任过右拾遗。当时，吏部选拔人才，都由他和赵冬曦评定等第。开元二十一年（733年），张九龄任中书侍郎同中书门下平章事，主张不循资格用人，设十道采访使。

张九龄不但能很好地协助皇帝处理政务，他还是位很有才能的诗人。他善于言辞和辩论，每当和宾客们讲书论经时，总是滔滔不绝，像顺着斜坡滚弹丸一样，毫无阻碍。

開元二十四年（736年），因为奸相李林甫的攻击，张九龄罢相。

后人用"滔滔不绝"形容话多，连续不断。

天花乱坠

典出梁朝释慧皎《高僧传》。

传说，梁武帝的时候，有一个名叫云光的法师天天讲经。由于他讲经讲得好，感动了天上的花神。由于花神高兴便把鲜花从天上撒下来。鲜花纷纷，落地，五光十色，耀人眼目。

后人把这个故事概括为"天花乱坠"，用来比喻夸夸其谈，说得十分漂亮，但都不切实际。

顽石点头

典出《莲社高贤传·道生法师》：人虎丘山，聚石为徒，讲涅槃经，至阐提处，则说有佛性，且曰："如我所说，契佛心否？"群石皆为点头。

有一个叫竺道生的人，他信仰佛教，对佛家的道理有精深的研究。有一天，他独自一个人跑到虎丘的深山里去。找到了许多大石头，把它们一块一块地搬下来，整整齐齐地放在一块儿，把它们当做徒弟看待。他每天从早到晚，像学校里的老师教导学生一样，对着石头不厌其烦地给它们讲解《涅槃经》。不久，那一群

大石头听了些道生讲的归真的道理时，都个个点起头来。

人们从这个故事引申成"顽石点头"这个成语，用来形容对人教育耐心，使人心服口服。

王商止讹

典出《汉书·王商传》：元帝崩，成帝即位，甚敬重商，徙为左将军。而帝元舅大司马大将军王凤专权，行多骄僭。

商议论不能平凤，凤知之，亦疏商。建始三年秋，京师民无故相惊，言大水至，百姓奔走相蹂躏，老弱号呼，长安中大乱。天子亲御前殿，召公卿议。大将军凤以为太后与上及后宫可御船，令吏民上长安城以避水。群臣皆从凤议。左将军商独曰："自古无道之国，水犹不冒城郭。今政治和平，世无兵戈，上下相安，何因当有大水一日暴至？此必讹言也，不宜令上城，重惊百姓。"上乃止。有顷，长安中稍定，问之，果讹言。上于是美壮商之固守，数称其议。而凤大惭，自恨失言。

西汉人王商，字子威，涿郡蠡吾人。他的父亲王武、伯父王无故，都因为是汉宣帝刘询的舅舅而得到爵位，王无故被封为平昌侯，王武被封为乐昌侯。王商青年时代就当上了太子中庶子，以严肃、有礼、忠厚著称。父亲王武死后，王商承袭侯位，居丧甚孝，对异母诸弟也十分友爱，因此，受到朝廷大臣的赞许，被提拔为诸曹侍中中郎将。汉元帝时期，当上了右将军、光禄大夫。

元帝死后，成帝即位，对王商很敬重，让他当左将军。当时，汉元帝的舅舅、大司马大将军王凤专权，骄横恣肆，很多行为漫过了皇上。王商多次建议，也制止不住王凤。王凤知道王商的建议后，就同王商疏远了。公元前30年（建始三年）秋天，京城里的百姓突然惊慌失措，奔走相告，说京城要被洪水淹没了。百姓们纷纷奔逃，互相践踏，老人孩子哭声连天，长安城中顿时大乱起来。成帝亲自驾临前殿，召集公卿大臣商量对策。大将军王凤建议，请太后、皇帝和后宫皇后、妃子等人乘上大船，叫官吏、百姓们登上长安城墙以躲避洪水。满朝文武大臣连忙随声附和，都说王大将军的主意最为高妙。只有左将军王商一人表示反对，他说："自古以来，即使是腐败无道的国家，洪水也没有淹没过它的城墙。何况如今政治清明，天下太平，没有战乱，举国上下安居乐业，怎么会有洪水突然到来的怪事呢？这种说法一定是谣传，千万不能叫老百姓登上城墙，再次惊吓他们。"成帝听从了王商的意见。过了不久，长安城中的百姓渐渐安定下来了。询问的结果，关于洪水将至的说法，确属谣传。于是，成帝认为，王商关于稳定人心的建议，真是又高明，又有胆识，多次当众夸奖他。王凤十分惭愧，悔恨自己太多嘴了。

"王商止讹"就是从这个故事来的。止：制止；讹：谣传。人们用"王商止讹"表示不相信谣传。

妄语误人

典出《阅微草堂笔记》：里人张某，深险诡谲，虽至亲骨肉不能得其一实语。而口舌巧捷，多为所欺。人号曰"秃项马"。马秃项，为无鬣，鬣、踪同音，言其恍惚闪烁无踪可觅也。一日，与其父夜行，迷路。隔陇见数人团坐，呼问："当何向？"数人皆应曰："向北。"因陷深淖中。又遥呼问之，皆应曰："转东！"乃几至灭顶，蹩薛泥涂，因不能出。闻数人拊掌笑曰："秃项马，尔今知妄语之误人否？"近在耳畔，而不睹其形，方知为鬼所绐也。

乡里人张某，品性十分险恶狡诈，虽是至亲骨肉，也不能讨得他一句实话。而且此人口齿灵巧敏捷，很多人被他欺骗过。因此人们给他起了一个绰号，叫做"秃项马"。马秃了项颈，就是没有鬣毛。"鬣"和"踪"同音，是在形容他的隐约难辩，像夜间闪烁的一点火花，突然无踪无影，不可找寻了。

有一天，张某和他的父亲夜间走路，迷了道。隔着田垄看见几个人围坐在一起，便打招呼问道："应当向哪里走呀？"那几个人都说："向北！"结果深陷在泥沼之中。又遥遥地再呼问，那几个人又说："转向东走。"向东一转，几乎遭到灭顶之灾，父子2人便在泥沼中盘旋地挣扎着，窘迫地难以移出。听见那几个人拍掌笑着说："秃项马！你今天可知道说假话害人了吗？"声音就在耳边，看不见人形，这才知道是被鬼所欺骗了呀。

后人用这则寓言说明害人者恒害己，甚至祸及家人，这是一条客观规律，并不是什么"为鬼所绐"。假若故事中的"数人"不是鬼，在现实当中也会实有其人。

为人说项

典出唐代杨敬之《赠项斯》诗：平生不解藏人善，到处逢人说项斯。

唐代时，有一个诗人叫项斯，字子迁，江东人。他在会昌四年（844年）中进士，曾任丹徒县尉。

项斯在未及第时，虽然诗写得不错，人品也好，但名声不大，几乎不为人所知。有一次，他带着自己的诗稿去拜访当时的名士杨敬之。杨敬之曾读过项斯的部分作品，很赞赏他的才华，这次见面之后，经过交谈，更觉项斯是个很有作为的人，便赠给了项斯一首诗：

几度见诗诗尽好，及观标格过于诗。

平生不解藏人善，到处逢人说项斯。

这首诗的大意是说：多次读到你（项斯）的诗，句句都好；现在见到你的人品，比诗还高。我从来不主张隐瞒别人的优点，不论碰到谁我都要为项斯称道。由于杨敬之的推荐介绍，项斯的诗很快在长安流传，项斯也因此出了名。

后人用"为人说项"（亦简称"说项"）称为人扬誉或说情。

闻所未闻

典出《史记·郦生陆贾列传》：大说陆生，留与饮数月。曰："越中无足与语，至生来，令我日闻所未闻。"

秦朝末年，原南海郡龙川令赵佗乘农民起义和楚汉相争之机，自立为南越王，占据南海、桂林等郡。刘邦建立西汉王朝以后，派陆贾出使南越，说服赵佗归顺汉朝。

赵佗虽是真定（今河北正定县）人，但因久居南方，对汉朝不甚了解。陆贾来到南越以后，赵佗问他："我和萧何、曹参、韩信比起来，谁的才能高？"陆贾说："你似乎比他们的才能更高。"赵佗又问："那么我与汉皇帝比呢？"陆贾说："汉皇从丰沛起兵讨伐暴秦，诛灭了强大的楚国，为天下兴利除害，继承了三皇五帝的事业。中国人多地大，土地肥沃，物产丰富，政令统一。你们南越，人不过数十万，地域狭窄，像汉朝的一个郡，怎么能和汉朝相比呢？"赵佗听了陆贾的介绍，顿开茅塞。他对陆贾说："陆先生来到南越，使我听到了以前没有听到过的事情。"后来，赵佗归顺了汉朝，刘邦封他为南越王。

后人用"闻所未闻"来指听到了从没听到过的事。

先生休矣

典出《战国策·齐策四》。

冯谖做孟尝君的门客，起初不为孟尝君赏识。后来孟尝君叫他到薛地去收债。临行，冯谖问孟尝君收债后买什么回来。孟尝君说："你看我家缺少什么就买什么吧。"冯谖去薛地后，便把债民召集拢来，告诉他们说："孟尝君不要你们还债了。你们借的债，全部赏赐给你们。"说完之后，当众把借债的约据全部烧掉了。为此，薛人非常感谢孟尝君。

收债完后，冯谖就驾车子回去了。孟尝君见他回来得这样快，感到非常惊奇，就问："你这样快就回来了，给我买了些什么东西呢？"冯谖回答说："我觉得你家什么都有，就是缺'义'，所以我自作主张给你买'义'回来了。"孟尝君听了很不高兴地说："买义干什么呀！"冯谖回答："我们把债赐给债民，就是表示您待薛地的人民其爱如子……"孟尝君听得不耐烦了，便打断了冯谖的话道："先生休矣！"

过了一年之后，齐王撤了孟尝君的职务，孟尝君只好前往自己的封地薛地去。当孟尝君到薛地时，人民扶老携幼前去迎接他。这时，孟尝君才体会到"买义"的意义。于是他向冯谖说："先生为我买义的效果，今天终于看到了。"

后人用"先生休矣"表示"你算了吧"这个意思。

信誓旦旦

典出《诗经·卫风·氓》：信誓旦旦，不思其反。反是不思，亦已焉哉！

古时候，有个小伙子爱上了一位美貌的姑娘。他借抱布换丝的名义，向姑娘求爱。俩人结婚后，一片恩爱之情。这位姑娘把家中百事一身担，爱夫之心没有变。可这个小伙子后来却变了心。他对待妻子横眉竖眼，百般虐待。

在悲苦无告的处境下，这位劳动妇女回忆了前前后后的遭遇，非常痛恨丈夫。她责骂丈夫说："你说白头共偕老，想起这话使我怨。淇河滚滚也有岸，水注漫漫也有边。两小无猜共戏乐，说说笑笑玩得欢。明明白白发过誓，没想你会把心变。恨你变心不念旧，一刀两断就算完。"最后，她愤然决定和这个负心的丈夫一刀两断，彻底决裂。

后人用"信誓旦旦"指誓言说得极其诚挚。

言必有中

典出《论语·先进》：鲁人为长府。闵子骞曰："仍旧贯，如之何？何必改作？"子曰："夫人不言，言必有中。"

《周书·武帝纪上》：（邕）甚为世宗所亲爱，朝廷大事，多共参议。性沉深有远识，非因顾问，终不则言。世宗每叹曰："夫人不言，言必有中。"

《论语·先进》讲春秋时期，鲁国有一个藏财货、兵器等物的仓库，叫长府。鲁昭公曾以长府为据点，攻打过季孙氏。鲁昭公被赶走以后，季孙氏为了防止鲁国公室反攻倒算，改建长府。孔子的弟子闵子骞说："照老样子下去，不行吗？为什么一定要改建呢？"孔子说："闵子骞这个人不爱说话，一说话就说到要害上。"

《周书·武帝纪上》讲6世纪20年代，黄河流域的各族人民大起义，瓦解了统治中国北部的北魏（396—534年）封建王朝的统治，后来在北方形成东魏（534—550年）和西魏（535—556年）两个封建割据政权，与割据江淮以南的梁（502—557年）政权三分鼎立。后来，东魏改齐（550—577年），西魏改周（557—581年）——后人称它为北周。（北）周武帝宇文邕，死后谥号为武皇帝，称为高祖。宇文邕字祢罗突，是宇文泰（字黑獭，死后谥号为文皇帝，称为太祖）的第四个儿子。他的母亲叫叱奴太后，宇文泰当丞相时，娶了她，大统九年（543年）生下宇文邕，天和二年（567年）被尊为皇太后。宇文邕自幼孝顺父母，聪明有才干。父亲很器重他，说："将来成就大业的，一定是他。"字文邕的大哥宇文毓（小名统万突，死后谥号为明皇帝，称为世宗）即位后，十分喜爱宇文邕，研究朝廷的大事，大多让宇文邕参加议论。

宇文邕性格深沉，深谋远虑，如果不征求他的意见，他始终不开口。宇文毓经常叹息说："四弟不说话，可是说起话来，都能说到点子上。"

"言必有中"就是从上述故事来的。它的意思是，话都能说到点子上。人们用它形容人有见识，善于说话、论理。

言过其实

典出《三国志·蜀书·马良传》：先主临薨谓亮曰："马谡言过其实，不可大用，君其察之！"

三国时，刘备为关羽复仇，出兵伐吴，失败后退至白帝城，忧愤病倒，将要死的时候，托孤给诸葛亮说："马谡这个人，所说的话，往往夸大，言过其实，今后丞相用他时要格外谨慎。"刘备死后，司马懿出兵攻打街亭，马谡向诸葛亮请求自己愿意去守街亭，结果因才智不够，弄得街亭失守。诸葛亮以马谡不听军令，把他杀了，忽然想起了刘备临死的嘱咐，不禁大哭一场。

"言过其实"这句成语是指说话的人，语言浮夸，超过实际。

言人人殊

典出《史记·曹相国世家》：参尽召长老诸生，问所以安集百姓。如齐故诸儒以百数，言人人殊，参未知所定。闻胶西有盖公，善治黄老言，使人厚币请之。既见盖公，盖公为言治道贵清静而民自定，推此类具言之。参于是避正堂，舍盖公焉。其治要用黄老术，故相齐九年，齐国安集，大称贤相。

汉王刘邦打败项羽之后，认为天下初定，就在一片拥戴声中当了皇帝，史称汉高祖。为了加强统治，刘邦派长子（名肥）当齐王，派曹参为齐相国。

刘邦死后,汉惠帝即位。惠帝废除诸侯国的相国法,改任曹参为齐丞相。当时,齐王年富力强,很想有一番作为。曹参绞尽脑汁,想找出最佳的治国方略。

曹参招来一些有影响的老年人和有名气的读书人,请他们谈谈怎样才能更好地安定社会和治理百姓。初招来的有数百人,都是齐国有资历的儒生。他们所发表的言论,彼此之间都很不一样,曹参不知采纳谁的主张为好。后来,他听说胶西有一位盖公,对黄帝、老庄的学说很有研究,于是,就派人带重礼把盖公请了来。曹参见到盖公以后,盖公对他说,治理国家的最佳方略是清静无为,这样,老百姓自然就安定了。并且由此类推,讲了一通大道理。曹参很高兴,自己让出正堂,给盖公居住。他采纳盖公的主张,用黄老学说治理国家,倒也见了成效。所以在他担任齐丞相的9年间,齐国挺安定团结,人们都夸曹参是个贤相。

"言人人殊"就是从这个故事来的。它的意思是,每个人的说法都不一样。可以用它形容众人意见分歧,各有各的见解、说法和主张。

以讹传讹

典出《红楼梦》第五十一回:这两件事虽无考,古往今来,以讹传讹,好事者竟故意地弄出这些来以愚人。

一天,李纨、湘云、宝钗、宝琴、黛玉、宝玉等在一起做灯谜儿玩耍。李纨先说道:"我编了个《四书》上的,即'观音未有世家传',打《四书》一句,请大家猜一猜。"黛玉笑道:"我猜罢。可是'虽善无征'?"众人笑道,猜对了。李纨又说道:"我编了一个是'水向石边流出冷',打一古人名。"探春笑笑说:"是山涛吧?"李纨说:"猜得对。"宝钗听了后说道:"这些虽然很好,但不合老太太的意,不如做些浅近的,大家雅俗共赏才好。"湘云想了一想,笑道:"我编了一支'点绛唇',却真个是俗物,你们猜猜。"

说着，便念道："溪壑分离，红尘游戏，真何趣？名利犹虚，后事终难继。"众人听后都不解。宝玉想了半天说："必定是耍的猴儿。"湘云笑道："正是这个。"众人问："那末一句怎么解释？"湘云回答说："猴儿不是剁了尾巴的么？"众人听了，都大笑起来。

大家笑过之后，李纨说："昨天听薛姨妈说宝琴妹妹见的世面多，走的道路远，诗又做得好，请她编几个谜语儿让大家猜猜。"过了一会儿，宝琴笑笑说："我走的地方不少，现挑了十个地方的古迹，做了十首怀古诗，每首诗暗隐俗物一件，请姐姐们猜一猜。"宝琴把诗写出来后，大家都争着看。看毕，大家都称奇道妙。宝钗道："这十首诗，前八首都是史鉴上有据的，后两首却无从考查，是不是另做两首。"黛玉马上接口道："后两首诗史鉴上无据何妨？宝姐姐太胶柱鼓瑟了。"李纨也接着说："这两件事无古稽考不要紧，古往今来，以讹传讹者甚多，只管留着。"对后两首所隐之物，大家猜了半天都没有猜着。

后人用"以讹传讹"（讹：谬误）表示把本来不正确的话又妄传开去。

倚相论战

典出《韩非子·说林下》：荆伐陈，吴救之。军间三十里。雨十日，夜星。左史倚相谓子期曰："雨十日，甲辑而兵聚，吴人必至，不如备之。"乃为陈（同"阵"）。陈（同"阵"）未成也，而吴人至，见荆陈（同"阵"）而反（同"返"）。左史曰："吴反复六十里，其君子必休，小人必食。我行三十里击之，必可败也。"乃从之，遂破吴军。

我国周代，有许多诸侯国，如楚国、陈国、吴国等。有一次，楚国派兵攻打陈国，吴国派兵去救援。楚、吴两军相距 30 里。雨一连下了 10 天，这一天夜里放晴了，满天星斗闪闪发亮。楚国的左史倚相对楚军统帅子期说："连续下了 10 天雨，盔甲都堆放在一起，兵器也聚集在一处了，吴国军队必定会来袭击，不如做好准备，以防不测。"于是，命令军队摆起阵势来。阵势还没有摆好，吴国军队就打来了，他们看见楚军已经摆起阵势，就返回去了。左史倚相说："吴国军队往返60里，一定很疲劳，他们的军官肯定要休息，他们的士兵也一定要吃饭。我们走30里去袭击他们，一定会打败他们的。"子期采纳了倚相的意见，于是打败了吴国的军队。

"倚相论战"就是从这个故事来的，表示能够正确地分析情况，克敌制胜。

异口同声

典出《宋书·庾炳之传》：昨出伏复深思，甿有遇滞，今之事迹，异口同声，便是彰著，政未测得物之数耳。

庾炳之是南北朝时期宋朝的重臣，开始做秘书、太子舍人，后来升到侍中、吏部尚书，与右卫将军沈演之共同参与朝廷机密，大权在握，内外归附，势倾朝野。

庾炳之并无才学，没有威望，大臣们心里不服他。可他自己以为深得皇帝赏识，有恃无恐，不把同僚放在眼里。他性情急躁，听人家说话很不耐烦，一不顺心就训斥人家。他还有一个怪脾气，过分地讲究清洁，士大夫们来看望他，在他床上坐一下，不等客人起身出房，他就叫家人擦席子、洗刷床面。因此别人对他很反感。

朝廷的尚书右仆射何尚之，常常向皇帝反映庾炳之的过失，并劝皇帝说：

"庾炳之这个人毛病那么多，像山一样明摆着，陛下看见的，为什么姑息他呢？他结交朋党，说人是非，伤风败俗，愿陛下圣决！"

皇帝却庇护庾炳之说："小事嘛，不足为伤大臣……"

过了几天，何尚之又去向皇帝报告说：

"庾炳之把朝廷官吏叫回家里归自己使用，又叫官吏整天为他奏琵琶。

他多方受贿，私买木材营造住宅，弄得满城风雨。"

皇帝有些相信了，对何尚之说：

"如果真是这样，调他到丹阳去吧！"

何尚之回答说："对于庾炳之的劣迹，大家是异口同声，陛下不可只念旧日恩情，误了国家大事呀。他在朝廷上是灰尘掩盖日月，不见一点增辉，陛下怎能牺牲朝廷而迷恋他一个庸人呢？"

"好吧，那就免去庾炳之的官职吧！"

皇帝终于割爱了。

成语"异口同声"就是由此而来，意思是说大家的说法完全一致。

异口同声也写作"异口同音"。

应对如流

现在的电视台常常举办演讲会、辩论会，演说人口若悬河，各抒己见。在这里，演说人应具备一个特殊的本领，那就是随机应变、应对如流，对别人提出的问题要反应迅速，回答得体、理由充足。

这种随机应变、应对如流的才能，在我国古代是很重视的。中国有句古话，叫"一言以兴邦，一言以亡国"，许多人靠了这种语言才能，使国际或国内政治形势发生巨大变化。而这种才能的培养总是从小开始的。下面我们就讲几个这方面的故事。

东汉末年的文学家孔融，10岁时随父亲到洛阳。当时的司隶校尉李膺是非常有名的人，许多才名远播的人到洛阳都要去拜访他，以能和他结识交谈而感荣幸。如果不是名士，那必须是亲戚，门房才给通报。这天孔融自己来看望李膺，人家看他是孩子，不给通报。孔融就对门官说："我和你家大人是亲戚，快去通报！"及至李膺见到孔融，并不认识，就笑着问：

"你和我是什么亲戚呀？"

孔融回答："我的祖先是孔夫子，您的祖先是老子（老子姓李），孔子曾问学于老子，有师生之分，我和您可以说是几世的情谊，不和亲戚一样吗？"

在座的大人对一个10岁的孩子能应对得这样巧妙得体都很惊叹，但其中有一位叫陈韪的有些不以为然地说："小时候会耍小聪明的人长大了未必就有用。"孔融接口说：

"大人想必小时候是专耍小聪明的！"

曹丕篡位以后称魏文帝，他手下有一位大臣叫钟繇。钟繇有两个儿子，一个叫钟毓，一个叫钟会，都有少年才子之名。有一次曹丕叫钟繇把两个孩子带来让他看看。孩子领到曹丕面前，钟毓有些慌张，满脸是汗，曹丕问他：

"你为什么出汗？"

钟毓回答："见到皇帝，战战惶惶，所以出汗。"

曹丕又问钟会："你为什么不出汗？"

钟会回答："见到皇帝，战战惶惶，汗不敢出。"

曹丕听了两人的回答后，更加喜欢钟会。

又有一次，钟毓、钟会两兄弟乘父亲午睡时偷酒喝，钟繇假装睡觉看他们的举动。只见钟毓先恭恭敬敬行了个礼，才灌了一口；而钟会则拿起来就喝。事后钟繇问他们为什么这样，钟毓说：

"酒是用来祭礼用的，所以先要行礼才能饮。"

可是钟会却说："偷东西本来就是非礼的，干吗还要行礼呀！"

营丘之士

典出《艾子杂说》：营丘士，性不通慧，每多事，好折难而不中理。一日，造艾子问曰："凡大车之下，与橐驼之项，多缀铃铎，其何故也？"艾子曰：

"车、驼之为物甚大，且多夜行，忽狭路相逢，则难于回避，以惜鸣声相闻，使预得回避尔。"营丘士曰："佛塔之上，亦设铃铎，岂谓塔亦夜行而使相避邪？"艾子曰："君不通事理，乃至如此！凡鸟鹊多托高以巢，粪秽狼藉，故塔之有铃，所以警鸟鹊也，岂以车驼比邪？"营丘士曰："鹰、鹞之尾，亦设小铃，安有鸟鹊巢于鹰鹞之尾乎？"艾子大笑曰："怪哉，君之不通也！夫鹰准击物，或入林中，而绊足绦线，偶为木之所绾，则振羽之际，铃声可寻而索也，岂谓防鸟鹊之巢乎？"营丘士曰："吾尝见挽郎秉铎而歌，虽不究其理，今乃知恐为木枝为绾，而便于寻索也！"

营丘地方有位先生，生性很不通达，平日好多事，喜欢与人辩论而且总是钻牛角尖儿、认死理。

一天，他登门拜访艾子，问道："大车辕杆下和骆驼脖子上大都挂着铃铛，这是什么道理？"艾子告诉他："马车、骆驼，体躯很大，而且经常走夜路，一旦狭路相逢就很难错让。所以借助铃声彼此照应，以便预先让路回避。"

营丘先生又问道："佛塔上面也吊着铃铛，难道说佛塔也会夜行，需要借助铃声彼此回避吗？"艾子说："您怎么不通事理到了这种地步！鸟雀喜欢在高处筑巢，弄得寺塔污秽不堪。所以佛塔吊着铃铛用来惊吓鸟雀，这怎么能和大车、骆驼相比呢？"

营丘先生又问道："那么，鹰、鹞的尾巴上也带着铃铛。难道鸟儿敢在它们的尾巴上筑巢吗？"艾子禁不住大笑说："真荒唐，您真是不通事理啊！鹰、鹞在捕猎的时候，有时会飞入林中，缚在脚上的丝带一旦被树枝挂住，那么在它奋翅挣扎的时候，就会振响铃铛，这样便于人们循声找寻，怎么能说是防备鸟雀筑巢呢？"

营丘先生听了恍然大悟，说："噢！我曾经看见送葬的时候，挽郎摇着铃铎，嘴里唱着歌，一直不懂其中的道理。现在才明白那是恐怕被树枝绊住，便于寻找啊！"

后人用"营丘之士"这个典故告诉人们，不要把事物表面的一点联系绝对化，偷换论题，混淆概念。

渊材禁蛇

典出《谈言》：渊材尝从郭太尉游园，咤曰："吾比传禁蛇方，甚妙，但咒语耳，而蛇听约束，如使稚子。"俄有蛇甚猛，太尉呼曰："渊材可施其术。"蛇举首来奔，渊材无所施其术，反走汗流，脱其冠巾曰："此太尉宅神，不可禁也。"

一次，渊材随从郭太尉在园中游玩，吹牛说："我有一个祖传的禁蛇妙法，特别灵，只要念动咒语，蛇就听从约束，好比摆布小孩一样。"

不一会儿，园中窜出一条凶猛的蛇。太尉惊呼道："渊材，快施展你禁蛇的本领。"正说着，那条毒蛇已昂首直奔过来，渊材毫无办法，吓得掉头就跑。他汗流满面，摘下帽子，气喘吁吁地说："这是太尉的宅神，禁不得。"

后人用"渊材禁蛇"这个典故说明：靠吹牛皮、说大话混日子的人经不起实际斗争的考验。

宰人请罪

典出《韩非子·内储说下》：文公之时，宰臣上炙而发绕之。文公召宰人而谯之，曰："女（同"汝"）欲寡人之哽邪？奚为以发绕炙？"宰人顿首再拜，请曰："臣有死罪三：援砺砥刀，利犹干将也，切肉，肉断而发不断，臣之罪一也；援木而贯脔，而不见发，臣之罪二也；奉炽炉，炭火尽赤红，而炙熟而发不烧，臣之罪三也。堂下得无微有疾臣者乎？"公曰："善。"

乃召其堂下而谯之，果然，乃诛之。

春秋时期，晋国国君晋文公（名重耳）在位的时候，曾发生了这样一件事：有一次，管理饮食的宰臣（厨师）给文公端上了烤肉，可是烤肉上却缠绕着头发。晋文公把宰臣召来，责问他说："你想把我噎死吗？为什么用头发缠着烤肉？"宰臣一再磕头请罪，说："我的死罪有三条：用磨刀石把刀子磨得像'干将'宝剑一样快，用它切肉，肉断了，而头发却没有断，这是我的第一条罪状；用木条把切好的一块块肉穿起来，却没有发现头发，这是我的第二条罪状；侍弄火势旺盛的炉子，把炭火烧得赤红，肉烤熟了，却没有把头发烧着，这是我的第三条罪状。由此看来，堂下会不会有人暗地里忌恨我呢？"晋文公说："你说的有道理。"立即把堂下侍者召来责问，果然有人暗中捣鬼，于是就把那人杀了。

宰人在困危的时刻，急中生智，故作"请罪"，用事实上互相矛盾的所谓罪状，巧妙地辩明自己无罪。

"宰人请罪"就是从这个故事来的。人们用"宰人请罪"这个典故比喻急中生智，善于辩理。

曾参杀人

典出《战国策·秦策二》：昔者曾子处费，费人有与曾子同名族而杀人，人告曾子母曰："曾参杀人。"曾子之母曰："吾子不杀人。"织自若。有顷焉，人又曰："曾参杀人。"其母尚织自若也。顷之，一人又告之曰："曾参杀人。"其母惧，投杼逾墙而走。夫以曾参之贤，与母之信也，而三人疑之，则慈母不能信也。

春秋时期，有一个学识渊博、品德高尚的人，名叫曾参，又称曾子。他同母亲一起，住在费这个地方。有一次，一个和曾子同姓名的人，杀死了人。

有人去告诉曾子的母亲说："曾参杀人了。"曾子的母亲回答说："我的儿子不会杀人的。"说着，她仍然不停地织着布。过了一会儿，又一个人来说："曾参杀人了。"曾子的母亲未置可否，仍旧安心地织着布。不一会儿，又一个人来告诉说："曾参杀人了。"这一回，曾子的母亲害怕了，急忙丢下织布的梭子，翻墙逃跑了。像曾子那样贤德，他的母亲又十分信任他，可是，只要有 3 个人说他杀人了，慈爱的母亲也不敢相信自己的儿子了。

"曾参杀人""曾母投杼"就是从这个故事来的。人们用它形容流言可畏，谣言可怕。

"三至之谗"也是从这个故事概括出来的。人们用它表示受了诬蔑和冤枉。

辙中有鲋

典出《庄子·外物》：庄周家贫，故往贷粟于监河侯。

监河侯曰："诺！我将得邑金，将贷子三百金，可乎？"

庄周忿然作色，曰："周昨来，有中道而呼者。周顾视车辙中，有鲋鱼焉。周问之曰：'鲋鱼，来！子何为者邪？'对曰：'我东海之波臣也。君岂有斗升之水而活我哉？'周曰：'诺！我且南游吴越之王，激西江之水而迎子，可乎？'鲋鱼忿然作色，曰：'吾失我常，与我无所处；吾得斗升之水然活耳，君乃言此，曾不如早索我于枯鱼之肆！'"

庄周家里很穷，因此去找监河侯借粮。

监河侯说："好！我就要收租税了，到那个时候，可以借给你 300 黄金，好吗？"

庄周气得脸色都变了，说："我昨天来这里，半路上听到有呼救声，我回头一看，在车沟里有一条鲫鱼。我问它说：'鲫鱼，过来！你在喊什么呀？'

鲫鱼答道：'我是东海里的水族，您可有一升半斗的水，救救我这条命吗？'我说：'好！我正要到南方去游说吴越的国王，让他们把西江的水赶上来迎接你，好吗？'鲫鱼气得变了脸色说：'我失去了正常的生活环境，已经没有地方可呆。我只求你给我一升半斗的水就得活命，可是你却说这样的话，还不如早早到干鱼摊子上去找我呢！'"

这则寓言讽刺了不着边际的华而不实的夸夸其谈。历来一切反动的统治者，对嗷嗷之氓都是口惠而实不至的；望梅止渴，画饼充饥，其结果不过是让人民渴死和饿死而已。激西江之水，迎鲋鱼于道辙以归东海，这么吹吹牛是不难的，但却连斗升之水也不肯拿出来，这实际上就是准备把鲋鱼送给枯鱼之肆，无怪乎鲋鱼要忿然作色了。

郑人争年

典出《韩非子·外储说左上》：郑人有相与争年者。

一人曰："吾与尧同年。"

其一人曰："我与黄帝之兄同年。"

讼此而不决，以后息者为胜耳。

郑国有两个人互相争辩自己的年岁大。

一个人说："我同唐尧同一年生！"

另一个人说："我和黄帝的哥哥同一年生！"

两个人就这样地争吵不休，谁最后住口就算是谁胜利了。

寓言"郑人争年"，嘲笑了无聊的辩者：他们往往提出毫无意义、无法证明的命题，争论起来，孜孜不倦，喋喋不休，永远得不到结果，也不企求得到结果。他们嘴里嚼着干蜡，津津有味，实由于腹内空空，乐趣就全然在他们的嘴皮子上了。

指桑骂槐

典出《红楼梦》第十六回：咱家所有的这些管家奶奶，哪一个是好缠的？错一点儿他们就笑话打趣，偏一点儿他们就指桑骂槐的抱怨。

贾政寿辰那天，宁荣二府的人丁都来祝寿，热闹非常。正在这时，那夏太监骑马来到贾府，直至正厅下马，满脸笑容，走至厅上，南面而立，肃然说道："奉特旨：立刻宣贾政入朝，在临敬殿陛见。"说毕，连茶也没喝，便乘马去了。

贾政等连忙整装入朝。入朝后才知道元春被封为凤藻宫尚书，加封贤德妃。喜讯传来，宁荣二府上下内外，莫不欢天喜地，唯有宝玉"置若罔闻"（意思是：好像没有听到这个喜讯一样）。且喜贾琏与黛玉要回来，先遣人来报信，明日就可到家了，宝玉听了方略有些喜意。

好容易等到第二天中午，贾琏才把黛玉接到贾府里来。宝玉端详了一番黛玉，觉得她比以前越发出落得超逸了。宝玉便将北静王所赠茯苓香串珍重地取出来，转送黛玉。黛玉却说："什么臭男人拿过的，我不要。"说着便扔还宝玉，宝玉只得收回，暂且无话。

贾琏见过众人之后，便回自家房中，问及别后家中诸事；又谢凤姐的辛苦。凤姐说："我呀，见识又浅，嘴又笨，心又直，'人家给个棒槌，我就拿着认作针了'……你是知道的，咱家所有的这些管家奶奶，哪一个是好缠的？错一点儿他们就笑话打趣，偏一点儿他们就'指桑骂槐'的抱怨……"

后人用"指桑骂槐"（指着桑树骂槐树）比喻明指甲而暗骂乙。

周人卖朴

典出《战国策·秦策三》：郑人谓玉未理者"璞"，周人谓鼠未腊者"朴"。

周人怀朴过郑贾曰："欲买朴乎？"郑贾曰："欲之。"出其朴。视之，乃鼠也。因谢不取。

没有加工的玉，郑人叫"璞"；没有晾干的鼠肉，洛邑人叫"朴"。

有一天，一个洛邑人怀里揣着没有晾干的鼠肉，从一个郑国商人门前经过，便对他说："你想买朴吗？"郑商回答说："我正要买璞。"洛邑人连忙把朴从怀里拿出来。郑商一看，原来是没有晾干的鼠肉，只得连连道歉，不肯收买。

这个故事说明：世间名同物异现象甚多，语言分歧也大，一定要循名求实。

转弯抹角

典出《水浒传》第三回：当下收拾了行头药囊，寄顿了枪棒，三个人转弯抹角，来到州桥之下一个潘家有名的酒店。

中秋之日，史进邀请少华山头领朱武、陈达、杨春前来庄上宴饮。正当他们在后园饮酒叙谈之际，忽听墙外喊声四起，火把乱明。史进上墙一看，只见华阴县县尉引着两个都头及三四百士兵前来捉拿朱武等人。史进并朱武等略为计议之后，即便放火焚烧庄院，带领小喽啰并庄客杀将出去。陈达、杨春一人一朴刀，结果了两个都头的性命，县尉吓得屁滚尿流，慌忙骑马奔逃，众官兵四散逃命。史进、朱武等杀散官兵之后，即来到少华山寨内，杀牛宰马，贺喜饮宴。

史进在少华山住了几日，辞别朱武等人去关西经略府寻师父王进。史进独自一人，夜住晓行，半月之后来到渭州。渭州也有一个经略府，史进想"莫非师父王教头在这里？"于是史进走进一家茶坊寻问。茶坊主人不知王教头的去向。恰在这时鲁智深走进茶坊，于是史进便向鲁提辖施礼请问。当鲁智深得知史进是史家村的九纹龙时，喜不自胜，挽着史进的胳膊便要去酒店饮酒。

2 人出得茶坊，在街上走了三五十步，只见史进原来的师父打虎将李忠在街上使枪弄棒卖膏药，于是史进、鲁提辖便邀李忠一同去吃 3 杯。"当下收拾了行头药囊，寄顿了枪棒，3 个人转弯抹角，来到州桥之下一个潘家有名的酒店。"3 人在酒楼上饮酒说些闲话，较量些枪法，十分投合。

后人用"转弯抹角"形容行路曲折很多。也用来比喻说话不爽直。

自嘲自解

从前有一只狐狸走过葡萄架下，它看见一串串成熟的葡萄从架上垂下来，心想："这葡萄那么熟，一定很好吃，味道一定又甜又新鲜，可能比枣儿可口。"

它越想越爱吃，于是纵身一跳，仍然摘不到。想摘下一些葡萄来吃，可是因为葡萄的架子很高，它摘不到；再纵身一跳，仍然摘不到。它试了好几处，都摘不到一棵葡萄，弄得疲乏极了，只好垂头丧气地走开。

狐狸摘不到葡萄，一路上便自言自语地说："那葡萄一定很酸，没有什么好吃的。"

其实狐狸很想吃葡萄，摘不到，才这样自我安慰一番罢了。

后来的人，凡是看到人家做了，自己也去做，不能达到目的，遭遇了失败之后，没有尽力去争取，只作着自我安慰的，就叫做"自嘲自解"。意思是自己嘲笑自己，自己在安慰自己。

自郐以下

典出《左传·襄公二十九年》：自郐以下无讥焉。

春秋时代有个季札，是吴国人。有一次，他在鲁国欣赏周代的音乐。他对《诗经》里的周南、召南、邶、卫、王、齐、豳、秦、魏、唐、陈的乐曲都发表了意见，然"自郐以下无讥焉"。（意思是：从郐国以下的乐曲，他就没有发表意见。）因为他认为邻国以下的乐曲没有什么值得评论的，所以就没有发表意见。

后人用"自郐以下"（郐：西周时的诸侯国名）来比喻从什么以下就不值一谈。

实地调查

典出《战国策·齐策》。邹忌修八尺有余，身体秀丽。朝服衣冠，窥镜，谓其妻曰："我孰与城北徐公美？"其妻曰："君美甚，徐公何能及君也！"……明日，徐公来。孰视之，自以为不如；窥镜而自视，又弗如远甚。暮寝而思之，曰："吾妻之美我者，私我也；妾之美我者，畏我也；客之美我者，欲有求于我也。"于是入朝见威王曰："……今齐地方千里，百二十城，宫妇左右，莫不私王；朝廷之臣，莫不畏王；四境之内，莫不有求于王。由此观之，王之蔽甚矣！"王曰："善。"乃下令："群臣吏民，能面刺寡人之过者，受上赏；上书谏寡人者，受中赏；能谤议于市朝，闻寡人之耳者，受下赏。"

那时候，有个知名之士叫淳于髡，他看见邹忌仗着一张嘴就当了相国，有点不服气。他带着几个门生来见邹忌。邹忌挺恭敬地招待他，淳于髡大模大样地往上头一坐。他那种瞧不起人骄傲自大的样子好像老子似的。他问邹忌说："我有几句话请问相国，不知道行不行？"邹忌说："请您多多指教！"淳于髡说："做儿子的不离开母亲，做妻子的不离开丈夫，对不对？"邹忌说："对。我做臣下的也不敢离开君王。"淳于髡说："车轱辘是圆的，水是往下流的，是不是？"邹忌说："是。方的不能滚转，河水不能倒流。我不敢不顺着人情，亲近万民。"淳于髡说："貂皮破了，别拿狗皮去补，对不对？"

邹忌说："对。我绝不敢让小人占据高位。"淳于髡说："造车必须算准尺寸，弹琴一定得调准高低，对不对？"邹忌说："对。我一定注意法令，整顿纪律。"淳于髡站了起来，向邹忌行个礼，出去了。

他那几个门生说："老师一进去见相国的时候，多么神气！怎么临走倒向他行起礼来了呢？"淳于髡说："我是去叫他破谜的。想不到我只提个头，他就随口而出地接下去。他的才干可不小啊。我哪能不向他行礼呢？"

从今以后，再没有人敢去跟邹忌为难了。邹忌真的把淳于髡的话当做金科玉律。他想尽办法规劝齐威王调查事实，别让左右的人用奉承的话把自己蒙蔽住。有那么一天，邹忌把人家称赞他长得漂亮的话对齐威王说了。原来邹忌身高八尺多，相貌堂堂，自己也很得意。他早上起来，穿好衣服，戴上帽子，对着镜子瞧瞧自己，问他的妻子，说："我跟北门的徐公比起来，哪个漂亮？"城北徐公是齐国有名的美男子，邹忌要听听他妻子的意见。他的妻子说："徐公哪比得上您呢？"他又问他的使唤丫头，她也说："您比徐公美。"过了一会儿，外面来了一位客人，两个人就坐着谈天。谈话当中，邹忌问他："我跟徐公比，哪个漂亮？"那个客人说："您漂亮，徐公比不上您！"第二天，巧极了，城北徐公来访问邹忌。邹忌一看，觉得自己不如徐公漂亮。他偷偷地照照镜子，再瞅瞅徐公，越看越觉得自己比徐公差得远了。到了晚上，他躺在床上琢磨着："我的妻子说我美是因为她对我有偏私；我的使唤丫头说我美是因为她怕我；我的客人说我美是因为他有求于我。"他把这段经过向齐威王说了一遍。接着他说："我明明知道我比不上徐公，可是我的妻子对我有偏私，我的丫头一向害怕我，我的客人有求于我，他们就都说我比徐公漂亮。现在齐国土地周围1000里，城邑120个，王宫里的美女和伺候大王的人，没有一个不是讨大王的喜欢的，朝廷上的臣子没有一个不害怕大王的，全国各地的人没有一个不是有求于大王的。从这些情况看来，您的耳目一定被蒙蔽得很厉害的。"齐威王点点头，说："你说得对！"他立刻下了一道命令："不论朝廷大臣、地方官、人民等，能直言指出我的过错的，得上等奖赏。能上书指出我的过错的，得中等奖赏。能议论我的过错并让我耳闻的，得下等奖赏。"

邹忌不但这么规劝齐威王，他还挺仔细地调查全国各地的官员，以知道谁是清官，谁是赃官。他老向朝廷里的大官们查问各地的情形，他们差不多都说："不知道从哪儿说起。我们只知道太守里头最好的是阿城大夫（阿城，在山东省阳谷县东北），最坏的大概要数即墨大夫了（即墨，在山东省平度市东南）。"邹忌就照样告诉了齐威王，请齐威王暗地里派人去调查。

齐威王便装作无意中问起左右，大伙儿都说阿城大夫是太守里头数一数二的好人，那个即墨大夫是太守里头的坏蛋。好太守人人喜欢，坏太守谁都讨厌。朝廷上的大臣们和左右一帮人每回听见齐威王和邹忌提起这两个太守来，都挺起劲。他们知道，阿城大夫准能够步步高升，他升官了，他们也有好处。这就叫"与人方便，自己方便"。那个不懂人情世故、默默无闻的即墨大夫，早就该撤职查办了。果然，天从人愿，齐威王召回了那两个大夫来报告。"报告"只是个名义罢了，其实就是叫阿城大夫来领赏，叫即墨大夫来受刑。这还用说吗？

就在那天，文武百官朝见齐威王。齐威王叫即墨大夫上来。众人瞧见一个大锅烧着一锅开水，大伙儿都替他捏着一把冷汗，静悄悄地站着。齐威王对他说："自从你到了即墨，天天有人告你，说你怎么怎么不好。我就打发人到即墨去调查。他们到了那边，就瞧见地里长着绿油油的庄稼，人民都挺安分守己，脸上透着光彩，好像不知道有什么苦楚，有什么纷争似的。这都是你治理即墨的功劳。你专心一意地为了帮着人民，一点也不来跟这些大官们套关系，也不送点礼给大伙儿，他们就天天说你不好。像你这种老老实实、勤勤恳恳、不吹牛、不拍马的太守，咱们齐国能找得出几个？——我加封你一万家户口的俸禄！"大伙儿一听，都觉得自己脸上热乎乎的，脊梁骨冒凉气，恨不得钻到地底下去。可是地不作美，没给他们临时开个窟窿。

齐威王回头又对阿城大夫说："自从你到了阿城，天天有人夸奖你，说你怎么怎么能干。我就打发人到阿城去调查。他们到了那边，就瞧见地里乱七八糟地长满了野草，老百姓面黄肌瘦，连话都不敢说，只能暗地里叹气。这都是你治理阿城的罪恶。你为了欺压小民、装满自己的腰包，接连不断地给我手下的人送礼，叫他们好替你吹牛，把你捧上天去。像你这种专仗着贿赂、买动人情、巴结上司的贪官污吏，要是再不惩办，国家还成个体统吗？——把他扔到大锅里去！"武士们就把他煮了。吓得那些受过阿城大夫好处的人都好像自己也被扔到大锅里一样，一个个站不住了。他们一会儿换换左脚，一会儿换换右脚，一会儿擦擦脑袋上的汗珠，一会儿挠挠脖子，愁眉苦脸地站在那儿。

齐威王回头叫那些平日不分青红皂白、颠倒是非的十几个人过来，骂着说："我在宫里怎么能知道外边的事情呢？你们就是我的耳朵、我的眼睛，可是你们贪赃受贿，昧着良心，把坏的说成好的，把好的说成坏的。你们好比扎瞎了我的眼睛，堵上了我的耳朵。我要你们这些臣下干什么？——把他们都给我煮了吧！"这 10 多个人吓得跪在地下，直磕响头，苦苦地哀求着。齐威王就挑几个比较坏的，下锅煮了。

这么一来，贪污的官吏便不能再在齐国待下去了，真正贤明的人有了发挥才能的机会。齐国的政治可就比以前清明多了。

齐威王看邹忌整顿得挺有成效，就封他为成侯。邹忌又对齐威王说："从前齐桓公、晋文公当霸主，都借着周天子的名义。目前周室虽然是衰弱了，可是还留着天子的名义。要是大王奉了他的命令去号令诸侯，大王不就是霸主了吗？"齐威王说："我已经当了王，怎能去朝见另一个王呢？"邹忌说："他是天子啊。只要在朝见的时候，您暂且称为齐侯，天子必定高兴，您还不是要做什么就做什么吗？"齐威王就亲自到成周去朝见天子。这是公元前370 年（周安王的儿子周烈王六年）的一件大事。

周朝的王室早就只剩下一个空名了，各国诸侯根本想不起还有朝见天子这个礼节来。如今齐侯来朝见，周烈王认为周朝的气运转了。这份高兴劲就不必提了。朝廷里的大臣们和京城里的老百姓都乐得敲锣打鼓，连蹦带跳地庆祝起来。周烈王叫人去瞧瞧库房里还有什么宝贝没有。说起来也怪寒酸的，库房里哪还有多少值钱的东西呢？可是老太爷不能在孝顺的子孙跟前丢人现眼！他只好咬着牙，搜寻了几件宝贝，赏给"齐侯"。齐威王从天子那儿回来，沿途上都是称赞他的话，乐得他满脸喜悦，装满一肚子的得意回来。

这个故事是讲齐威王听从邹忌的劝谏，用人唯贤，注重事实，讲求实效，堪称一个明君。

丙吉问牛

典出《汉书·丙吉传》：吉又尝出，逢清道群斗者，死伤横道，吉过之不问，掾史独怪之。吉前行，逢人逐牛，牛喘吐舌。吉止驭，使骑吏问："逐牛行几里矣？"掾史独谓丞相前后失问，或以讥吉，吉曰："民斗相杀伤，长安令、京兆尹职所当禁备逐捕，岁竟丞相课其殿最，奏行赏罚而已。宰相不亲小事，非所当于道路问也。方春少阳用事，未可大热，恐牛近行，用暑故喘，此时气失节，恐有所伤害也。三公典调和阴阳，职当忧，是以问之。"掾史乃服，以吉知大体。

西汉，有一个大臣叫丙吉（也作邴吉），字少卿，鲁国人，汉宣帝时期官至丞相，封博阳侯。他为人宽厚礼让，又经常巡视各地，体察民情。有一次，丙吉外出巡查。丞相出巡，照例要清理道路，命令闲杂人等回避。可是，居然有一伙人在已经清理过的道路上打群架，死伤的人横七竖八地躺在路上。丙吉坐车经过那里，一句话也不问，掾史觉得很奇怪。丙吉往前走，看到有人赶牛，牛喘得吐出了舌头。丙吉停住车子，派手下骑马的官吏去询问："赶牛走了几里路？"这时，丙吉手下的掾史说话了，他认为丙吉该问的不问，不该问的却要问，前后两件事处理得都不对，有人因此嘲笑丙吉。丙吉说："百姓打架伤亡，长安令和京兆尹的职责就是负责禁止、处理这类事件的，年末丞相考察他们的治绩，上奏皇上，实施赏罚而已。我作为丞相，不能管这些小事，在路上过问打架斗殴的事是不应当的。现在正值春季，太阳光并不太足，天气并不很热，牛没走多远的路就喘得挺厉害，我因此而担心气候反常，有些地区要遭受灾害。我位居三公，要考虑阴阳变化这一类大事，理应为百姓的衣食操心。所以，我问问牛喘的事。"掾史听了这番话，心悦诚服，认为丙吉很识大体。

"丙吉问牛"就是从这个故事来的。人们用这个典故赞扬官吏体察下情，关心民间疾苦。

不然官烛

典出《北堂书钞》卷三十八引吴·谢承《后汉书》。

东汉时期，有一个人叫巴只，他曾任扬州刺史。

巴只为官清廉，品格端方，从来不愿意占公家一点便宜，将公家与私人的界限分得十分清楚。他当官时，从来不将妻室儿女接至任所。他的日常开支严格限制在自己的俸禄之内。他做官时，晚上若有私人的客人来访。他宁愿与客人坐在黑暗之中交谈，也不点官家一支蜡烛。

后人用此典形容地方官吏清正廉洁。

不贪为宝

典出《左传·襄公十五年》：宋人或得玉，献诸子罕。子罕弗受。献玉者曰："以示玉人，玉人以为宝也，故敢献之。"

子罕曰："我以不贪为宝，尔以玉为宝。若以与我，皆丧宝也，不若人有其宝。"稽首而告曰："小人怀璧，不可以越乡，纳此以请死也。"子罕诸其里，使玉人为之攻之，富而后使复其所。

春秋时期，宋国有人得到一块美玉，他把美玉献给子罕。子罕是一个清廉不贪的人，不肯接受这块美玉。献玉的人说："我把这块玉拿给玉工看过，玉工认定它是个宝物，所以我才敢把它拿来献给您。"子罕说："我把不贪求钱财视为宝物，你把美玉视为宝物。如果您把美玉给了我，我们两个人就都丧失了自己的宝物。还不如您留着自己的美玉，我严守自己不贪图钱财的操守，我们各人保有自己的宝物。"献玉的人听了，连忙叩头，告诉子罕说："我乃区区小民，怀藏如此珍贵的玉璧，必然为盗所害，不能越过乡里。我把它送给您，是请求免予一死的。"子罕把美玉留在自己的乡里，派玉工替献玉的人加以雕琢，等献玉的人卖出玉璧，变得富有之后，子罕才让他回到自己的家里。

"不贪为宝"就是从这个故事来的。人们用它形容清廉不贪，操守高洁。

不违农时

典出《孟子·梁惠王上》：（孟子）曰："王知如此，则无望民之多于邻国也。不违农时，谷不可胜食也；数罟不入湾池，鱼鳖不可胜食也；斧斤以时人山林，材木不可胜用也。谷与鱼鳖不可胜食，材木不可胜用，是使民养生丧死无憾也。养生丧死无憾，王道之始也。"

战国时期，梁（魏）惠王同孟子谈论治国之道。梁惠王说："我治理国家，已经费尽心机了。如果河内一带发生了饥荒，我就把那里的老百姓迁移到没有发生饥荒的河东去。如果河东发生饥荒，我也同样采用迁移的办法，解除老百姓的苦难。我认真研究过邻国的政治，邻国的国君中还没有谁像我这样爱护老百姓的。可是，那些国家的老百姓并没有因为自己的国君不尽心尽力为他们着想，就移居他国，也没有因为我尽心尽力为老百姓着想，别国的老百姓就闻讯投奔我，使我国老百姓的人口增多，这到底是怎么回事呢？"

孟子心想，你梁惠王平时横征暴敛，弄得老百姓一贫如洗，虽然在灾荒之年搞了点小恩小惠，但同其他国君比起来，没有什么本质区别，不过是五十步笑百步而已。孟子通过打比方，使梁惠王懂得了这个道理后，说："您如果明白'五十步笑百步'的道理，那么就不要再期望您的百姓比邻国多了。如果在农民耕种收获的农忙时节，不去征兵征工，以妨碍生产，那么农业就会丰收，谷物就会多得吃不完。如果不用特别细密的鱼网到池塘里去捕鱼，那么小鱼就不会被捕上来，鱼类就会得到迅速繁衍和生长，以至于多得吃不完。如果选择好时机砍伐树木，不是滥砍滥伐，木材也会取之不尽，用之不竭。粮食多得吃不完，鱼类多得捕不完，木材多得用不完，这样一来，老百姓对生养死葬都没有后顾之忧了，他们就会心悦诚服，天下就会统一安宁，您的王道就会盛行于世了。"

"不违农时"就是从这个故事来的。人们用它指不耽误农作物的耕种、管理、收获季节。

但食猪肝

典出《后汉书·周黄徐姜申屠列传》：太原闵仲叔者，世称节士，虽周党之洁清，自以弗及也。党见其含菽饮水，遗以生蒜，受而不食。建武中，应司徒侯霸之辟。既至，霸不及政事，徒劳苦而已。仲叔恨曰："始蒙嘉命，且喜且惧；今见明公，喜惧皆去。以仲叔为不足问邪，不当辟也。辟而不问，是失人也。"遂辞出，投劾而去。复以博士征，不至。客居安邑。老病家贫，不能得肉，日买猪肝一片，屠者或不肯与，安邑令闻，敕吏常给焉。仲叔怪而问之，知，乃叹曰："闵仲叔岂以口腹累安邑邪？"遂去，客沛。

闵贡，字仲叔，东汉太原人。闵仲叔是个有节操之人，人们都称赞他。即使像周党那样品德高洁的人，也自以为不如闵仲叔。有一次，周党见他吃粗茶淡饭，没有菜吃，就拿些生蒜送给他。闵仲叔说："我本想少点麻烦事，难道现在还添麻烦吗？"他虽收下了生蒜，却不肯吃。光武帝建武年间，闵仲叔接受了司徒侯霸的征召。可是到来之后，侯霸不向他提及政事，闵仲叔觉得自己辛辛苦苦地跑了来，什么用处也没有。他愤愤地说："当初接到您征召的命令，我感到又欣喜又害怕。现在见到您，欣喜和害怕的心情都消失了。如果您认为我不值得您垂问政事，那么就不应当征召我。征召之后而不闻不问，是失去民心的。"于是，他辞别侯霸，递上引罪自责的辞呈，就走了。后又征召他为博士，闵仲叔不肯应召。他旅居在安邑，年老有病，家又贫穷，买不起肉，每天只买一片猪肝，卖肉的屠户有时不肯卖给他。安邑县令得知后，吩咐官吏经常供给他。闵仲叔感到很奇怪，询问是怎么回事。当他知道真实情况后，感叹地说："我闵仲叔难道因为饮食而麻烦安邑吗？"于是，他离开安邑，到沛县去住。

"但食猪肝"就是从这个故事来的。人们用它形容清廉自爱。也可用它形容生活清苦。

丰取刻与

典出《荀子·君道》：上好贪利，则臣下百吏乘是而后丰取刻与，以无度取于民。

《君道》是荀况论述封建君主在维护地主阶级统治中的重要作用的一篇文章。荀况把封建礼法看作是治理国家的根本，认为君主要治理好国家，必须"审之礼"。君主和臣下在维护封建礼法、巩固地主阶级政权中，具有重要的作用。因此，君主要成为臣下的表率，才能使臣下不敢胡作非为。

苟况说：如果君主好玩弄权术，那么臣下百官中那些好搞谎言欺诈的人就会乘这种机会进行欺骗；如果君主为人做事不公正，那么臣下就会乘机而偏私；如果君主喜欢颠倒是非，那么臣下便会乘机偏邪不正；如果君主贪利好奢，那么臣下便会乘机搜刮民财，对百姓多取少给。

后人用"丰取刻与"的这个典故比喻贪婪和掠夺的残酷。丰取：指大量地剥削掠夺；刻：刻薄；与：给。

过门不入

典出《列子·杨朱》："鲧治水土，绩用不就，殛诸羽山。禹纂业事雠，惟荒土功，子产不字，过门不入，身体偏枯，手足胼胝，及受舜禅。"

后人用"过门不入"这句成语形容公而忘私的精神和勤恳的工作态度。从上面这个故事中还可引出一句成语："克勤克俭"，它出自《尚书·大禹谟》，原文是："克勤于邦，克俭于家"。意思是既能勤劳，又能节俭。

"过门不入"也可写作"三过家门而不入"。

参见："三过家门而不入"条

海不扬波

典出《韩诗外传》五：成王之时，越裳氏重译而至，献白雉于周公。周公曰："吾何以见赐也？"译曰："吾受命国之黄发，曰：'久矣，天之不迅风疾雨也，海不波溢也，三年于兹矣，意者，中国殆有圣人，盍往朝之。'于是来也。"

周成王的时候，周公摄行相事，处理国政，天下太平，人民安乐，国家治理得非常好，邻国都非常敬仰，纷纷来朝贡。

此时交趾国越裳氏也派了使臣重译来中国朝贡，向周公赠献珍禽白雉。周公很谦虚地说："我国并没有恩德加给贵国，况且有道德的人，是不过分享受物质的，我们又没有好的政令设施，哪里敢把你们当臣属看待呢？"重译说道："我来的时候，我们的国王黄考对我说：'现在天下已没有猛烈的风暴、连绵不断的淫雨，灾难也已好久没有看到了，海不扬波也已经有3年了，我想中国一定出了圣人啦！我们应该去朝贺。'"使臣朝贡完毕，当他回去的时候，归途中迷失了方向，周公持地赐了他一辆指南车，并派人当向导。

后人把"海不扬波"比喻天下太平，好像大海一样，风平浪静，一点没有波涛，也比喻人民的生活非常安定，社会秩序非常良好。

河伯娶妇

典出《史记·滑稽列传》：魏文侯时，西门豹为邺令。豹往到邺，会长老，问民之所疾苦。长者曰："苦为河伯娶妇，以故贫。"豹问其故，对曰："邺三老、廷掾常岁赋敛百姓，收取其钱得数百万，用其二三十万为河伯娶妇，与祝巫共分其余钱持归。"当其时，巫行视人家女好者，云"是当为河伯妇"，即聘取。洗沐之，为治新缯绮縠衣，闲居斋戒；为治斋宫河上，张缇绛帷，女居其中。为具牛酒饭食，十余日。共粉饰之，如嫁女床席，令女居其上，浮之河中。始浮，行数十里乃没。其人家有好女者，恐大巫祝为河伯取之，以故多持女远亡。以故城中益空无人，又困贫，所从来久远矣。民人俗语曰："即不为河伯娶妇，水来漂没，溺其人民。"西门豹曰："至为河伯娶妇时，愿三老、巫祝、父老送女河上，幸来告语之，吾亦往送女。"皆曰："诺。"

至其时，西门豹往会之河上。三老、官属、豪长者、里父皆会，以人民往观者三二千人。其巫，老女子也，已年七十。从弟子女十人所，皆衣缯单衣，立大巫后。西门豹曰："呼河伯妇来,视其好丑。"即将女出帷中,来至前。豹视之,顾谓三老、巫祝、父老曰："是女子不好,烦大巫妪为人报河伯,得更求好女,后日送之。"即使吏卒共抱大巫妪投之河中。有顷,曰："巫妪何久也?弟子趣之!"复以弟子一人投河中。有顷,曰:"弟子何久也?复使一人趣之!"复投一弟子河中。凡投三弟子。西门豹曰:"巫妪弟子是女子也,不能白事,烦三老为人白之。"复投三老河中。西门豹簪笔磬折,向河立待良久。长老、吏旁观者皆惊恐。西门豹顾曰:"巫妪、三老不来还,奈之何?"欲复使廷掾与豪长者一人趣之。皆叩头,叩头且破,额血流地,色如死灰。西门豹曰:"诺,且留待之须臾。"须臾,豹曰:"廷掾起矣。状河伯留客之久,若皆罢去归矣。"邺吏民大惊恐,从是以后,不敢复言为河伯娶妇。

西门豹到了邺城,一看那地方非常萧条,人口也挺稀少,好像刚打过仗,逃难的居民还没回来的一座空城似的。他就把当地的父老们召集在一块,问他们:"这个地方怎么这么凄凉啊?老百姓一定有什么苦楚吧。"父老们回答说:"可不是吗?河伯娶媳妇,害得老百姓全都逃了。"西门豹一听,摸不清是怎么回事。又问:"河伯是谁?他娶媳妇,老百姓干吗要跑呢?"父老说:"这儿有一条大河叫漳河。漳河里的水神叫河伯,他最喜爱年轻姑娘,每年要娶个媳妇。这儿的人必须挑选容貌好的姑娘嫁给他,他才保佑我们,让我们这儿风调雨顺,五谷丰登。要不然,河伯一不高兴,他就要兴风作浪,发大水,把这儿的庄稼全冲了,还淹死人呢。您想可怕不可怕?"西门豹说:"这是谁告诉你们的?"他们说:"还谁呢?就是这儿的巫婆。她手下有好几个女徒弟,这里的乡绅又都跟她一个鼻孔出气。我们这些小民没有法子,一年之中,要拿出好几百万钱。他们为了河伯娶妻,大概也得花二三十万,其余的就全都塞进他们自己的腰包了。"西门豹说:"你们就这么让他们随便搜刮,不说一句话吗?"父老说:"要是单单为了这笔花费,还不太要紧。最怕的是每年春天,我们正要耕地撒种的时候,巫婆打发她手下的人挨家挨户地去看，瞧见谁家的姑娘长得好看一点，就说：这个姑娘应当做河伯夫人。这个姑娘就没命了！有钱的人家可以拿出一笔钱来作为赎身。没有钱的人家，哭着求着，至少也得送他们一点东西。实在穷苦的人家只好把女儿交出去。每年到了河伯娶妻那一天巫婆把选来的那个姑娘打扮成新娘子，把她搁在一只芦苇编成的小船上。那时候岸上吹吹打打，挺热闹的。然后把小船搁到河里随着波浪漂去。漂了一会儿，连船带新娘子就让河伯接去了。为了这档子事，好多有女儿的人家都搬走了，城里的人就越来越少了。"西门豹说："你们这儿常闹水灾吗？"他们说："全仗着每年给河伯娶妻，还好没碰到过大水灾。有时候夏天缺雨，庄稼枯萎了倒是难免的。要是巫婆不给河伯办喜事，那么，除了旱灾，再加上水灾，那就更不得了了！"西门豹说："这么一说，河伯倒是挺灵的。下回他娶媳妇的时候，你们告诉我一声，我也替你们去祷告祷告。"

到了那天，西门豹带着几个武士跟着父老去"送亲"。当地的里长和办理婚礼的人，没有一个不到的。西门豹还派人去约了那些过去曾把女儿嫁给河伯的人家都来看看今年的婚礼。远远近近的老百姓都来看热闹。一时聚了好几千人。真是人山人海，热闹得厉害。里长带着巫婆来见西门豹。西门豹一看，原来是个三分像人、七分像鬼的老婆子。在她后头跟着20多个女徒弟，手里拿着香炉、蝇甩什么的。西门豹说："麻烦巫婆叫河伯的新媳妇上这儿来让我瞧瞧。"巫婆就叫她的女徒弟去把新娘子带来。只见她们挽着一个十四五岁的小姑娘走了过来。她还哭着呢。苍白的脸上擦着胭脂粉，有不少已经被眼泪冲掉了。西门豹对大伙儿说："河伯夫人必须是个特别漂亮的美人儿。这个小姑娘我看还配不上。劳驾巫婆先去跟河伯说，'太守打算另外挑选一个更好看的姑娘，明天送去。'请你快去快来，我在这里等你的回信。"说着，他叫武士们抱起那个巫婆，扑通一声，扔到河里去了。岸上的人都吓得连口大气也不敢出。那个巫婆在河里挣扎了一会，沉下去了。西门豹站在河岸上，静静地等着。聚在那儿的人张着嘴，顺着西门豹的眼睛向河心盯着。

这么多人却一点声音也没有，只有河里的流水"哗哗哗"地响着。

过了一会儿，西门豹说："巫婆上了年纪，不中用。去了这么半天，还不回来，你们年轻的女徒弟去催她一催吧！"说着就扑通两声，两个领头的女徒弟又给武士们扔到河里去了。大伙儿吓得瞪着眼睛、张着嘴，一会望望河心，一会儿望望西门豹的脸，大伙儿叽叽喳喳地就议论起来了。又待了一会儿，西门豹说："女人不会办事，还是麻烦收取捐钱的善士们辛苦一趟吧！"那几个经常向老百姓勒索的土豪正想逃跑，早就被武士们抓住了。他们还想挣扎，西门豹大声喝着说："快去，跟河伯讨个回信，赶紧回来！"武士们左推右拽，不由分说，把他们推到水里，一个个喊了一声，眼看活不成了。旁边看着的人有的手指着河心，大骂这几个土豪。西门豹冲着大河行个礼，挺恭敬地又等了一会儿。看热闹的人当中有的害怕，有的高兴，有的直咬牙，可是谁也不愿意走开，都要看个究竟。

西门豹回头又说："这些人怎么这么没有用？我看还是麻烦当地的里长们辛苦一趟吧！"吓得那一班人的脸上连一点活人的颜色都没有了。直流冷汗，哆哆嗦嗦地跪在西门豹跟前，直磕响头。有的把脑门子都磕出血来了。西门豹就对他们说："什么地方没有河？什么河里没有水？水里哪儿有什么河伯？你们瞧见过吗？罪大恶极的巫婆，欺压良民的土豪，利用迷信，搜刮百姓的钱财，杀害他们的女儿。你们这些人，不去教导百姓也就罢了，怎么反倒兴风作浪，助长这种野蛮的风俗？你们已经害了多少女子，应该不应该抵偿？"一大群年轻小伙子好像唱歌似地嚷着说："对！应该！太应该了！这批该死的坏蛋，早就该治罪了。"那些里长连连磕头，说："都是巫婆干的勾当。我们真的是受了她的欺骗，上了她的当，并不是存心要这样干的。"西门豹说："如今害人的巫婆已经死了。以后谁要再胡说八道地说河伯娶妻，就叫他先去跟河伯见见面！"群众都嚷着说："对呀！把他扔到河里去！"

西门豹把巫婆跟土豪们的财产都分还给老百姓。从此以后，河伯娶妻的迷信破除了，以前逃走了的那些人慢慢地又都回到邺城来了。

西门豹叫水工测量地势，动员魏国人民开了 12 道水渠，用漳河的水灌溉庄稼，把荒地变成良田，也免除了水灾、旱灾的危害。老百姓安居乐业，五谷丰登。魏文侯听到西门豹这种办事的能耐，就对翟璜说："我听了你的话，叫乐羊收服了中山，叫西门豹治理好了邺城。如今只有西河（地名，在今陕西省华阴、白水、澄城一带，在黄河西边，所以叫西河）地方，要防备秦国的侵犯，你看叫谁去守呢？"翟璜仰着头，想了一想，说："有了，主公要是派他去，一定能成功。"

这个故事讲述了西门豹以其人之道还治其人之身，狠狠打击了那些贪官污吏及封建迷信的习俗。

解狐举贤

典出《韩非子·外储说左下》：解狐举邢伯柳为上党守，柳往谢之曰："子释罪，敢不再拜。"曰："举子，公也；怨子，私也。子往矣，怨子如初也。"

解狐推荐邢伯柳做上党的郡守，邢伯柳去向他道谢说："你原谅我的过错，我怎么敢不再次拜谢你呢！"解狐说："我推荐你，这是公事；怨恨你，这是私事。你去（上任）吧，我对你的怨恨，还像当初一样。"

后人用"解狐举贤"的这个典故比喻人要任人唯贤，以国事为重。

克己奉公

典出《后汉书·祭遵传》：遵为人廉约小心，克己奉公。赏赐辄尽与士卒，家无私财，身衣韦裤，布被，夫人裳不加缘，帝以是重焉。及卒，悼之尤甚。遵丧至河南县，诏遣百官先会丧所，车驾素服临之，望哭哀恸。

东汉初年，有一个人叫祭遵，字弟孙，颍川颍阳人。祭遵的家境很富裕，可是他生活俭朴，不喜欢穿衣打扮。母亲死后，他亲自背土为母亲的遗体筑坟。刘秀起兵反对王莽之后，路过颍阳，看中了祭遵，叫他当军市令。有一次，刘秀身边的侍从犯了法，祭遵就把他杀了。刘秀对将领们说："你们要当心祭遵！我身边的侍从犯了法，尚且被他杀掉了，如果你们犯了法，祭遵一定不会留情面的。"不久，刘秀又拜祭遵为偏将军，封为列侯。此后，祭遵跟着刘秀东征西讨，立下大功。

《后汉书》"列传"的作者范晔（南朝·宋）在为祭遵作传时写道："祭遵为人廉洁、节俭、谨慎，约束自己，以公事为重。他得到皇上赏赐的钱财物，全部分给士兵，家中没有一点私财。他身穿柔皮做成的低贱的牧人裤，盖用布被子，夫人穿的衣服也不加边，因此，光武帝刘秀很器重他。祭遵死后，光武帝刘秀感到十分悲痛。祭遵的丧车到达河南县的时候，刘秀诏令文武百官先到祭遵的灵前集合，而刘秀本人穿着素服前往吊唁，哭声哀痛。"

"克己奉公"就是从这个故事来的。克己：约束自己；奉公：以公事为重。"克己奉公"的意思是，严格要求自己，一心为公。

两袖清风

典出明代于谦《入京》诗：绢帕蘑菇与线香，本资民用反为殃。清风两袖朝天去，免得闾阎话短长。

明代著名的英雄人物和诗人于谦（1398—1457 年），字廷益，钱塘（今浙江杭州市）人。永乐十九年（1421 年）考取进士，任兵部右侍郎，巡抚山西、河南 19 年，接近下层，深得民心。明英宗朱祁镇正统十四年（1449 年）秋，蒙古瓦剌部进犯，英宗在土木堡（今河北怀来县）被俘，于谦被任为兵部尚书，坚决反对迁都南逃，亲自指挥作战，迫使瓦剌部议和。

两袖清风

明英宗复位，于谦却被诬陷致死。

于谦为人耿直，做官廉洁。当时，朝政腐败，官吏贪污纳贿成风，他们从老百姓那里搜刮大量财物，或用以孝敬皇上、朝中权贵，或用以挥霍浪费，天下百姓叫苦不迭。

于谦在担任巡抚从外地回京时，什么礼物也不带。他写了一首《入京》诗，表达自己对贪官污吏的不满，以及廉洁自律的高尚情操。他写道：

    绢帕蘑菇与线香，本资民用反为殃；

    清风两袖朝天去，免得闾阎话短长。

这首诗的意思是，绢帕、蘑菇、线香等物品，本应供百姓之用，只因贪官污吏巧取豪夺，反而给老百姓带来了灾难。在如此恶浊的世风下，我要保持自己的清白，离职返京时，什么物品也不带，只带着两袖清风朝见天子，免得里巷与平民对我议论纷纷。

"两袖清风"就是从这个故事来的。人们用它形容官吏为政清廉，除两袖清风外，别无所有。

马不入厩

典出《后汉书·张奂传》：羌豪帅感奂恩德，上马二十匹，先零酋长又遗金镮八枚。奂并受之，而召主簿于诸羌前，以酒酹地曰："使马如羊，不以入厩；使金如粟，不以入怀。"悉以金马还之。羌性贪而贵吏清，前有八都尉率好财货，为所患苦，及奂正身洁己，威化大行。

东汉时期，有一个人叫张奂，字然明，敦煌渊泉（今甘肃瓜州县）人。汉桓帝永寿元年（155 年），张奂出任安定属国都尉。他刚到任的时候，南匈奴派兵 7000 多人侵扰滋事。张奂兵少，即同东羌人联合，打败了南匈奴的军队，南匈奴 7000 多人全部投降，边界一带平安无事了。

羌族首领感激张奂的恩德，献给他 20 匹马。羌人先零部落的酋长又送给他 8 枚金银制成的耳环。张奂都受了，却把主簿叫到羌人面前，把酒洒在地上，说："即使马像羊那样小，也不要牵入我的马厩；即使金子像谷粒那样小，也不装进我的怀里。"他命令主簿把金子和马匹全部还给了羌人。羌人非常尊重清廉的官吏。此前，安定属国的八任都尉都贪图钱财，羌人对这些贪官污吏十分憎恶。张奂上任之后，以身作则，廉洁公正，他的威望极大地改变了当地的社会习俗和风气。

"马不入厩"就是从这个故事来的。厩：马棚。"马不入厩"的意思是，不把马牵入马棚。人们用它形容官吏廉洁从政。

黄羊任人

典出《吕氏春秋》：晋平公问于祁黄羊曰："南阳无令，其谁可而为之？"祁黄羊对曰："解狐可。"

平公曰:"解狐非子之仇邪?"对曰:"君问可,非问臣之仇也。"平公曰:"善。"遂用之,国人称善焉。

居有间,平公又问祁黄羊曰:"国无尉,其谁可而为之?"对曰:"午可。"平公曰:"午非子之子邪?"对曰:"君问可,非问臣之子也。"平公曰:"善。"又遂用之,国人称善焉。

晋平公问祁黄羊说:"南阳没有县官,你看谁可去做县官?"祁黄羊回答说:"解狐可以。"晋平公说:"解狐不是你的仇人吗?"祁黄羊说:"你问我谁可以当县官,没有问谁是我的仇人。"晋平公说:"好。"于是晋平公便任用了解狐,百姓都称赞解狐是个好县官。

过了一段时间,晋平公又问祁黄羊说:"国家没有法官,你看谁可以做这个工作呢?"祁黄羊回答说:"祁午可以。"晋平公说:"祁午不是你的儿子吗?"祁黄羊回答说:"您问谁可以(做法官),并没问谁是我的儿子。"于是又任用了祁午,百姓都称赞祁午是个好法官。

后人用"黄羊任人"的这个典故比喻大公无私、任人唯贤、因材荐录的崇尚精神。

求媚受责

太宗幸蒲州,刺史赵元楷课父老服黄纱单衣,迎谒路左,盛饰廨宇,修营楼雉以求媚。又潜饲羊百余口、鱼数千头,将馈贵戚。太宗知,召而数之曰:"联巡省河、洛,经历数州,凡有所需,皆资官物。卿为饲羊养鱼,雕饰院宇,此乃亡隋弊俗,今不可复行。当识朕心,改旧态也。"元楷惭惧。

唐太宗到山西蒲州去视察,蒲州刺史赵元楷强行要求百姓士绅穿黄纱单衣,大路左边拜见接迎太宗,大肆装饰官衙和房屋,修饰城墙,以求得太宗的好感。同时又暗地里饲养了上百头羊和上千条鱼,准备用来送给(随行的)

皇亲国戚们。

太宗知道了这些事，就把赵元楷召来责备他说："我巡视黄河、洛河一带，经历了好多州，凡是我所需要的，都是由官府供应。你又特备羊和鱼，修饰房屋，装点庭院，这些都是使隋朝灭亡的坏作风，今天你就不应该再那样做了。你应当了解我的心思，改掉旧的坏作风。"赵元楷听了是又惭愧又害怕。

后人用"求媚受责"这个典故比喻那些想凭借逢迎拍马青云直上的人，往往当场受责，丑态百出。

荣州梧桐

典出《夷坚志》：显谟阁待制董正封，知荣州。使宅一楼极高，可以远眺，而为大梧桐所蔽，举目殊有妨。命伐去。吏辈罗拜乞留，曰："此木为吾州镇，盖逾二百年，有神物居之，颇著灵效。寻常事以香火，不敢怠。若除之，定起大祸，兼亦未必可致力。"董赋性刚烈，叱众退，自率工匠，运斤斧，自朝至暮，木已倒仆支削。忽暴风驾云起根中，屋瓦飘扬，雷电晦冥，骤雨倾泻。董与家人共聚一室。其上如奔马腾踏，兽蹄鸟爪，穿透椽箔，如欲攫人之势。老幼咸怖，泣叫相闻。董怡然不为动。未三刻许，风雷皆息，内外晏如，略无所挠。郡人如叹诵其明决。董寿过八十，乃终。

显谟阁待制董正封，主持荣州军政事务的时候，荣州官府有一座很高的楼，可以极目远望，却被一棵高大的梧桐树遮挡，视野很受妨碍。于是董正封下令把它砍去。

官吏们一听，围着他下拜，请求留下这棵梧桐，说："这棵树是我们荣州镇风水的宝物。已经历时 200 年之久，有神物住在上面，很有灵验。平时烧香磕头，不敢怠慢。如果砍掉它，一定要引起大祸，而且也未必能够砍掉。"

董正封性情刚强暴烈，斥退众人，亲自率领工匠，挥动斧头，从早干到晚，梧桐树终于被砍倒了。

这时，忽然一阵狂风迷雾从树根而起，把屋顶上的瓦席卷而去，四下飞扬。霎时间，雷电交加，天昏地暗，暴雨倾盆。董正封和家里人聚集在一间屋里，只听得房上好似奔驰的烈马在拼力腾踏，又仿佛猛兽恶鸟伸出蹄爪，就要穿透屋顶椽箔，大有把人攫去之势。全家老小都很恐惧，哭叫声响成一片。董正封却安然不动。未时三刻左右，终于风平雷息，内外平安无事，没有什么扰乱。荣州百姓这才赞叹董正封决断英明。

后来，董正封年过 80 才去世。

后人用"荣州梧桐"这个典故告诉人们，董正封不信邪，敢于触动荣州梧桐这个庞然大物，把偶像打翻，在恶势力所掀起的报复凶焰面前，又能镇定自若，坚持斗争，这种大无畏的精神是很值得学习的。

食少事繁

典出《晋书·宣帝纪》：亮使至，帝问曰："诸葛公起居何如？食可几米？"对曰："三四升。"次问政事。曰："二十罚已上皆自省览。"帝既而告人曰："诸葛孔明其能久乎！"竟如其言。

三国时，魏、蜀、吴各据一方，刘备死后，诸葛亮辅助幼主继承刘备遗志，欲一统天下，便率了 10 万大军向魏进攻，在渡渭水之前，曾派使者去魏国，魏国大将司马懿很敬重诸葛亮，向使者询问诸葛亮的日常生活情形。"诸葛孔明先生生活得很好吗？他的饮食如何？能吃多少饭？"使者说："只有三四升。"接着又问诸葛亮处理政事的情形，使者说："凡是处二十（指挨打）罚以上的公文，诸葛丞相都要亲自审察。"事后，司马懿对他左右的人说："诸葛孔明的食量这样少，而工作又这样繁重，他能长命吗？"后来真的被他说中了。

后来的人便将司马懿所说的话引申为"食少事繁"一句成语，比喻吃的饭很少，事务却很繁多。这成语多用来劝告别人要注意身体的健康，切不要只顾工作，大量支出精力，而对饮食、健康之不顾。

桐乡立祠

典出《汉书·朱邑传》：初邑病且死，属其子曰："我故为桐乡吏，其民爱我，必葬我桐乡。后世子孙奉尝我，不如桐乡民。"及死，其子葬之桐乡西郭外，民果共为邑起冢立祠，岁时祠祭，至今不绝。

汉代，有一个人叫朱邑，字仲卿，庐江舒地人。他在青年时代担任舒地桐乡（今安徽桐城市北）乡官，为人廉洁公正，忠诚厚道，爱护老百姓，从来没有鞭打过人，并且关心老幼病残孤寡之人，对他们很有恩德。所以，当地的吏卒百姓都很尊敬他，也很喜爱他。朱邑曾任太守卒史、大司农丞、北海太守，后来当了大司农。公元前 61 年（神爵元年）病逝。汉宣帝听说他死了，感到很惋惜，下诏表扬他公正廉洁，不谋私利，称赞他为"淑人君子"，并赐给他的儿子黄金百斤，用以祭祀朱邑。

当初，朱邑病重将死的时候，他嘱咐儿子说："我以前做过桐乡的乡官，那里的百姓很爱护我。我死之后，一定要把我葬在桐乡。后代子孙祭祀我，不如桐乡百姓。"朱邑死后，儿子把他葬在桐乡西城外，当地百姓果然为他建坟立祠，年年奉祭，一直不绝。

"桐乡立祠"就是从这个故事来的。桐乡：地名，在今安徽桐城市北。祠：祠堂，指同族的人共同祭祀祖先的房屋，或指社会公众或某个阶层为共同祭祀某个人物而修建的房屋。人们用"桐乡立祠"称赞官吏廉洁爱民，受到百姓们的爱戴。

五日京兆

典出《汉书·张敞传》：（敞）为京兆九岁，坐与光禄勋杨恽厚善，后恽坐大逆诛，公卿奏恽党友不宜处位，等比皆免，而敞奏独寝不下。敞使贼捕掾絮舜有所案验，舜以敞劾奏当免，不肯为敞竟事，私归其家。人或谏舜，舜曰："吾为是公尽力多矣，今五日京兆耳，安能复案事？"敞闻舜语，即部吏收舜系狱。是时冬月未尽数日，案事吏昼夜验治舜，竟致其死事。舜当出死，敞使主簿持教告舜曰："五日京兆，竟何如？冬月已尽，延命乎？"乃弃舜市。

西汉宣帝年间，京都长安闹贼，百姓家里常常被贼窃，闹得家家户户都不安。京都的治安归由京兆尹（相当于今日的首都市长）负责，可是历任的京兆尹都不能把偷窃根绝。宣帝听说在胶东做官的张敞是个能吏，就把张敞调来做京兆尹。张敞到任后，首先亲到民间察访，查知这些窃贼是一个有组织的集团，有几个为首的人在发号施令，而这几个为首的人，平时出站都骑马坐车，住宅豪华，婢奴成群。张敞便收买了这几个为首的人，设计把全城的窃贼都捉到了，从此长安果然再没有盗案发生了。

张敞做了几年京兆尹，因他的朋友杨恽犯了大逆不道之罪被杀，朝中公卿大夫奏请凡是杨恽的亲友，在朝做官的都应削职，张敞也在所不免。这时张敞手下有个管窃案的府吏名叫絮舜，张敞要他出去办案，他不去，对人说："张敞公还能做几天京兆呢？五日京兆罢了，我为什么还要给他办事？"张敞知道了，很生气，就办絮舜抗命之罪，下在狱中，数日内便将他上刑致死。

后人便将絮舜所说的"五日京兆耳，安能复案事"引为"五日京兆"一句成语，用来比喻做官的不能久安于位、仕职不能长久，或者事情做不了多久便要被撤职或辞退。

苑中种麦

典出《旧唐书·玄宗纪》：是夏，上自于苑中种麦，率皇太子已下躬自收获，谓太子等曰："此将荐宗庙，是以躬亲，亦欲令汝等知稼穑之难也。"因分赐侍臣，谓曰："比岁令人巡检苗稼，所对多不实，故自种植以观其成；且《春秋》书麦禾，岂非古人所重也！"

唐玄宗李隆基（685—762年），是唐睿宗（李旦）的第三个儿子，在武则天垂拱元年（685年）秋出生于东都洛阳。为人英勇果断，多才多艺，精通音律，善于书法，仪态俊逸，一表人才。

唐睿宗是一个昏庸懦弱的人，他依靠儿子李隆基和太平公主的力量得到帝位，因此，立李隆基为太子。712年，唐睿宗让位给太子，李隆基即位，就是唐玄宗，唐睿宗改称太上皇。比起唐太宗、武则天来，唐玄宗有明显的弱点，容易产生骄侈之心。但是，他在开元年间（713—741年），是励精图治的皇帝，从713年至736年，他为了求得国内的安宁，在用人和纳谏等方面，曾表现出卓越的政治才能。因此，开元年间，经济繁荣，国威远扬，是唐朝的黄金时代。

开元二十二年（734年）夏季，唐玄宗亲自在苑中种麦子，率领皇太子以下人等收割庄稼，对皇太子等人说："将这些收获下来的粮食供奉于宗庙，所以我要亲自动手收割，也想叫你们懂得耕种收获粮食的艰难。"他把粮食分赐给侍臣们，对他们说："每年派人巡视检查禾苗庄稼，想知道到底能产下多少粮食，但是，他们所报的数字多是浮夸，不符合实际。所以，我要亲自种植，看一亩地到底能打多少粮食，以测算收成如何。况且，《春秋》一书大写麦子禾苗，难道稼穑之事不是古人所重视的么！"

"苑中种麦"就是从这个故事来的。它说的是唐玄宗亲自种麦的故事，人们用它喻指皇帝励精图治，重视农业生产的明智之举。

斋马清风

典出《旧唐书·冯元淑传》：……元淑，则天时为清漳令，政有殊绩，百姓号为神明。又历浚仪、始平二县令，皆单绮赴职，未尝以妻子之官。所乘马，午后则不与刍，云令其作斋。身及奴仆，每日一食而已。俸禄之余，皆供公

斋马清风

用，并给与贫士。人或讥其邀名，元淑曰："此吾本性，不为苦也。"中宗时，降玺书劳勉，仍令史官编期事迹。卒于祠部郎中。

唐代，有一个人叫冯元淑，在武则天时期任清漳县令，政绩极为突出，老百姓对他敬若神明。后来，冯元淑又出任浚仪、始平二县令，都单人独骑，前去赴任，从不把妻子儿女带在身边。他所骑的马，午后就不再喂草料，冯元淑说，这是让马作斋戒。他自身及随从奴仆，每天只吃一顿饭。节省下来的俸禄，都用来做办公的费用，并且赐给贫寒之人。有人讥笑他是为了沽名钓誉，冯元淑说："这是我的本性，不觉得清苦。"唐中宗（李显）时，皇帝发下诏书慰劳和勉励他，并叫史官编写他的事迹。冯元淑死在祠部郎中的职位上。

"斋马清风"就是从这个故事来的。人们用它颂扬官吏居官清廉。

折臂三公

典出《世说新语·术解》：人有相羊祜父墓，后应出受命君。祜恶其言，遂掘断墓后，以坏其势。相者立视之曰："犹应出折臂三公。"俄而祜坠马折臂，位果至公。

羊祜，晋代南城人，字叔子。三国时期，曾在魏国末年任相国从事中郎，掌握朝廷机密。西晋王朝建立后，羊祜被封为巨平侯，都督荆州诸军事，前后长达 10 余年。他在任期间，励精图治，开荒屯田，储备军粮，筹划攻灭东吴。他待人以宽，抚恤百姓，深得民心。

羊祜任襄阳都督的时候，有一个风水先生察看羊祜父亲的墓地。风水先生说，从墓地的风水看，羊家以后会产生受命于天的皇帝。羊祜很厌恶这个预言，于是把墓后的水土掘开，以此破坏墓原来的风水。据说，当时发现一个五六岁的小儿，长得端庄明秀，十分可爱。掘墓之后，那个小儿就不见了。可是，风水先生站着看了一会儿，说道："这样的风水，还可以出折臂的三公。"不久，善于骑马的羊祜却从马上摔下来，折断了胳臂，官职果然升到三公高位。当时的士人都感叹羊祜的忠诚。

"折臂三公"就是从这个故事来的。三公：辅助国君掌握军政大权的最高官员。周代以太师、太傅、太保为三公；西汉以大司马、大司徒、大司空为三公；东汉以太尉、司徒、司空为三公。三公也称三司。唐、宋仍称三公，但已无实权。人们以"折臂三公"指人坠马、伤臂等。也可用它称忠诚的官员。

掷骰入相

典出《辽史·耶律俨传》：帝晚年倦勤，用人不能自择，令各掷骰子，以采胜者官之。俨尝得胜采，上曰："上相之征也！"迁知枢密院事……

辽道宗（耶律洪基）时期，辽国有一个大臣叫耶律俨，字若思。他本来姓李，父亲叫李仲禧，析津（今北京）人。李仲禧在辽兴宗（耶律宗真）重熙（1032—1055年）年间开始在辽国朝廷里当官，于辽道宗（耶律洪基）咸雍六年（1070年）被赐姓耶律。耶律俨仪表堂堂，勤奋好学，以诗名著称，在咸雍（1065—1074年）年间考取进士，从此踏上仕途，曾任大理卿、参知政事等职。

辽道宗（耶律洪基）到了晚年时，疏于管理政事，无所用心，选用人才不能亲自考察，而是叫官员们像赌博一样掷骰子，谁掷出的骰子点数大，谁就升官。有一次，耶律俨掷骰得胜，辽道宗说："你快当上相了！"随即任命耶律俨当中央官署枢密院的长官。

"掷骰人相"就是从这个故事来的。人们用它形容官场腐败，仕风恶浊。

邹忌论琴

典出《史记·扁鹊仓公列传》：

齐桓公死了以后，他儿子即位，就是齐威王。就在这一年，姓姜的齐康公死在海岛上，恰巧他没有儿子，田太公的孙子、齐桓公的儿子齐威王算是继承齐康公的君位。从此以后，齐国姜氏的君位绝了根。以后的齐国，虽然还叫齐国，可是已经是田家的了。

齐威王有点像当初楚庄王一开头时候的派头，一个劲儿地吃、喝、玩、乐，国家大事他都不闻不问。人家楚庄王"3年不飞，一飞冲天；3年不鸣，一鸣惊人"，可是齐威王呢，一连9年不飞、不鸣。在这9年当中，韩、赵、魏各国时常来打齐国，齐威王从没放在心上，打了败仗他也不管。

有一天，有个琴师求见齐威王。他说他是本国人，叫邹忌。听说齐威王爱听音乐，他特地来拜见。齐威王一听是个琴师，就叫他进来。邹忌拜见之后，调着弦好像要弹的样子，可是他两只手放在琴上不动。齐威王挺纳闷地问他，说："你调了弦，怎么不弹呢？"邹忌说："我不光会弹琴，还知道弹琴的道理！"齐威王虽说也能弹琴，可是不懂得弹琴还有什么道理，就叫他仔细说来听听。邹忌海阔天空地说了一阵，齐威王有听得懂的，也有听不懂的。可是说了这些空空洞洞的闲话有什么用呢？齐威王听得有点不耐烦了，就说："你说得挺好，挺对，可是你为什么不弹给我听听呢？"邹忌说："大王瞧我拿着琴不弹，有点不乐意吧？怪不得齐国人瞧见大王拿着齐国的大琴，9年来没弹过一回，都有点不乐意啊！"齐威王站起来，说："原来先生拿着琴来劝我。我明白了。"他叫人把琴拿下去，就和邹忌谈论起国家大事来了。邹忌劝他重用有能耐的人，增加生产，节俭财物，训练兵马，好建立霸业。齐威王听得非常高兴，就拜邹忌为相国，加紧整顿朝政。

这个故事是用来劝喻君王在其位要谋其政。

哀鸿遍野

典出《诗经·小雅·鸿雁》：鸿雁于飞，肃肃其羽。之子于征，够劳于野。爰及矜人，哀此鳏寡。鸿雁于飞，集于中泽。之子于垣，百堵皆作。虽则够劳，其究安宅？鸿雁于飞，哀鸣嗷嗷。维此哲人，谓我够劳。维彼愚人，谓我宣骄。

春秋战国时代，诸侯互攻，战争不息，老百姓经常被派遣在外服役，诗人们便借用"鸿雁"为题，写了一首替人民诉说辛劳的诗，来道出人民的苦难。

全诗的意思是：对对的雁儿在空中飞行，他们的翅膀发出沙沙声。那个人的儿子出门，到郊外去做牛马卖命。我们都是受苦难的人，可怜的是既老又无亲。鸿雁儿对对飞去，一同聚集在湖沼里。那个人去筑墙，百丈墙身都已筑起；他吃尽了辛苦，何处是他安身的地方呢？雁儿们已经飞去，它们在空中发出声声叫啼，明白我们的人，说我们是劳苦的；只有那些糊涂虫，还觉得我们不安分！

"哀鸿遍野"便是从这首诗引申出来，比喻到处可以看到呻吟呼号、流离失所的灾民。

跋扈将军

东汉时，外戚专权的情况十分严重。外戚，就是皇后的亲戚，比如兄弟、父亲、叔叔等。在东汉专权的外戚中，数梁冀最专横跋扈，不可一世。

梁冀是东汉中期的人，他的两个姑姑被顺帝选入后宫，分别册封为皇后和贵人。他的父亲便是东汉的权臣、大将军梁商。

凭借着外戚的特权和将军之子的身份，梁冀一开始就官运亨通，青云直上。最后，他继承了父位，当上了大将军，把持朝政大权。

汉顺帝死后，为了继续掌握朝廷，梁冀立了一个两岁的小孩为帝，这就是汉冲帝。但不久，汉冲帝又死去，梁冀又立了一个8岁的小孩为帝，这就是汉质帝。

质帝虽然年幼，但人很聪明。梁冀的专横跋扈、独断专权他居然看出来了。可是他太小，不懂得利害关系。有一次，在群臣朝拜的时候，小小的汉质帝开玩笑似地指着梁冀说："你是个跋扈将军。"

不料，这句话却给质帝招来了杀身之祸。梁冀当时一听这话，吓得出了一身冷汗。事后，他下决心除掉质帝，以防将来他长大了对自己不利。于是，他指令手下人把毒药放在饼中，给汉质帝吃。

质帝吃了饼后，觉得肚子疼，于是就要水喝。梁冀当时也在场，他不准手下的人给质帝喝水，还假惺惺地说："别喝水，喝了水会呕吐了。"

质帝肚子愈来愈疼，大叫起来，倒在地上，挣扎了几下，便死了。

梁冀的确是个心狠手辣的跋扈将军，连几岁的小孩也不轻易放过。在他专权期间，伤害了无数人命。汉桓帝时，梁冀及其亲信党羽被一网打尽，他自己也被逼自杀。

比干剖心

典出《史记·殷本纪》：纣愈淫乱不止。微子数谏不听，乃与大师、少师谋，遂去。比干曰："为人臣者，不得不以死争。"乃强谏纣。纣怒曰："吾闻圣人心有七窍。"剖比干，观其心。箕子惧，乃佯狂为奴，纣又囚之。殷之大师、少师乃持其祭乐器奔周。周武王于是遂率诸侯伐纣。

我国商（殷）朝的最后一个王叫帝辛，也叫纣。他虽然有一定的历史功绩，但却是一个荒淫残暴的人，并且刚愎自用，不肯听从别人的劝告。

周武王已经准备讨伐殷纣王的时候，殷纣王却毫无改悔之意，越来越淫乱，毫无止境。他的异母哥微子启三番五次地劝谏他改邪归正，可是纣王根本不听从他的劝告。在这种情况下，微子就同太师、少师商议，一起到别的地方躲藏起来。纣王的叔叔比干说："作为臣子，不能不冒死进谏。"于是，他对纣王强行劝谏。纣王大怒，说："我听说圣人的心有 7 个窍，我倒要看看你的心究竟有几个窟窿！"他居然杀死比干，剖开肚子，取出心来观赏。纣王的堂兄弟箕子惊恐不安，只好装疯卖傻扮作奴隶，纣王还是把他囚禁了起来。殷朝有些太师、少师一类的大官，甚至于偷偷地拿走太庙里的祭器、乐器，投奔了周武王。于是，周武王开始率领诸侯军，大举讨伐殷纣王。

"比干剖心"就是从这个故事来的。人们用这个典故，比喻忠臣被害。

不教而诛

典出《论语·尧曰》：子张问于孔子曰："何如斯可以从政矣？"子曰："尊五美，屏四恶，斯可以从政矣"。子张曰："何谓五美？"子曰："君子惠而不费，劳而不怨，欲而不贪，泰而不骄，威而不猛。"子张曰："何谓惠而不费？"子曰："因民之所利而利之，斯不亦惠而不费乎？择可劳而劳之，又谁怨？欲仁而得仁，又焉贪？君子无众寡，无小大，无敢慢，斯不亦泰而不骄乎？君子正其衣冠，尊其瞻视，俨然人望而畏之，斯不亦威而不猛乎？"子张曰："何谓四恶？"子曰："不教而杀谓之虐；不戒视成谓之暴；慢令致期谓之贼；犹之与人也，出纳之吝，谓之有司。"

孔子的学生子张问孔子说："怎样才可以管理政事呢？"孔子回答道："尊重五种美德，排除四种恶政，就可以管理政事了。"子张问："什么是五种美德？"孔子答道："君子使老百姓受到好处，而自己却不耗费；让老百姓劳作，老百姓却不怨恨；追求仁德而不贪图财利；庄重而不傲慢；威严却不凶猛。"子张问："怎样才能使老百姓得到一些好处，而不掏自己的腰包呢？"孔子答道："叫老百姓做对他们自己有利的事，这不就是对老百姓有好处，而不掏自己的腰包吗？选择老百姓能干的活，让他们去干，谁还会怨恨呢？自己追求仁德而得到仁，怎能叫做贪图财利呢？无论人多人少，势力大小，君子都不敢怠慢，那不就是庄重而不傲慢？君子衣冠整齐，目光严肃端正，使人望而生畏，这不也就是威严而不凶猛吗？"子张问："什么是四种恶政呢？"孔子回答道："事先不教化而杀人，叫做虐；事先不预告，而要求立刻成功，叫做暴；命令下达很晚，又要求限期完成，叫做贼；同样给人东西，却很吝惜，这就叫做小气。"

"不教而诛"就是从文中"不教而杀"一语变化来的。它的意思是平时不加管教，一旦犯了罪便轻易处死。可用它比喻平时不教育，一旦出了问题便一棍子打死的官僚主义行为。

不知天寒

典出《晏子春秋·内篇谏上》：景公之时，雨雪三日而不霁。公被狐白之裘，坐于堂侧阶。晏子入见，立有间，公曰："怪哉！雨雪三日而天不寒。"

晏子对曰："天不寒乎？"

公笑。

晏子曰："婴闻古之贤君，饱而知人之饥，温而知人之寒，逸而知人之劳。今君不知也。"

齐景公时，大雪连下3日而不停。景公穿着狐皮大衣，坐在大厅一侧的台阶上。晏子进来拜见，侍立了一会儿，景公说："奇怪呀！下雪3天而天气一点也不冷。"

晏子反问道："天不冷吗？"

景公笑了笑。

晏子说："我听说古代贤明的君主，自己吃饱而能知道老百姓受饥饿，自身穿暖而能知道老百姓受寒冻，自己安乐而能知道老百姓劳苦，现在您却是一点不知道。"

后人用"不知天寒"来讽喻养尊处优、脱离人民的人，是不会懂得人民的疾苦的。

苍鹰乳虎

典出《史记·酷吏列传》：是时民朴，畏罪自重，而都独先严酷，致行法不避贵戚，列侯宗室见都侧目而视，号曰"苍鹰"。……宁成居家，上欲以为郡守。御史大夫弘曰："臣居山东为小吏时，宁成为济南都尉，其治如狼牧羊。成不可使治民。"上乃拜成为关都尉。岁余，关东吏隶郡国出入关者，号曰"宁见乳虎，无值宁成之怒"。

汉朝汉景帝时期，郅都担任中郎将。他为人耿直，敢于直谏，曾多次当面批驳某些大臣的不正确主张。当时，社会上民风朴实，百姓们都畏罪守法，各自珍重。而郅都率先严格执法，执行法律从不回护贵族国戚，连列侯和皇帝宗室的人见到他时都不敢正眼相看，把郅都称为"苍鹰"。当郅都担任济南太守的时候，宁成担任济南都尉。他为人气盛，素有冲撞顶头上司的毛病。郅都比较了解他，与他和睦相处，两人成了好朋友。郅都死后，空出了中尉的职位。景帝任命宁成为中尉，他仿效郅都，放手治理长安附近敢于为非作歹的皇亲国戚，由此招来贵戚人物的怨恨。汉武帝即位后，宁成改任内史。当时，一批外戚诋毁宁成，他被判了极刑。宁成施展计谋，才得以归家闲居。

宁成罢官闲居了一段时间之后，汉武帝想任命他为郡守。御史大夫公孙弘说："我在山东做小官时，宁成担任济南都尉。他治理百姓就像恶狼驱赶羊群一样，不能让他担任治理百姓的长官。"于是，汉武帝改变了主意，叫宁成担任关都尉。过了一年多，经常出入关口的人又叫苦不迭。关东吏卒等出入关的人散布舆论说："宁可碰见凶猛的育子的母虎，也别赶上宁成发怒。"

"苍鹰乳虎"就是从上述故事来的。"苍鹰"，本是鸷鸟名，省称鹰，在故事中比喻酷吏。

"乳虎"，是育子的母虎，在故事中也比喻酷吏。"苍鹰乳虎"用来比喻执法严酷的官吏。

痴顽老子

典出《新五代史·冯道传》：契丹灭晋，道又事契丹，朝耶律德光于京师。德光责道事晋无状，道不能对。又问曰："何以来朝？"对曰："无城无兵，安敢不来。"德光诮之曰："尔是何等老子？"对曰："无才无德痴顽老子。"德光喜，以道为太傅。德光北归，从至常山。汉高祖立，乃归汶，以太师奉朝请。周灭汉，道又事周，周太祖拜道太师，兼中书令。

五代时，有一个人叫冯道，字可道，他为人缺少气节，想方设法当官。当初，他在（后）唐庄宗（李存勖）时任户部侍郎。唐庄宗死，唐明宗（李嗣源）即位，冯道当了宰相；唐明宗死，唐闵帝（李从原）即位，冯道仍任宰相；唐闵帝死，唐末帝（李从珂）即位，冯道也任宰相。（后）唐被（后）晋灭掉后，冯道又在（后）晋当官，晋高祖（石敬瑭）任他为司空、司徒之职，还封他为鲁国公；晋高祖死，晋出帝（石重贵）即位，冯道又被加官晋爵。

契丹（辽）灭晋，冯道又在契丹当官，到京都去朝拜辽太宗（耶律德光），耶律德光责问他为什么变节而为晋服务？冯道无言以对。耶律德光又问道："你为什么来朝拜我？"冯道回答说："我已经无城无兵，怎么敢不来呢。"耶律德光讥讽地说："你是一个什么样的老东西？"冯道竟恬不知耻地回答道："我是一个无才无德、又痴呆又愚妄的东西。"一句话，把耶律德光逗乐了，因此叫冯道做了太傅。耶律德光北归时，冯道跟着他到了常山。后来，（后）汉朝廷成立，（后）汉高祖（刘知远）登基，冯道又投奔了去，当了太师，殷勤效忠（后）汉高祖。（后）周灭了（后）汉，冯道又投靠（后）周，周太祖（郭威）任他为太师，兼中书令。

"痴顽老子"就是从这个故事来的。人们用这个典故指那些寡廉鲜耻、丧失气节的官僚。

打算养老

郑庄公为了征服许国，丧失了颍考叔和公孙子两员大将，非常悲痛。可是拿下了戴国和许国，总算得上是大收获，内心就舒坦多了。

郑庄公分别派了两个使臣，带着礼物和信去聘问齐僖公和鲁隐公。到齐国去的使臣圆满完成任务回来，到鲁国去的却带着原封未动的礼物和信回来了，郑庄公问："这是怎么回事？"他回答说："我一到鲁国，就听说鲁侯被人刺死了，新君刚刚即位。主公的礼物和信是要交给前一个鲁侯的，怎么敢随便交给这一个鲁侯呢？"郑庄公很纳闷地说："鲁侯谦让宽柔，是个贤

明的君主,怎么会给人谋害呢?"那个使臣说:"我已把事情打听得清清楚楚。"于是,他把鲁隐公遇害的情形一五一十说了出来:

鲁隐公的父亲是鲁惠公,鲁惠公的夫人早死,他把一个宠妃扶正当夫人,生了个儿子叫公子轨。鲁隐公则是另外一个妃子生的,他的岁数比公子轨大,地位却比公子轨低。按照一般的规定,鲁惠公的君位应该传给公子轨。可是鲁惠公死的时候,大臣们见公子轨年岁太小,就立他的哥哥当国君,就是鲁隐公。鲁隐公为人忠厚老实,他常口口声声说:"我只是暂时代理国政,等公子轨长大了,我就把君位交还他。"这样过了11年。公元前712年,公子翚从许国打了胜仗回来,再加上他上次又卖命攻下了宋国的部城和防城,自觉立下了汗马功劳,就央求鲁隐公让他做太宰(和后来的宰相差不多)。鲁隐公说:"你想当太宰,还是等公子轨长大当了国君的时候,再去央求他吧!我这代理的国君是做不长的。"

公子翚听了这番话,心里很不痛快。其实,鲁国的大权掌握在他手里,当不当太宰并没有什么关系,只不过名义上好听些罢了。不过,他可真替鲁隐公悲哀,他想:"主公是先君的大儿子,又是大臣们立的,也当了11年的国君,很受百姓爱戴,地位应该稳如泰山了,现在他眼看公子轨渐渐长大了,会不会有隐忧呢?他真是个可怜的老实人,不让位吧,怕流言满天飞;让位吧,又万般舍不得。只凭他一句话,我就可以堂而皇之地当个太宰,他何苦这么推三阻四,老顾虑着公子轨呢?嗯,他八成是不甘心让位!"这么一来,就得替鲁隐公设计个办法,以保住他的君位。可是公子翚

打算养老

退一步又想："也许主公真的要让位，这很难说！不对，他真要让位的话，为什么还这样磨磨蹭蹭呢？是不是嫌公子轨还太小呢？看样子，他大概要代理一辈子了。谁不喜欢当国君？哪儿有当了十一年的国君，还肯将君位平白让人的？"

公子翚想到这儿，脑子里已经有了盘算。有一天，他趁着旁边没有人，悄悄对鲁隐公说："主公当了10余年国君，全国人都对您心悦诚服，满朝文武也都推崇敬爱您。只要主公不让位，就能把君位世世代代传下去。可是如今公子轨长大了，再下去，可能对主公非常不利，为了您好，我想干脆杀了他，免得以后他碍手碍脚。"鲁隐公忙把耳朵捂起，说："你疯了吧？怎么可以这样胡说八道！我已派人在菟裘（今山东省泗水县北）盖房子，做养老的打算，过不了多久就要把君位还给公子轨，你怎么竟说要杀他呢？"公子翚默默退出，很后悔说了那些话。可是话已经说出，也收不回来。他回到家里，愈想愈着急，就怕国君把他的话传给公子轨，果真那样的话，公子轨无论如何是不会放过他的。他想："还是先下手为强！"他立刻到公子轨那儿去。

公子翚见到公子轨，对他说："主公看您长大了，怕您抢他的君位，今天特地召我进宫，秘密嘱咐我暗杀您。"公子轨听了，吓得浑身冷汗，结结巴巴地说："那……那怎么办呢？你想个法子救……救……我呀！"公子翚搔着脑袋瓜子，想了一想，说："他既这么不仁不义，你何不以其人之道还治其人之身，先下手杀了他！"公子轨说："他当了12年的国君，臣民信服，我凭什么杀他呢？万一事情不成，我也会遭殃啊！"公子翚说："那您就坐着等他下手吧！"公子轨急得直搓手，说："哎，哎，你给我出个主意吧！"公子翚背着手，在房子里来回踱步，说："有了！每年这个时候，主公都会到城外去祭神，顺便在蒍大夫家住一晚。到时，我先叫一个勇士冒充仆役，混杂在人堆里，主公一定不会起疑。等到三更半夜，他睡熟了，就神不知鬼不觉地刺他一刀，不就好了吗？"公子轨迟疑了老半天，说"好倒是好，就怕人家说我谋害国君，最后弄得我声名狼藉，那就得不偿失了。"公子翚说：

"这一点您倒可以放心！我会事先吩咐勇士叫他行刺之后立刻潜逃，再把罪过推到骞大夫身上。"公子轨没有更好的办法，只得把心一横，说："一切都拜托你了！等事成之后，一定让你当太宰。"

公子翚依照计谋行事，果真刺死了鲁隐公，立公子轨为国君，就是鲁桓公。鲁桓公拜他为太宰，一面向诸侯报丧，一面治骞大夫的罪。大臣们虽然都知道事情的真相，但公子翚大权在握，谁都不敢多话。

郑庄公听完那个使臣的报告，对大臣们说："怎么样？咱们是去征讨鲁国好呢？还是跟他们维持友好关系呢？"祭足说："按照道理来说，谋刺国君应该受到征讨，可是鲁侯既然是代理的，早就应该让位了。他光是嘴里说打算养老，一直没有做到，也有不对的地方。依我看，咱们跟鲁国的友情向来不错，就别破坏这份友好关系吧！说不定他们会派人来敦睦一番呢！"

祭足的话还没说完，鲁国的使臣真的就来了，他对郑庄公说："敝国新君刚即位，特地派我来聘问，并请求您跟敝国订立盟约。"郑庄公一心想拉拢列国，就一口答应了。后来，郑庄公和鲁桓公当面订下盟约，发誓永好不渝。

后人用"打算养老"比喻要辞去公职，养老休息。

弹冠相庆

典出《汉书·王吉传》：王阳在位，贡公弹冠。

汉朝王吉和贡禹是一对好友，他们两人自幼好学，通晓五经，学识渊博，为人廉洁。由于他们爱好相同，抱负相同，所以关系特别亲密。正因为如此，在当时的人们看来，"王阳在位，贡公弹冠。"（意思是：王阳做了官，贡禹就会弹去帽子上的灰尘，准备去做官。）后来，王吉、贡禹都当了官。汉宣帝时，王吉为博士谏议大夫，因他对宣帝的宫室陈设，车服装备太盛，上书劝谏，被宣帝认为是迂阔，因而不得宣帝信任。王吉心中闷郁，就称病辞

弹冠相庆

官归家。与此同时，贡禹也有类似的遭遇，他做河南令也被罢官掉职。由于他们为官比较廉正，汉元帝刚继位就派使臣前往征聘。两人被召之后，做事勤谨，忠心耿耿，因而颇得元帝的信任。

后人把"王阳在位，贡公弹冠。"说成"弹冠相庆"，比喻做好做官的准备或准备上台做官而互相庆贺。

倒行逆施

典出《史记·伍子胥列传》。

伍子胥，战国时的楚国人，他的父亲叫伍奢，是皇太子的太傅。楚平王为太子娶秦国之女为妻，秦女来了，平王见她绝美，便自己要了，又怕太子不满，派人去杀太子，太子逃走了，便把忠于太子的伍奢抓了起来。楚平王知道伍奢有两个儿子，一个叫伍尚，一个叫伍员（即伍子胥），都很能干，怕杀了伍奢后两人作乱，就派使者去召两人，说："你们来，我不杀你父亲；不来，我马上杀他。"使者一到，伍尚说："我知道，去了不过和父亲一起死而已，但不去，心里不安。"他去了，果然和父亲一起被杀。伍子胥说："我去，和父亲一起死，何益？不如活着给父亲报仇。"于是弯弓搭箭对着使者，使者不敢抓他，他逃了。

他逃到昭关，过不了，急得一夜须发皆白，才混过关。于是独身疾行，至江，追兵在后，江上一渔夫可怜他，把他渡过长江。行至丹阳，病了，只好靠讨饭生活。总之，受尽千辛万苦逃到吴国，成为吴王阖闾的谋臣。5年后，楚平王死了。9年后，他带领吴兵五战而占领楚国的国都。于是，伍子胥把楚平王的尸首挖了出来，鞭打300才泄愤怒，他的朋友申包胥派人对他说："你这样报仇，未免太过分了吧！"伍子胥说："请你原谅，我日暮途穷，所以才'倒行而逆施之'也。"（我实在是被逼得无路可走了，所以行事才违背常理啊！）

后人用"倒行而逆施之"的这个典故比喻违背历史潮流的反动行为。

得丈人力

典出《雅滤》：有以岳丈之力，得中魁选者，或作语嘲之曰："孔门弟子入试，临揭晓，先报子张第十九。"人曰："他相貌堂堂，果有好处。"又报子路第十三，人曰："他粗人也中得高，全凭那一阵气魄。"又报颜渊第十二，人曰："此圣门高足，屈了他些。"又报公冶长第五，人骇曰："此子平日不见怎的，如何倒中正魁？"或曰："全得他丈人之力耳。"

有一个仰仗老丈人势力、得中科举第一名的人，人们编造了一段话嘲讽他，说道："孔门的弟子去参加考试，临揭榜时，先通报子张中了第十九名，人们说：'子张一貌堂堂，果然有他不平凡的地方。'又通报子路中了第十三名，人们说：'子路是个粗鲁人，也能高中，大概全凭他那一副坚强的气魄吧。'又通报颜渊中了第十二名，人们说：'颜渊是孔圣人的高足，中十二有些委屈了他。'又通报公冶长得中第五名，人们惊讶地说：'此人平时表现不怎么样，这次如何反而能得中正魁？'旁边有人答说：'全仗他老丈人的力量呀！'"

后人用这则寓言说明凭借老丈人的势力得中高魁，这在以血缘关系为纽带的封建宗法社会里，是司空见惯的。人们借《论语》的篇目次序，借孔子和公冶长的翁

得丈人力

婿关系，编造寓言，讽刺宗法势力，抨击裙带关系，在孔子被称为"至圣先师"、《论语》被奉为经典的历史条件下，是极其难能可贵的。

帝不果觞

典出《龚定安全集》：群神朝于天。帝曰："觞之！"帝之司觞，执简记而簿之，三千秋而簿不成。帝问焉。曰："皆有舁之与者。"帝曰："舁者亦簿之。"七千秋而簿不成。帝又问焉。乃反于帝曰："舁之与者，又皆有其舁之者！"帝默然而息，不果觞。

天上各方神仙都来朝拜天帝。

天帝命令说："赐给他们酒喝！"

天帝的司觞大臣便拿了简记去登记每个神仙的姓名，但是登记了3000年也没登记完。

天帝问是什么缘故。司觞大臣报告说："各位神仙都带着抬轿的轿夫。"

天帝默默地叹了一口气，没有赐成酒。

后人用这则寓言讽喻了清廷官僚机构的极度臃肿重叠。连杯酒都赐不成，

可知，办件正事将是难上加难了。如此腐败政体，不"更法""改图"如何得了？作者对清朝末年"衰世"的批判和揭露，是极其辛辣和尖刻的。

东海王鲔

典出《燕书》：东海有巨鱼，名王鲔焉。不知其大多少，赤炽曳曳，见宄赭间，则其鬣也。王鲔出入海中，鼓浪欺沫，腥风盖然云。逢鲷、鲣坯、必吞，日以十千计，不能餍。出游黑水洋，海舶聚洋中者万，王鲔一喷，皆没不见。其从雄行海间，孰敢向问之者？诉潮上罗刹江，潮退胶焉，蠹若长陵，江滨之人，以为真陵也。涉之，当足处或战，大骇，斫甲而视，王鲔肌之。乃架栈而脔割之，载数百艘。乌鸢蔽体，群啄之，各饫。夫王鲔之在海也，其势为何如？一失其势，欲为小且不可得，位其可恃乎哉！

东海里有一种大鱼，名叫"王鲔"，不知道它的身躯有多么大，在水面上只见有赤色的火苗子一排排地拖延着，现出赤红和土红混合的颜色，原来是王鲔的鳍毛。王鲔出入于大海之中，掀起巨浪，喷射出泡沫，一阵腥风盖天而来，好像灰蒙蒙的云雾。只要碰见白鱼、泥鳅、鲣鱼和鲂鱼等，必定会把它们吞掉，一天要吃上万，也不能填饱肚皮。王鲔出游到黑水洋，海船聚集在大洋中有上万只，王鲔一喷水，它们就沉没不见了。王鲔放纵而神气地游行在大海间，谁敢对他干预一下呢！

涨潮的时候，王鲔窜上了罗刹江，退潮的时候被搁浅了，身体笔直耸立着像一条长长的土山，江边的人们还以为真的是一条土山呢！徒步走上去，脚踩的地方突然一阵颤动，害怕极了，便用锄头砍破表面的硬壳，王鲔的肌肉就露出来了。于是用竹木编成了架子，登上栈架把它割成一块一块的肉，装载了数百只大船。一群群乌鸦和鹞鹰飞下来盖满了王鲔的尸体，一齐啄食，饱吃了一顿。

唉，王鲔在海上呀，它的气势有多大？一旦失去了气势，想要当个活蹦乱跳的小鱼他都不可能了，势位是可以依靠的东西吗？

作者借王鲔在海中的气势，比喻封建统治阶级在位者的覆灭，是颇有警戒意义的。他说："德称其位者，恒下（对人民关怀体恤）；反是，则骄（骄横），是何也？德则虚（谦虚），不德则盈（自满）；虚则能容（宽恕容人），盈则覆（覆灭）。理也！《传》曰：'君子以虚受人。'又曰：'日中则昃（日西斜），可不信夫？'"

历史上一切以权势地位骄人的统治者，平时肆意横行，不可一世；而一旦失势，常会人头落地，到那时想当一个普通老百姓也是很困难的了。清人梁树珍在评论这则寓言时，举出李斯为秦始皇相的史实说："如李斯为相，声势炎炎，位何如之？及后临刑时，顾谓其子曰：'吾欲与若，复牵黄犬俱上蔡东门，逐狡兔，岂可得乎？'遂相向而泣。噫！位安可骄人哉！"历史上残害人民的暴君，其势位要比李斯更为煊赫，但他们的可耻下场，又有哪一个会比李斯的结局更好一些呢？"人民，只有人民，才是创造世界历史的动力"，凡是对人民行德政者，才能免遭王鲔杀身之祸，可信也夫！

夫人裙带

典出宋·周辉《清波杂志》卷三：蔡卞之妻七夫人，颇知书，能诗词。蔡每有国事，先谋之于床笫，然后宣之于庙堂。……蔡拜右相，家宴张乐。伶人扬言曰："右丞今日大拜，都是夫人裙带。"讥其官职自妻而致。

宋代，有一个人叫蔡卞，曾被拜为右丞相，享受高官厚禄。他的妻子七夫人。博览群书，擅长诗词。蔡卞每次有国家大事要决定，先与她谋划在床笫，然后在朝廷公布……蔡卞升官拜右丞相，家中设宴娱乐。唱戏的人说："右丞相今日为官，都是夫人裙带"讥讽他官职是因为妻子才得到。

蛤蟆夜哭

典出《艾子杂说》：艾子浮于海，夜泊岛峙。中夜闻水下有人哭声，复若人言，遂听之。其言曰："昨日龙王有令，应水族有尾者斩。吾鼍也，故惧诛而哭。汝蛤蟆无尾，何哭？"复闻有言曰："吾今幸无尾，但恐更理会蝌蚪时事也。"

艾子在海上航行，晚上停泊在一个岛峙的附近。半夜时分，听到水底下有人发出哭泣的声音，又像是有人在说话，他就认真地听了下去，那说的话是："昨天龙王下了命令，水中的动物，凡是有尾巴的都必须斩首。我是鼍，有尾，所以害怕遭到杀戮，便哭了起来，你是蛤蟆，没有尾巴，为什么也在哭？"又听到有声音说："我现在幸而没有尾巴，但是我害怕会追究到我蝌蚪时代的事上去，因为那时我是有尾巴的。"

这个故事告诉我们：横加罪名，株连无辜。这正是封建专制政治的一个重要侧面。

官官相护

典出清·刘鹗《老残游记》第五回：我去是很可以，只是于正事无济，反叫站笼里多添一个屈死鬼。你想，抚台一定要发回原官审问，纵然派个委员前来会审，官官相护……他是官，我们是民……这官司打得赢打不赢呢？

曹州于家屯那个地方，有个财主名叫于朝栋，他有两个儿子。有一年秋天，他家被强盗抢了一次，于家即到官府报案，结果有两个小强盗被捉去杀了，因而强盗与于家结了仇。强盗为了报复，在一次抢劫之后，把一部分赃物悄悄地放进于家一间放杂物的屋子里。

曹州长官玉贤带领人马追捕强盗，途中在于朝栋家搜出了强盗所藏的赃物，于是不由分说，将于朝栋父子3人抓去。此事明明是冤枉，但曹州府玉贤既不调查核实，又不听从下人的意见，硬把于朝栋父子3人放在站笼里活活折磨死了。

于朝栋等死后，众人愤愤不平。

不久，众人议论开了，有的人建议：此事应往上告，要上面重审。有人却不同意这样做。理由是：民家被官家害了，除了忍受，没有别的办法。倘若上告，照例仍旧发回来审问，这样又落在他手里，岂不是又要倒霉么？当是又有人建议，请于朝栋的女婿去上告，因他是秀才，知书达理，一定有办法。于朝栋的女婿对众人说："我去是很可以，只是于正事无济，反叫站笼里多添一个屈死鬼。你想，抚台一定要发回原官审问，纵然派个委员前来会审，官官相护……他是官，我们是民……这官司打得赢打不赢呢？"众人听了，觉得很有道理，没有办法，只好罢了。

后人用"官官相护"或者"官官相为"表示官吏们互相包庇。

柜中刺史

典出《雅谑》：刺史孙彦高，被突厥围城，不敢出厅视事，征发文符，俱以小窗接入。及报贼登垒，乃锁州宅门，身入柜中，令奴曰："牢掌钥匙，贼来慎勿与。"

刺史孙彦高被突厥军队围困在城中，吓得不敢升堂理事，收发文书、符令，都从小窗口传递。当得到突厥军队登城的消息以后，他就把州衙、宅院的大门统统锁住，自己藏到柜子里，吩咐家奴说："牢牢掌好钥匙，贼兵来了，千万不要给他们。"

后人用"柜中刺史"这个典故描述封建官僚的腐败愚蠢和那些封疆大臣贪生怕死的丑态。

鸡犬不宁

典出唐·柳宗元《河东先生集·捕蛇者说》：虽鸡狗不得宁焉。

永州乡下有一种很特殊的蛇。这种蛇毒很重，接触草木，草木全死；人若被咬，无药可治。但这种毒蛇捉来风干之后，可以做药。捕到这种毒蛇，可以拿去抵纳租税。

有一个姓蒋的人，祖孙三代都靠捕这种毒蛇抵租税。他祖父死在捕蛇上，他父亲又死在捕蛇上，他自己也几次差点死在捕蛇上。有人觉得奇怪，就问他："你为什么一定要冒着生命危险去捕蛇呢？我打算告诉那些当事者们，免去你捕蛇抵纳租税的苦差事。"那个姓蒋的听了非常悲伤地说："唉！租税重得压死人啊！……每年那些征收赋税的残暴凶横的官吏一到乡下，就到处乱喊乱叫，乱冲乱闯，到处骚扰，不仅人们被吓得提心吊胆，'虽鸡狗不得宁焉。'（意思是：就是鸡狗也得不到安宁。）老百姓一年劳动所得的全部东西还不够交租税。人们无法生活，被迫流落他乡，饥冻而死的人不计其数。而我呢，虽然是冒着生命危险去捕蛇抵税，但比起我的同乡来还是好一点儿啊！所以，我宁愿冒死去捕蛇也不愿意免去我捕蛇纳税的苦差事。"

后人把"虽鸡狗不得宁焉"说成"鸡犬不宁"，用来形容骚扰十分厉害。

虎兕出柙

典出《论语·季氏》：季氏将伐颛臾。冉有、季路见于孔子，曰："季氏将有事于颛臾。"孔子曰："求！无乃尔是过与？夫颛臾，昔者先王以为东蒙主，且在邦域之中矣，是社稷之臣也。何以伐为？"冉有曰："夫子欲之，吾二臣者皆不欲也。"孔子曰:"求!周任有言曰:'陈力就列,不能者止。'危而不持,颠而不扶,则将焉用彼相矣?且尔言过矣。虎兕出于柙,龟玉毁于椟中,是谁之过与?"冉有曰:"今夫颛臾,固而近于费。今不取,后世必为子孙忧。"孔子曰:"求!君子疾夫舍曰'欲之'而必为之辞。丘也闻:有国有家者,不患寡而患不均,不患贫而患不安。盖均无贫,和无寡,安无倾。夫如是,故远人不服,则修文德以来之。既来之,则安之。今由与求也,相夫子,远人不服而不能来也,邦分崩离析而不能守也,而谋动干戈于邦内。吾恐季孙之忧,不在颛臾,而在萧墙之内也。"

孔子的学生冉有和子路帮助季氏理政。季氏决定,要派兵去攻打鲁国的附属国颛臾。冉有、子路去见孔子说:"季氏准备攻打颛臾。"孔子说:"冉求!这不就是你的过错吗?颛臾这个国家,从前周天子让它主办东蒙山的祭祀,而且它已经在鲁国疆域之内了,是国家的臣属。为什么要攻打它呢?"冉有回答道:"季孙大夫想这样做,我和子路两个人都不主张这样干。"孔子说:"冉求!周任(周大夫)曾经说过:'尽自己的能力去担负职务,实在做不好就辞职。'如果季孙氏遇到危险而你不去拉住他,摔了跤而你不去扶起来,那么人家又用助手干什么呢?而且你说的话也不对头。试问:老虎、犀牛从笼子里跑出来,龟壳、玉器在匣子里坏掉了,这是谁的过错呢?"冉有说:"现在颛臾城墙坚固,而且离季孙氏的费邑很近。现在不占领它,将来一定会成为子孙的忧患。"孔子说:"冉求!君子痛恨那种不说自己有野心,反而一定要寻找借口加以掩饰的人。我听说过,对于诸侯、大夫这样的统治者,应该担心的不是贫穷,而是分配不均;不是人少,而是不安分守己。因为分配均匀,便不会觉得贫穷;彼此和气,便不会感到人少;人人安分守己,就不会有危险。这样做了,如果远地的人还不归服,便提倡仁、义、礼、乐招徕他们。已经来了,就让他们安心住下去。现在仲由(字子路,又字季路)和你冉求给季孙氏做助手,远地的人不归服,而不能招徕他们,国家四分五裂,而不能保全,反而策划在国内使用武力。我只怕季孙氏的忧患不在颛臾,而在自己内部呢。"

"虎兕出柙"就是从这个故事来的。兕：古代犀牛一类的动物。柙：关野兽的笼子。"虎兕出柙"的意思是老虎与犀牛逃出笼子。人们用它比喻官吏的失职。

"萧墙之忧"也是从这个故事来的。萧墙：门屏。"萧墙之忧"也作"萧墙之患"，意指内乱。

"既来之，则安之"也是从这个故事来的。它本指招徕远地的人，并加以安抚。后来人们用它表示已经来了，就应该安下心来。

画影图形

典出《史记·楚世家》：平王二年，使费无忌如秦为太子建取妇，妇好，来，未至，无忌先归，说平王曰："秦女好，可自娶，为太子更求。"平王听之，卒自娶秦女，生熊珍。更为太子娶。是时伍奢为太子太傅，无忌为少傅。无忌无宠于太子，常谗恶太子建。……无忌曰："伍奢有二子，不杀者，为楚国患。"……伍胥弯弓属矢，出见使者，曰："父有罪，何以召其子为？"将射，使者还走。遂出奔吴。伍奢闻之，曰："胥亡，楚国危哉！楚人遂杀伍奢及尚。"

楚平王一见本国的人安居乐业，属国的诸侯都信服他，到处是太平盛世的样子，就渐渐疏懒荒唐起来。历来荒唐的君王最喜欢人家阿谀奉承他，因为这种人会讨他欢心，给他出新鲜的花样，叫他称心如意。这时候，楚平王的朝廷里就有一个专会逢迎拍马的人叫费无忌。他虽然赢得了楚平王的宠信，太子建却相当厌恶他，常常在他父亲面前数落他。而费无忌当然也在楚平王跟前编造太子建的不是。两个人就这样成了冤家对头。

有一天，楚平王派遣费无忌带着金珠彩币到秦国去替太子建迎娶新娘子孟嬴。费无忌将孟嬴迎至半途，发觉她有绝世之色，就兴起了一个坏念头。他先跑回来向楚平王报告，君臣俩窃窃商议了一番，楚平王就叫费无忌设法把孟嬴送到宫里去。费无忌眯缝着眼，下巴抬得高高地，很自得地说："我早就替大王设想好了。新娘子的丫头里有一个长得仪容端整，我已经跟她谈好，叫她冒充孟嬴，嫁给太子，把真的孟嬴留给大王，您说好不好？"楚平王听了，眉开眼笑地对费无忌说："你真行！好好地去办吧！"

楚平王娶了太子建的妻子，自以为神不知鬼不觉的，但外头却飞短流长，议论纷纷。费无忌生怕太子发现了事实，会对他不利，就请楚平王派太子建到城父去镇守边疆。楚平王觉得让他离得远些也好，就真的叫太子建去城父，又叫伍奢（伍举的儿子）和奋扬去帮助他，对他们说："好好伺候太子。"他们离去之后，楚平王就改立孟嬴为夫人，把原来的夫人，就是太子建的亲娘蔡姬送回蔡国。

过了一年，孟嬴生了个儿子，就是公子珍。楚平王觉得自己年事渐高，而孟嬴每天又闷闷不乐，就想讨好她，答应立公子珍为太子。如此一来，太子建的命就难保了。费无忌是楚平王肚里的蛔虫，楚平王的心思他揣测得一清二楚。他耸耸肩膀，对楚平王说："听说太子跟伍奢在城父操练兵马，还暗中结交齐国跟晋国。他们这么做，不仅对公子珍不利，恐怕也会威胁到大王哪！"楚平王说："不至于吧！"费无忌说："大王说不至于，想必是不至于吧！不过我可不愿意在这儿等着我的脑袋搬家，请您开恩，让我躲到其他的国家去吧！"楚平王说："办法总是有的。我先把太子废了，好不好？"费无忌说："太子有的是兵马，又有他师傅帮助他。大王如果废了他，他一定会发兵攻打过来。我想不如先把伍奢叫回来，再派刺客去杀死太子，这是最方便省事的了。"楚平王就依照费无忌的话，把伍奢叫回来。伍奢见了楚平王，正要开口，楚平王已抢先问他："太子建打算造反，你知道吗？"伍奢一听这话，不由得生起气来。他义正词严地说："大王您夺了他的妻子，已经不对了。怎么又听信小人的谗言，胡乱猜疑自己的骨肉呢？您这么做于心何忍哪！"费无忌一脸不悦地插嘴说："伍奢骂大王娶了儿媳妇，这不明摆着他跟太子是心怀怨恨吗？如果大王不把他杀了，他们迟早会来谋害大王。"伍奢正想破口大骂费无忌，一旁的武士们已把他推向监狱里去了。

楚平王说："该叫谁去处治太子呢？"费无忌说："奋扬还在城父。这件事就交给他办吧！"楚平王派人去嘱咐奋扬，说："你杀了太子就有重赏，要是你走漏消息，把他放了，就有死罪！"另外又强迫拘押在监牢里的伍奢，写信给他的两个儿子伍尚和伍员。伍奢没有办法，只好照着费无忌的意思写着："我得罪了大王，押在牢里。现在大王看在咱们上辈祖宗过去的功劳上，有意免我一死。你们兄弟俩见了这封信，尽快回来给大王谢恩。否则，大王就要治我的罪。"

楚平王处理了这两件事，就天天等着回音。几天后，只见奋扬坐着囚车来见楚平王，对他说："太子建和公子胜（太子建的儿子）已经跑到别的国家去了。"楚平王听了，顿时火冒三丈。他说："我叫你秘密杀了他，谁把他们放了就是死罪！"奋扬说："当然知道。不然，我怎么会坐着囚车回来？当初大王嘱咐我好好伺候太子，我就是为了要好好伺候太子，才放走了他，更何况太子并没有造反的行为，连造反的意图都没有。大王怎么能把他杀了呢？现在我救了大王的太子，又救了大王的孙子，我就是死了，也问心无愧。"楚平王听了这番话，就说："算了，算了，难为你有这一份忠心。回去好好镇守着城父吧。"那个替伍奢送信的人带着伍尚回来了。费无忌把伍尚和伍奢关在同一牢房。伍奢见伍尚单独回来，忧喜参半，他说："我就知道员儿不肯回来。可是从此以后楚国很难有太平的日子了。"伍尚说："我们早就料到那封信是大王逼迫爹写的，可是我宁愿与爹一起死。弟弟说，他要留着一条命给咱们报仇。他已经跑了。"

楚平王叫费无忌押着伍奢和伍尚到法场。伍尚振振有词地骂费无忌，说："你这个诱惑君王、杀害忠良、祸国殃民的奸贼，看你作威作福，能够享受几天富贵！你这个猪狗不如的小人！"伍奢制止他，说："别这样骂人！忠臣奸臣自有公论，咱们何必计较呢？我担心的是员儿，如果他回来报仇，岂不是要连累楚国的老百姓吗？"说完就伸长脖子，不再开口了。费无忌把他们父子俩斩了首，场外的老百姓都偷偷地拭泪。

费无忌对楚平王说："伍员这小子虽然跑了，不过他还跑不了多远。咱们应当赶紧派人去追，伍奢临死的时候不是说担心他回来报仇吗？这小子迟早会回来报仇，非把他捉住不可。"楚平王一面打发人去追伍员，一面又发出一道命令，说："捉住伍员的，赏粮食5万石，并封为大夫；收容伍员的，全家都有死罪。"楚平王还叫画师画了伍子胥（就是伍员）的图像，悬挂在各关口，叮嘱各地方的官员仔细检查来往的行人。像这样画影图形，捉拿逃犯，伍子胥就是插翅也难飞呀！

金张许史

典出《汉书·盖宽饶传》：谏大夫郑昌愍伤宽饶忠直忧国，以言事不当意而为文吏所诋挫，上书颂宽饶曰："臣闻山有猛兽，藜藿为之不采；国有忠臣，奸邪为之不起。司隶校尉宽饶居不求安，食不求饱，进有忧国之心，退有死节之义，上无许、史之属，下无金、张之托，职在司察，直道而行，多仇少与，上书陈国事，有司劾以大辟，臣幸得从大夫之后，官以谏为名，不敢不言。"上不听，遂下宽饶吏。宽饶引佩刀自刭北阙下，众莫不怜之。

汉代，有一个人叫盖宽饶，字次公，魏郡人。他富有才学，在朝廷里当了谏大夫，后来升做司隶校尉。盖宽饶为人刚直不阿，一心奉公。一次，他向皇帝进谏，得罪了皇帝和权臣，被定了大逆不道之罪，要处以死刑。

谏大夫郑昌怜惜盖宽饶一片忠直忧国之心，却因为上书言事不当而遭到一班文官的诋毁和打击，于是，郑昌向皇帝上书，对盖宽饶加以称赞，说："我听说，山有猛兽，就无法去采摘野菜和豆叶；国有忠臣，奸邪之徒就翻不起大浪。司隶校尉盖宽饶居不求安，食不求饱，得意时怀有忧国之心，失意时也有为皇上献身的气节。他既不像许伯和史高（2人都是汉宣帝时的外戚）那样同皇上有亲戚关系，也不如金日磾和张安世（2人都是汉宣帝时的大官）那样受到皇上的信任和托付，但是他忠实地履行自己的职责，正直地行事，得罪了不少人，从不拉帮结派。他向皇上进谏，谈论国家大事，而有关部门却要把他处死，这是不公平的。我身为陛下的臣子，有机会跟在众大夫之后向您进谏，这是我的责任和光荣。所以，我不敢不说说我的心里话。"但是，皇帝没有听从郑昌的劝告，下令叫狱吏处死盖宽饶。盖宽饶拔出佩刀，自杀于北门之下，众人都很同情他。

"金张许史"就是从这个故事来的。金、张：指金日磾和张安世，都是汉宣帝时的大官。许、史：指许伯和史高，都是汉宣帝时的外戚。人们用"金张许史"泛指皇亲国戚、权臣贵官等显要人物。

景公求雨

典出《晏子春秋·内篇谏上》：齐大旱，逾时，景公召群臣问曰："天不雨久矣，民且有饥色。吾使人卜，云祟在高山广水，寡人欲少赋敛以祠灵山，可乎？"群臣莫对。

晏子进曰："不可，祠此无益也。夫灵山固以石为身，以草木为发，天久不雨，发将焦，身将热，身将热，彼独不欲雨乎？祠之何益！"

公曰："不然，吾欲祠河伯，可乎？"

晏子曰："不可。河伯以水为国，以龟鳖为民，天久不雨，水泉将下，百川将竭，国将亡，民将灭矣，彼独不欲雨乎？祠之何益！"

景公曰："今为之奈何？"

晏子曰："君诚避宫殿暴露，与灵山河伯共忧，其幸而雨乎。"

于是景公出野暴露。三日，天果大雨，民尽得种时。

有一年，齐国发生了大旱灾，错过了播种季节。国王景公召集群臣，问道："天很久没有下雨了，老百姓将要饿得面黄肌瘦。我叫人占卜，说是山神河伯作怪，我想稍微征收一点钱来祭祀山神，可以吗？"臣子们一声不吭。

相国晏子走上前去对国王说："不行，祭祀山神没有用处。山神本来就是用石头作躯体，用草木作毛发。长久不雨，山神的毛发将会晒得枯焦，躯体将要晒得滚烫。它难道不要雨吗？你去祭祀它，有什么用呢！"

景公说："如果不这样，我打算去祭祀河伯，行吗？"

晏子说："不行，水是河伯的国土，鱼鳖是河伯的臣民。长久不雨，泉水将要枯竭，地要干涸。它的国土将要沦丧；它的臣民，也将干死。它难道不要雨吗？你去祭祀它，又有什么用呢！"

景公说："那么，现在怎么办呢？"

晏子说："国君如果能够离开宫室，在外经受日晒夜露，同山神、河伯一样，为自己的土地和人民担忧，天也许会下一场雨呢！"

景公果真走出深宫，来到荒野，日晒夜露，察看民情。过了3天，天果然下了倾盆大雨，全国的老百姓都能够正常栽种了。

后人用这个故事说明：在上位的人，只有走出深宫，了解民情，与老百姓同甘共苦，才能克服困难，渡过难关。

酒酸不售

典出《韩非子·外储说左上》：宋人有酤酒者，升概甚平，遇客甚谨，为酒甚美，县帜甚高。然而不售，酒酸。怪其故，问其所知长者杨倩。倩曰："汝狗猛耶？"曰："狗猛则酒何故而不售？"曰："人畏焉。或令孺子怀钱挈瓮而往酤，而狗迓而龁之。此酒所以酸而不售也。"

宋国有个卖酒的人，酒给的分量很足，招待顾客极殷勤、周到，酿造的酒味道甘美，酒旗也挂得很高很高。但是，酒却卖不出去，都变酸了。他百思不得其解，觉得很奇怪，就去请教他所熟悉的同街老

酒酸不售

人杨倩。杨倩问道："你酒店里的狗凶猛吗？"卖酒的人说："狗是凶猛，但这同卖不出酒有什么关系呢？"杨倩说："因为顾客都怕它。有人让孩子拿着钱提着瓦壶前去买酒，狗就会扑过来咬他。这就是酒变酸了也卖不出去的原因。"

"酒酸不售"，也作"狗猛酒酸""狗恶酒酸"，就是从这个故事来的。作者韩非用这个寓言故事讽刺朝廷中的奸臣像狗一样，使国君受到欺蒙，使有道德、有才能的人得不到任用，贻误了国家的大事。现在人们用它比喻用人不当或经营无方。

君杀唐鞅

典出《吕氏春秋·淫辞》：宋王谓其相唐鞅曰："寡人所杀戮者众矣，而群臣愈不畏，其故何也？"唐鞅对曰："王之所罪，尽不善者也；罪不善，善者故为不畏。王欲群臣之畏也，不若无辨其善与不善而时罪之，若此则群臣畏矣。"居无何，宋君杀唐鞅。

一天，宋王问他的相国唐鞅说："我平素杀戮的人够多的了，可是大臣

们反而越发不畏惧我，这是什么原因呢？"

唐鞅回答说："这是因为大王杀戮的人，都不是好人；您只杀坏人，好人自然不畏惧您。大王如果想让大臣们敬畏，不如不分好坏，不断地杀戮，这样，他们朝不虑夕，就会敬畏您了。"

唐鞅给宋王出了这个主意后，没有多久，宋王就把他杀了。

后人用"君杀唐鞅"的这个典故告诫人们，不要为那些坏人出主意。为坏人出坏主意，往往自食恶果，落个"请君入瓮"的下场。

君杀唐鞅

老不中书

典出《韩昌黎文集·毛颖传》：颖为人强记而便敏，自结绳之代以及秦事，无不纂录；阴阳、卜筮、占相、医方、族氏、山经、地志、字书、图画、九流、百家、天人之书，及至浮图、老子、外国之说，皆所详悉；又通于当代之务，官府簿书，市井货钱注记，惟上所使。自秦始皇帝及太子扶苏、胡亥、丞相斯、中车府令高，下及国人，无不爱重。又善随人意，正直、邪曲、巧拙，一随其人。虽见废弃，终默不泄。惟不喜武士，然见请亦时往。累拜中书令，与上益狎，上尝呼为中书君。上亲决事，以衡石自程，虽宫人不得立左右，独颖与执烛者常侍，上休方罢。颖与绛人陈玄、弘农陶泓及会稽褚先生友善，相推致，其出处必偕。上召颖三人者，不待诏，辄俱住，上未尝怪焉。后因进见，上将有任使，佛试之，因免冠谢。上见其发秃，又所摹画不能称上意，上嘻笑曰：

"中书君，老而秃，不任吾用！吾尝谓君中书，君今不中书邪！"对曰："臣所谓尽心者。"因不复召。归封邑终于管城。

毛笔先生博闻强记，而且机敏灵活。从结绳记事的上古时代到秦氏王朝的历代史事，他没有一件不予记载。诸如阴阳、卜筮、相术、医药、姓族、山河地理、字书图画、九流百家、天道人事，以及佛教、道家、国外传闻，他都无所不知、无所不晓。而且他还精通当今的事务，凡官府文书、店栈账册，都听凭人们使用。

上自秦始皇帝、太子扶苏、世子胡亥、丞相李斯、中车府令赵高，下至平民百姓，都很爱重他。

毛笔先生还善于随附人的意愿，不管正直、奸邪、圆滑、笨拙的人，一概听凭使唤。有时虽被废弃，也默不作声。他唯独不爱舞枪弄棒的武士，但如果邀请，也肯前往。

毛笔先生后来升官做了中书令，与皇上更加亲近，皇上曾亲昵地称他为中书君。皇上每天都要亲自处理大量奏章，即使宫人都不准站立左右，而唯有毛笔先生和蜡台先生经常在旁边侍候，直到皇上休息为止。

毛笔先生和绛州墨、弘农砚、会稽纸最为友好，彼此推心置腹，形影不离。毛笔先生和他的3位好友，有时不等皇帝诏令，就一齐前往，皇上也从不怪罪他们。

后来一次皇上召见，准备用他，轻轻一拂，毛笔先生脱帽谢恩。皇上见他发疏头秃，所书写的字画也不称心如意，便取笑地说："中书君，您年老头秃，已经不胜任了！从前我曾称您中书，而您现在却不中书了！"毛笔先生答辩说："我算得上是尽心竭力的臣子啊！"但皇上从此便不再召用他了。

毛笔先生只好回到自己的封地，老死在笔管里了。

后人用"老不中书"这个典故揭露最高封建统治者的冷酷无情，需要时则加官晋爵，不用时则一脚踢开。

立个坏的

　　春秋时期，秦穆公的夫人穆姬是晋献公的女儿、太子申生的妹妹。她担心自己父母和国家的安危，成天催促秦穆公帮助晋国。晋献公死后，秦穆公派公子絷去向公子重耳和夷吾吊唁，并观察他们的为人，公子絷到了狄国，对重耳说："丧事得赶快办，时机万不可失。公子您怎么不趁这机会图谋一番呢？"重耳说："爹刚过世，我内心悲痛，哪儿还有闲情去妄想什么？"他红着眼眶谢过使者和秦伯吊唁的好意，就默不作声了。然后公子絷又到梁国去向夷吾吊慰，跟他说了同样的话。夷吾并不悲伤，他悄悄地对公子絷说："敝国的大臣里克答应帮助我，我应许他上等田地 100 万亩：丕郑也愿意帮助我，我应许他 70 万亩土地。要是你们的国君肯协助我回到晋国去即位，我答应把河外 5 座城作为谢礼；另外还有黄金 40 镒（24 两为一镒）、白玉佩 6 双，这些不敢奉给公子，只是送给公子左右的人的一点小意思罢了。祈请公子在贵国国君跟前替我美言几句！"

　　公子絷回去，向秦穆公非常详细地报告了与两位公子相见的情形。秦穆公说："重耳是个心地善良的好人。"可是咱们该不该帮助他呢？公子絷说："为了秦国的利益，不如立个坏心眼的人。这种人做了国君，一定会把国家搞得一团糟，咱们才可以从中得到好处。"秦穆公同意公子絷的看法。另外，他又得到一个消息，说齐桓公也答应立夷吾为国君，因此他就打发百里奚、公孙枝带领兵马，帮助夷吾回到晋国去。

　　他们到达晋国，刚好齐桓公也派隰朋带领诸侯的兵马到了。于是大家共同立夷吾为国君，就是晋惠公。晋惠公夷吾谢过秦国和齐国的将士，就打发他们回去。公孙枝却滞留不去，预备接收河外那 5 座城。晋惠公怎么舍得将自己的土地白白送给人家呢？大臣里克劝告他，说："主公刚即位，不可失信于人！"大将却芮却奉承新君，反对里克。他说："话可不能这么说！先君历经千辛万苦，南征北伐，才得到几座城，现在一送，就是5座，晋国能送几回呀？"却芮一派的人竟相附和说："是啊！咱们自己的土地说什么也不能送！"里克说："既然知道不能送，当初为什么许诺给人家呢？"晋惠公苦恼地说："唉，有没有两全其美的办法呢？"里克还想说下去，丕郑在一旁直扯他衣袖，他只好闭口。最后，晋惠公就给秦穆公写了一封信，内容是："我本来打算把城交给您，可是大臣们都反对，我一时也没有办法。请您暂时搁下这件事，以后再说吧！"然后，派丕郑送信到秦国去。

秦穆公看完那封信，暴跳如雷，说："夷吾这小子忘恩负义，说话不当真，简直不配做国君！"丕郑私下对秦穆公说："晋国人向来仰慕重耳的贤能，您立夷吾做国君，晋国人都很失望。这次他失信于您，全都是吕省和却芮在一旁推波助澜。请您看在晋国老百姓的份上，再为晋国出个主意吧！"秦穆公点点头，当即写了一封回信，打发大夫冷至随丕郑到晋国去。

丕郑带着冷至刚来到晋国的边界，就听说里克被晋惠公谋害了。丕郑心想："里克杀了奚齐和卓子，夷吾才有机会当上国君。里克的功劳不小，怎么反而被杀了呢？"他满腹疑窦，不敢贸然进城，一味在城外徘徊，恰巧遇见了大夫共华，就迫不及待地拉住他的手，详细询问国内的情形。共华说："那天里克义正词严地反对主公和吕省、却芮，他们就把他看成是公子重耳的同党，说他故意跟国君唱反调，主公就命令却芮把里克杀了。"丕郑问："凭什么罪名呢？"共华不屑地说："凭什么！他说：没有你，我做不了国君，你的功劳我铭记在心；但是你先后杀了两个国君、一个大夫，却罪无可赦！"这就是里克的罪名！丕郑怔忡地说："他既杀了里克，也绝不会放过咱们的，我还是逃到秦国去吧！"共华却劝慰他说："这倒不必！支持里克的人多着哪！可是国君只拿里克开刀，别人全没有事。您要是避开不回去，反倒叫他们认定您是公子重耳的同党了。"丕郑迟疑片刻，还是硬着头皮，带着秦国的使臣冷至回到朝廷。冷至把那封信呈上去，晋惠公一瞧，上面写着：晋秦两国，本是亲戚，城在晋国如在秦国，贵国大臣不愿交城，正表明他们的忠心耿耿，我也不愿意辜负他们的好意。但愿贵国上下一心，好自为之，于我亦有荣焉。贵国大夫吕省、却芮才能出众，令人钦佩。可否请他们2位前来敝国，以便当面请教一二。

晋惠公就打算叫那两位大夫到秦国去。狡猾的却芮私下对吕省说："秦国太抬举咱们了，我想这其中必有诈。里克和丕郑原是一鼻孔出气的，咱们杀了里克，他有可能跟咱们同一条心吗？咱们得留神呀！"他们俩就把这想法偷偷地告诉了晋惠公，晋惠公也忍不住满腹狐疑。他一面请冷至先回去，对他说："敝国的大局至今尚未安定下来，过一阵子等我们这两位大夫一有空，就去拜访贵国。"一面叫吕省和却芮暗中监视丕郑。

丕郑本来是大力支持公子重耳的。现在又看到晋惠公夷吾杀害大臣，就更对他不满了。他结合了8位大臣，秘密商议着要撵走夷吾，迎接公子重耳。有一天，丕郑正要就寝的时候，有个名叫屠岸夷（屠岸，姓；夷，名）的将军前来求见。丕郑叫人对他说："睡了，有什么事明天再说。"屠岸夷却不走，都已经三更半夜了，仍在门口伫候。丕郑只好勉强请他进来，屠岸夷一见到丕郑，就跪下说："大夫救救我！"丕郑惊异地问他什么事。他说："新君责怪我当初帮助里克杀了卓子，他准备要杀掉我，怎么办？"丕郑说："现在吕省、却芮影响力大，你怎么不去找他们帮忙呢？"屠岸夷说："唉，别提了！主公要杀我就是他们出的主意呀！我恨不得吃他们的肉、喝他们的血，求他们不是自取其辱吗？"丕郑半信半疑，他心想："说不定他是吕省他们派来套我的话的！"就问他说："你打算怎么办？"屠岸夷站起来说："晋国的人哪一个不是向着公子重耳？就拿秦国来说吧，因为夷吾说话不算数，也想立公子重耳。要是您能写上一封信，我立刻就到公子重耳那边去，请他会合秦国和狄人的兵马打进来，咱们在里头集合公子重耳和太子申生的一批大臣，里外夹攻，先砍下吕省和却芮的脑袋，再把夷吾撵出去，立公子重耳为国君，这是上合天意、下合民心的大事。大夫您要是能这么做，不但救了我，也救了晋国老百姓的命啊！"丕郑冷笑一声，说："哼！你倒说得很动听！这是谁唆使你的？我能相信你的鬼话吗？"屠岸夷立刻咬破中指，一时鲜血直流，他对天起誓，说："老天爷明鉴，我要是三心二意，叫我全族不得好死！"丕郑这才相信了他，对他说："好吧！明晚三更再过来商量吧！"

到这第二天晚上，屠岸夷又来到丕郑家里，与会的共有 10 位大臣。大家磋商一番，写成一封信，再逐一签下自己的名字。丕郑把信交给屠岸夷，叮嘱他小心谨慎，火速送去给公子重耳。屠岸夷恭恭敬敬地把那封信藏在贴身的地方，向大家拱手道别，连夜动身走了。大家见屠岸夷如此热忱，都赞美他勇谋过人，然后各自回家睡了。

没多久，就是上朝的时候了。他们若无其事地到了朝房，一如往昔般和吕省、却芮他们敷衍着寒暄问好。不一会儿，晋惠公上殿了。大臣们行了礼，晋惠公就问丕郑："你们要迎接公子重耳，该当何罪？"丕郑听了，先是一愣，随即恍然大悟，心想：'糟了！'却芮在一旁厉声说："哼！瞧你们做的好事！"说着就掏出那封信，把上面签的名字一个一个地念出来，就是没念到屠岸夷。9 位反对夷吾的大臣全被一网打尽，武士们把他们全杀了。而屠岸夷却因为这件事升了官、得了财。丕郑的儿子丕豹获知这个消息，连忙跑到秦国向秦穆公哭诉，告诉他夷吾惨无人道的暴行，还央求他出兵征伐晋国。秦穆公一面安慰丕豹，一面询问大臣们："这事该怎么处理？"蹇叔说："光听丕豹几句话，就贸然去打晋国是说不过去的。"百里奚说："夷吾这么横暴，晋国百姓一定不服，迟早会有事变。到那时候，咱们再打过去也不迟。"秦穆公就留下丕豹，拜他为大夫，等待着适当的时机去攻打晋国。

那些反对夷吾的大臣，不是惨遭杀害，就是趁隙逃走了，夷吾也毫不害臊地坐着他的君位。可是连续几年晋国国内农作物都是歉收，老百姓过着困顿流离的日子。到了第四年，就是公元前 647 年，晋国甚至出现前所未见的大灾荒，田地里一片凋敝，毫无收获可言，晋国眼看就要发生动乱了。秦国要打晋国，这正是绝佳的时机。

后人用"立个坏的"比喻为了自己的利益，不分好坏选择任用人。

厉王击鼓

典出《韩非子·外储说左上》：楚厉王有警，为鼓以与百姓为戍。饮酒醉，过而击之也，民大惊。使人止之，曰："吾醉而与左右戏，过击之也。"民皆罢。

居数月，有警，击鼓而民不赴。

楚厉王曾通令，遇有国家危急的情况，就打鼓为号，通知老百姓来防守。有一次，厉王喝醉了酒，误把鼓咚咚地敲起来，老百姓大惊，纷纷跑来。厉王派人去阻止他们，说："我喝醉了酒，跟周围的人闹着玩，胡乱打一阵鼓。"老百姓解散回去了。

过了几个月，真的发生了紧急情况，厉王拼命敲鼓，老百姓再不去救援。

后人用"厉王击鼓"比喻"人而无信，不知其可"。在上位者，对人民失信，更会带来无穷的后患。

潞令当死

典出《聊斋志异·潞令》：宋国英，东平人，以教习授潞城令。贪暴不仁，催科尤酷，毙杖下者，狼藉于庭。余乡徐白山适过之，见其横，讽曰："为民父母，威焰固至此乎？"宋扬扬作得意之词曰："嘻，不敢，官虽小，苟任百日，诛五十八人矣！"后半年，方据案视事，忽瞪目而起，手足挠乱，似与人撑拒状。自言曰："我罪当死！我罪当死！"扶入署小，逾时寻卒。

宋国英，是东平人，在教习学业期满以后，做了潞城县令。他贪婪凶狠，而催索赋税，尤其残酷，为此死在杖刑之下的人，横七竖八地丢在庭堂。我

| 827 |

的同乡徐白山有一次正好路过，看到他这样暴戾，讽刺地说："身为百姓的父母，威风势焰竟然达到这般地步吗？"宋国英神采飞扬，得意地说："噢，不敢当，我官职虽小，到任仅 100 天，已杀掉 58 个人啦。"过了半年，才坐堂办理公务，忽然睁大眼睛站起，手脚乱动，好像与人推推搡搡的样子。自己说："我罪应当死！我罪应当死！"扶进住的内院，没多长时间就死去了。

率兽食人

典出《孟子·梁惠王上》：庖有肥肉，厩有肥马，民有饥色，野有饿莩，是率兽食人也。

战国时代，是我国历史上战乱最多的一个时代。由于诸侯间的连年战争，搞得老百姓流离失所，痛苦异常。孟轲是生活在战国中期的一位思想家。他主张施仁政，并且游说于齐、宋、滕、魏各国，宣传自己的政治主张。

有一次，孟轲在魏国和国君魏惠王（即梁惠王）谈论政事。当谈到如何治理国家的时候，孟轲说：要富国强兵，必须爱护人民，针对梁惠王不体恤民情的情况，孟轲说："现在大王王宫的厨房里藏着肥肉，马厩里养着肥马，然而国内老百姓却面带饥色，野地里遗弃着死者的白骨。这等于率领着野兽去吃人。"

后人用"率兽食人"的这个典故比喻虐害人民。

卖柑者言

典出《郁离子》：杭有卖果者，善藏柑，涉寒暑不溃，出之烨然，玉质而金色。置于市，贾十倍，人争鬻其一，剖析之如有烟扑口鼻，视其中，则干若败絮。

子怪而问之，曰："若所市于人者，将以祀，供宾客乎，将炫外以惑愚瞽乎？甚矣哉，为期也！"

卖者笑曰："吾业是有年矣，吾赖是以食吾躯。吾售之，人取之，未闻有言，而独不足于子所乎？世之为欺者不寡矣，而独我也乎？吾子之未思也！今夫佩虎符、坐皋比者，洸洸乎干城之具也，果能授孙、吴之略耶？峨大冠、拖长绅者，昂昂乎庙堂之器也，果能建伊、皋之业耶？盗起而不知御，民困而不知救，吏奸而不知禁，法而不知理，坐糜廪粟而不知耻。观其坐高堂、骑大马、醉醇醴而饫肥鲜者，孰不巍巍乎可畏，赫赫乎可象也？又何往而不金玉其外、败絮其中也哉？今子是之不察，而以察吾柑！"

子默然无以应。退而思其言，类东方生滑稽之流。岂其愤世嫉邪者耶？而托于柑以讽耶？

杭州有一个卖水果的人。他善于保藏柑子，能使柑子经历严寒和暑热而不溃烂。他的柑子拿出来光闪闪的，质地坚实如玉，颜色橙黄如金。到市上去卖，价钱即使比人家的高十倍，大家还是争着买。我也买了一只，剖开它时却有像烟尘一样的东西直冲口鼻，仔细一看，已经是干枯得像破旧的棉絮了。

我责怪地问他说："你卖给人家的柑子，是用来放在器皿中作为祭祀神灵、招待宾客用的呢，还是只是炫耀那外表以愚弄蠢人和瞎子呢？你欺骗得太过分了啊！"

卖柑的人笑着说："我从事这职业

卖柑者言

已经多年了，我专门依赖这个办法养活自己。我卖出柑子，人家取走柑子，从来没讲过什么，难道独独不能满足你的需要啊！现在，那些掌握兵符、坐在虎帐中的人，威威武武地好像是国家的长城，他们果真能够制定出像孙膑、吴起那样的战略吗？还有那些戴着高帽、拖着腰带的人，趾高气扬地好像是朝廷的栋梁，他们果真能够建树起像伊尹、皋陶那样的事业吗？现在的实际情况是，盗贼四起却不知道防御，百姓困苦却不知道救济，官吏奸猾却不知道禁止，法纪败坏却不知道整顿，他们空空地消耗国库中的粮食而不晓得耻辱。你看看那些坐高堂、骑大马、痛饮美酒、饱餐佳肴的人，从外表看来哪一个不是形象高大，叫人感到可敬，威灵显赫，可以作为榜样呢？这样看来，什么地方没有金玉其外、败絮其中的现象啊！现在，你不去考究这些，却来考究我的柑子！"

我默默地无话可答。回过头来细想他讲的道理，觉得他很像是东方朔一类的人物。难道他是因为痛恨世上邪恶行为而假托柑子来进行讽刺吗？

这个故事告诫人们要有真才实学，不能哗众取宠。卖柑者的层层反诘，词锋犀利，发人深省。

民生凋敝

典出《汉书·循吏传》：孝武之世，外攘四夷，内改法度，民用凋敝，奸宄不禁。

西汉武帝刘彻是西汉皇帝中的一位佼佼者。他在位 47 年。在位期间，征收商人资产税，打击富商大贾，同时兴修水利，移民西北屯田，有利于农业的发展。他曾派张骞两次至西域，加强了对西域的统治，并发展了经济文化交流。

但是，汉武帝崇尚武力，在位期间，连连进行战争。虽然这些战争打击了匈奴贵族，保障了北方经济文化的发展，但连年战争也消耗了大量的人力财力，使人民遭到了严重的灾难。

《汉书》作者班固在编写《循吏传》时指出："汉武帝在位期间，连年对外用兵，内政也必须适应战争需要，军费开支浩大，广大农民负担沉重，以致民生凋敝，犯罪行为增多。"

后人用"民生凋敝"形容在剥削阶级统治和压迫下，社会经济衰败，人民生活极端困苦。

民无噍类

典出《宋史·岳飞传》：飞班师，民遮马恸哭，诉曰："我等戴香盆、运粮草以迎官军，金人悉知之。相公去，我辈无噍类矣。"

岳飞从小立下为国家效力的宏伟志向，在背上刺上"精忠报国"4个大字，以此来表示自己的决心。他的家境很贫寒，祖辈都是种田的。少年时代岳飞读书十分刻苦，他特别喜欢读《左氏春秋》和《孙子兵法》，研究打仗布阵的本领。岳飞身材魁梧，力气过人，还没有成年就能拉开300斤的大弓，左右手都能够射箭。

后来，岳飞统率宋朝军兵，替朝廷抵抗金兵，取得节节胜利。他眼看就要打金国的都城黄龙府，获得全面胜利。可是宋高宗赵构和宰相秦桧决心与金兵讲和，一天之内下了12道金字牌，命令岳飞撤军。

岳飞眼看收复的失地又要丧失，宋朝的百姓重新要沦为金国的奴隶，心中痛苦万分。他泪如雨下，脸朝东方拜了两拜，悲愤地说：

"我们将士花了10年时间，用性命和血汗换来的胜利，想不到废于一旦啊！"

岳飞只好服从皇帝的命令，下令军队撤退。老百姓知道岳飞要走，都围在他身旁，拉住兵士的衣袖，哀求地说：

"你们不能走呀，我们都是拿粮草、端香盆迎接你们的，金兵都是知道的，你们一走，我们是没有活路喽……"百姓哭声惊天动地，岳飞也伤心地哭起来，流着眼泪对乡亲们说：

"这是皇帝的圣旨，我们实在没法呀……"

岳飞不忍心叫百姓受难，他命令部队留下5天，让百姓快快逃亡，又奏请圣上拨出汉上六郡空闲土地，安顿难民。

岳飞被朝廷召回以后，不久便被害死了。

成语"民无噍类"就是由此而来，意思是百姓没有活路。

"噍"：咬、嚼的意思；"噍类"：特指活着的人。

岂非同院

典出《幕府燕闲录》：国子博士王某知扶风县，有李生以资拜官，每见王辄称"同院"。王不能平，因面质曰："某自朝士，与君名位不同，而见目同院，何邪？"李生徐曰："固知王公未知县事时，自是国子博士，谓之'国博'。某以纳粟授官，亦'谷博'也，岂非同院乎？"王为之大笑。

国子博士王某在扶风当知县，有一位李生以他的官位资格会见他，每次见面就称为"同院"。王某心中不平，因而当面质询道："我自是朝廷国子博士，和您名位身份不同，而一见面就视作'同院'，是什么道理？"

李生慢条斯理地说："我早就知道王公您未当知县时，自是国子博士，称之为'国博'。而我用交纳粟粮的办法被授予了官职，也可称作'谷博'了，这样，我们俩岂不是'同院'了吗？"

王某听后为之大笑。

后人用这则寓言说明李生纳粟授官，不以为耻，反以为荣，以"谷博"与"国博"音近，死乞白赖，勉强与王某称"同院"。故事揭露了封建社会卖官鬻爵者的丑恶面目。

强者反己

典出《雪涛谐史》：黄郡一孝廉，买民田，收其帝瘠者，遗其中腴者，欲令他日贱售耳。

乃其民将腴田他售，孝廉鸣之官，将对簿。其民度不能胜，以口衔秽，唾孝廉面。他孝廉群起，欲共攻之。时乡绅汪某解之曰："若等但知孝廉面是面，不知百姓口也是口！"诸孝廉皆灰心散去。乡绅此语，足令强者反己，殊为可传。

黄郡有位孝廉，买老百姓的田地时，只买旁边那些瘠薄的土地，却留下中间的肥田，为的是想叫老百姓将来贱卖给他。但是老百姓却将肥田卖给别人，那孝廉便告到官府里去，即将升堂审讯。老百姓估计不能胜过对方，就含着满口唾沫，唾在孝廉的脸上。其他一些孝廉都跳将起来，企图群起而攻之。

这时，姓汪的乡里绅士出来解围说："你们只知道孝廉的脸是脸，不知道老百姓的口也是口呀！"众孝廉都灰心丧气地走散了。

乡里绅士的这番话，足可使强者反责自己，是最可传扬的了。

后人用这则寓言说明孝廉倚仗权势欺压百姓，而官吏也是官官相护，百姓自知不能胜，只能含秽唾其面。"孝廉面是面，百姓口也是口"，在豺狼横行、暗无天日的封建社会，能替老百姓说一句这样的公道话，也是难能可贵的。作者认为"乡绅此语，足令强者反己"，是希望强盗发善心，把寄托在恶者的道德自我完善上，这完全是不切实际的幻想。

取道杀马

典出《吕氏春秋·用民》：
宋人有取道者，其马不进，倒
而投之溪水。又复取道，其马
不进，又倒而投之溪水。如此
三者。虽造父之所以威马不过
此矣。不得造父之道，而徒得
其威，无益于御。

人主之不肖者有似于此。
不得其道，而徒多其威。威愈
多，民愈不用。

取道杀马

宋国有个急于赶路的人，他的马不肯前进：他便掉转马头，把它赶入溪水，
淹得它奄奄一息。这样连续反复三次，那马死活都不肯前进。即使像造父那样
最善于驾马的人，他用来威慑马的手段也绝不会超过这个宋国人了。他没有学
到造父驾马的诀窍，徒然模仿他那驭马的威严。这对于驾马，是没有丝毫益处的。

那些昏庸的国君同这宋国人何等相似啊！治理民众，没有正确的方法，
只知采用各种威压手段。结果，威压越厉害，民众越不替他效力。

后人用这个故事批评了不讲究正确方法而只知严刑峻法的政治现象。

雀儿参政

典出《金史·完颜合周传》：（完颜合周）性好作诗词。语鄙俚，人采
其语以为戏笑。因自草《括粟榜文》，有"雀无翅儿不飞，蛇无头儿不行"

等语，以"而"作"儿"。掾史知之不敢易也。京城目之曰："雀儿参政"。哀宗用而不悟，竟致败事。

1115 年，女真族建立了自己的政权，号为"金"。

金哀宗（完颜守绪）时期，金朝廷有一个大臣叫完颜合周。完颜合周任参知政事，是中央较高政务长官，品位比宰相低一些。完颜合周向来喜好作诗填词，他的语言卑俗，人们搜集他的话作为笑料。1232 年，蒙古军前来进攻，因为粮食短缺，金朝廷下令搜刮，强取豪夺。为此，完颜合周亲自草拟了《括粟榜文》，其中有"雀无翅儿不飞，蛇无头儿不行"的句子。本来，应当是"雀无翅而不飞，蛇无头而不行"，而完颜合周把"而"字写成"儿"字，僚属明知道有错也不敢更改。因此，京城人称他"雀儿参政"。而金哀宗依然信用他，毫不醒悟，以至于败坏大事。

雀儿参政

"雀儿参政"就是从这个故事来的。人们用它形容低能的官员。

如狼牧羊

典出《史记·酷吏列传》：御史大夫弘曰："臣居山东为小吏时，宁成为南都尉，其治如狼牧羊，成不可使治民。"

西汉时，有一个叫宁成的官吏，南阳穰县（今河南邓州市）人。宁成当过济南都尉，后升中尉。他为人狠毒刻薄，执法严峻，为宗室、豪强所畏惧。

汉武帝即位以后，宁成升为内史（掌民政的官），因被外戚诽谤，被捕入狱。后来，宁成从狱中逃出，在乡间买了1000多顷陂田（山坡地），役使贫民数千家为他耕种。几年以后，宁成靠着收租剥削，成了一个有万

如狼牧羊

贯家财的富豪。武帝想再度起用他当郡守。御史大夫公孙弘说："我在山东当小官的时候，宁成是济南都尉，他管理起百姓来，就像豺狼放牧绵羊一样。这个人不可以让他治理百姓。"后来，武帝虽没有任命宁成为郡守，但拜他为关都尉，出入关的人见到宁成都不寒而栗，说："宁可和老虎相见，也不愿面对宁成之怒。"

后人常用"如狼牧羊"来比喻酷吏欺压人民。

尸位素餐

典出《尚书·五子之歌》：太康尸位，以逸豫灭厥德，黎民咸贰。

《汉书·朱云传》：今朝廷大臣，上不能匡主，下亡以益民，皆尸位素餐。孔子所谓"鄙夫不可以事君，苟患失之，亡所不至"者也。

尸，是古代祭礼中的一个代表神像、端坐着而不需要做任何动作的人。《书经》有句道："太康尸位。""尸位"就是源出于此，用来比喻一个有职位

而没有工作做的人，正如祭礼中的尸，只坐在位子上，不必做任何动作一样。"素餐"见于《诗经》："彼君子也是出兮，不素餐兮。"后人于是用"素餐"来比喻无功食禄的人。把"尸位"和"素餐"两者连合成为一句成语，应该说是出于《汉书·朱云传》，该书说："今朝廷大臣，上不能匡主，下亡以益民，皆尸位素餐。"整句成语的意思，也是和上述的"尸位"和"素餐"相同。

尸位素餐

　　后人用"尸位素餐"比喻居位食俸而不理政事。

十室九空

　　典出《宋史·余靖传》：臣闻帝王之道，能勤俭厥德，感动人心，则虽有危难，后必安济。今自西陲用兵，国帑虚竭，民亡储蓄，十室九空。陛下若勤劳罪己，忧人之忧，则四民安居，海内蒙福。如不恤民病，广事浮费，奉佛求福，非天下所望也。若以舍利经火不坏，遽为神异，即本在土中，火所不及。若言舍利皆能出光怪，必有神灵凭之，此妄言也。且一塔不能自卫，为火所毁，况借其福以庇民哉？

　　北宋大臣余靖（字安道），青年时就以文学才华著称，他当过县尉、知县、秘书丞。上书言事，颇有学识，又被提拔为集贤院校理，修订班固《汉书》等典籍。

　　当时，革新派范仲淹因上书言事而遭贬斥，谏官御史都不敢替他说话。余靖上书说："范仲淹因弹劾大臣而获罪，这是不应该的。如果他的话不符合皇上的心意，那么皇上听也可以，不听也可以，怎么能给范仲淹治罪呢？这样一来，恐怕天下人都不敢开口说话了。"不料，余靖也因此被降了职。当时欧阳修、尹洙等有名人物都因替范仲淹说情而遭贬，余靖也跟着出了名。庆历（1041—1048 年）年间，宋仁宗（赵祯）决心改革天下积弊，增设谏官，任命余靖为右正言。

有一次，开宝寺灵感塔发生了火灾，有人传言说，灵感塔中的佛舍利不但没有烧毁，而且闪闪发光呢。他们乘机鼓吹迷信，蛊惑人心，想重新修复灵感塔，弄得宋仁宗也没了主意。余靖上书说："臣听说，自古以来的贤能帝王，都能勤劳俭朴，推行德政，感化天下人心。即使发生了苦难，也会安全度过。如今自从在西部边境用兵以来，国库空虚，财力耗尽，百姓没有钱物的积蓄，流离失所，十室九空。如果陛下奋发图强，痛改自己的过失，忧天下人之所忧，那么，四方百姓就会安居乐业，天下人就会蒙受陛下的恩泽。如果不体恤百姓的疾苦，事事挥霍浪费，用修复佛塔、供奉佛舍利的办法企求天下太平，这不是天下人所希望的。有人说，佛舍利经大火焚烧尚不毁坏，这不是神异之事吗？这种说法是荒诞的。佛舍利本来就埋藏在土中，大火烧不着，怎么会烧坏呢？又有人说佛舍利都能发出奇异的光泽，必定有神灵庇护，这种说法更是无稽之谈。如果说神仙有灵，可是连一个佛塔都保护不了，被大火烧毁了，又怎能靠神仙的福气来保护天下百姓呢？"

"十室九空"就是从这个故事来的。人们用它形容灾荒、战乱或苛捐杂税造成百姓贫困、流离失所的悲惨景象。

蜀贾卖药

典出《郁离子·千里马篇》："蜀贾三人皆卖药于市，其一人专取良，计人以为出，不虚价，亦不过取赢。一人良、不良皆取焉，其价之贱贵，唯买者之欲，而随以其良、不良应之。一人不取良，唯其多，卖则贱其价，请益则益之，不较。于是争趋之，其门之限月一易。岁余而大富。其兼取者趋稍缓，再期亦富。其专取良者，肆日中如宵，旦食而昏不足。"

郁离子见而叹曰："今之为士者亦若是夫！"

意思是：蜀地有3个商人都在街上卖药材。其中一个人，专门收购好药材，根据药材收购价格决定卖出的价格，不漫天要价，也不过多地谋取利润。另一个人，好药材、劣等药材都收购，他卖出的价格高低不等，只看顾客的要求，用不同的药材来应付，出的价钱高就给好药材，出的价钱低就给劣药材。还有一个人，不收购好药材，只收购大量的劣等货，卖时定价很低，顾客要求多拿点药就多拿点，从不争执。于是，顾客都争着去他那里买药。他家的门槛都被踩得磨损了。他一年多便成了大富翁。那个好药、差药都卖的人，顾客去得少一些，但过了两年也富足了。只有那专门贩卖好药的人，他的店铺里白天也像夜晚一样冷冷清清，弄得吃了早饭断晚饭。

郁离子见到这种情况后叹息说："现在做官的人也像这些商人一样啊！"

作者借商场比官场，说明元朝吏治腐败，廉直的人受到冷落，狡诈作伪的人飞黄腾达。

鼠技虎名

典出《雪涛小说》：楚人谓虎为老虫，姑苏人谓鼠为老虫。余官长洲，以事至娄东，宿邮馆，灭烛就寝，忽碗碟索然有声。余问故，阍童答曰："老虫。"余楚人也，不胜惊错，曰："城中安得有此兽？"童曰："非他兽，鼠也。"余曰："鼠何名老虫？"童谓吴俗相传尔耳。

嗟乎！鼠冒老虫之名，至使余惊错欲走，良足发笑。然今天下冒虚名骇俗者不寡矣！……夫至于挟鼠技，冒虎名，立民上者皆鼠辈。天下事不可不大忧耶！

楚地人称老虎叫老虫，姑苏人称老鼠为老虫。我在长洲当长官，因公事到娄东去，夜宿驿站旅馆中。刚吹熄了灯想睡觉。忽听见碗碟磕碰的声响。我问什么缘故，看门的仆人回答说："是老虫。"

我是楚地人，听了不禁惊慌失措，问道："在城里怎么会有这种野兽？"

看门的仆人说："不是什么别的野兽，是老鼠呀！"

我说："老鼠为什么叫老虫？"

看门的仆人说，这是吴地的习俗，一直传到今天罢了。

唉唉，老鼠冒老虎的名，以致吓得我惊恐地想逃走，实在令人发笑。然而如今天下那些冒虚名恐吓老百姓的人可真不少呀！……至于那些挟持老鼠技能，假冒老虎虚名，高踞在老百姓头上的人，实在都是些鼠辈。天下的事情不可以不令人严重担忧啊！

后人用这则寓言说明作者讲述自己亲自经历的生活故事，目的在演绎出"鼠技虎名"的道理，并以之印证当时社会、官场的种种类似黑暗现象，加以抨击和讽刺，因而这则真实的生活故事便成了寓言的素材。作者是有意把自己经历的生活故事当做寓言来讽喻现实了。

水深火热

典出《孟子·梁惠王下》：以万乘之国，伐万乘之国，箪食壶浆，以迎王师，岂有他哉？避水火也，如水益深，如火益热，亦运而已矣。

我国古代很多有学问的人，都善于用譬喻来讽喻君王的言行、措施和他所代表的制度，战国时，孟子便曾以水深火热比喻当时各国的苛政。有一次，他在回答刚刚伐燕获胜的齐宣王提出的问题时说："齐这个大国攻打燕这个大国，燕国百姓反而提酒送菜地欢迎齐军，这正说明那里的百姓迫切要求摆脱燕国统治下的水淹火焚般的苦难日子而已。"

万乘（乘：用四匹马拖拉的兵车。）：兵车众多，比喻大国；箪：用苇制的小圆筐，盛放食物用；浆：指美酒；后来的人便将孟子所说的这段"如水益深，如火益热"两句话，简化成"水深火热"这句成语，比喻人民生活陷入极度痛苦的境地。

兔死狗烹

典出《史记·越王勾践世家》：范蠡遂去，自齐遗大夫种书曰："蜚鸟尽，良弓藏；狡兔死，走狗烹。越王为人长颈鸟喙，可与共患难，不可与共乐。子何不去？"

越王勾践的大夫范蠡，曾替越国出过不少力。在越国和吴国发生战争，越方军事失利时，范蠡劝勾践向吴王夫差暂时忍辱投降，等到时机成熟、形势有利时，又替勾践策划兴兵攻吴，结果越王能够复国报仇。在越国来说，范蠡实在是一个大功臣，本来可以在勾践复国后，安享富贵，来补偿以往所付出的辛劳代价，但是范蠡没有这样做，宁愿舍弃了富贵荣华，自行引退，过着闲云野鹤般的生活。后来，托人带了一封信给从前的同事大夫文种，劝文种也舍弃功名富贵，以免招惹灾祸。

范蠡在信中对文种说："用来射鸟的弓，等到没有鸟时，人们会把弓收藏起来，对弓亦没有什么损害；而用来猎兔的狗，在行猎时，说不定会被凶猛的野兽伤害，等到兔子被捕杀后，主人更把它宰了来吃，连性命也保不住。越王是可以与之共患难的人，而不可以与他共享乐。你为什么还不离去呢？"文种没有听从范蠡的劝告，最后终被勾践所杀。

后人用"兔死狗烹"比喻事情办成以后，就把有贡献的人害死或一脚踢开，多指君主杀戮功臣。

为渊驱鱼

为渊驱鱼

典出《孟子·离娄上》：为渊驱鱼者獭也；为丛驱爵者鹯也，为汤武驱民者桀与纣也。

据历史记载，我国夏、商时有两个极其残暴无道的国君夏桀和商纣王，后来被商汤和周武王分别推翻。孟轲在总结这段历史教训时说了上述这番话。意思是说：替深潭把鱼赶来的是水獭（一种以捕鱼为食的兽类）；替树林把鸟雀赶来的是老鹰；替商汤和周武王把人民赶来的是夏桀与商纣。

后人用"为渊驱鱼"这个典故比喻反动派的凶残使自己失去了人民。

文恬武嬉

典出唐·韩愈《昌黎先生集·平淮西碑》：相臣将臣，文恬武嬉。

唐玄宗李隆基是唐代帝王中在位时间较长的一个，从712年到756年，先后统治了45年。李隆基执政期间，先后任用李林甫、杨国忠等奸臣，到开元末年，政治日趋腐败。李隆基本人则爱好声色，奢侈荒淫。同时，由于府兵制遭到破坏，京师和中原地区武备空虚，西北和北方各镇节度使掌握重兵，天宝十四年（755年）爆发了安史之乱。第二年，玄宗逃往四川。至德二年末（758年）回长安，后郁闷而死。

到了唐宪宗时，淮西节度使吴元济又发动叛乱。817年，著名文学家韩愈随宰相裴度前往淮西平叛。叛乱平息以后，宪宗命韩愈撰写《平淮西碑》，以记述此事。韩愈在碑文的开始，首先指出了淮西叛乱发生的根源：唐玄宗时，自恃国力强盛，享乐腐化。安史之乱虽然平息了，但北方的人民却蒙受了深重的灾难。由于皇上荒淫，朝中的文官只知安逸享乐，武将也一味追求声色狗马。这种风气如果延续下去，国家的前途便不堪设想了。

后人用"文恬武嬉"形容文武官僚荒淫腐化，一点也不把国家大事放在心上。

五马分尸

典出《战国策·秦策》：卫鞅亡魏入秦，孝公以为相，封之于商，号曰商君。……孝公行之八年，疾且不起，欲传商君，辞不受。孝公已死，惠王代后，执政有顷，商君告归。……商君归还，惠王车裂之。

秦孝公一见卫鞅得了西河，打了个大胜仗，就封他为侯，把商於（在河南省淅川县西）一带15座城封给他，称他为商君。卫鞅就叫商鞅了。

商鞅谢恩回来，非常得意。家臣们和亲友们都向他庆贺。有的说，秦国能够这么富强，全是他的功劳；有的说，他是自古以来最出名的改革家；有的说，他改变了土地制度，真了不起；有的说，他压住了贵族，实行连坐法，哪一件不是大事情。大伙儿你一言、我一语，说得商鞅心里挺舒服。他挺自傲地问他们："我比五羊皮大夫怎么样？"大伙儿都奉承着他，说："他哪儿比得上你呢？"其中有位门客，叫赵良，听了这些话，实在忍不住了，大声地说："你们都在商君门下吃饭，怎么不替他担点心事，反倒胡说八道，一味地奉承他！"大伙儿听了，不敢出声。商君有点不高兴，在他发光的脸上浮上一层怒气，问他："先生有什么话要说？"赵良说："您要知道1000个人瞎称赞，不如一个人说真话。要是您不见怪的话，我就说给您听听。"商鞅挺会笼络门客，立刻改了样儿，挺恭敬地说："俗语说，'良药苦口'，请先生指教。"

赵良一想，要说就说个透，要骂就骂个够。他挺郑重地对商鞅说："您说起五羊皮大夫，我就把他跟您来比一下吧。百里奚在楚国给人看牛，秦穆公知道了，想尽法子，请他来当相国。您呢？三番两次地托个小人景监给您介绍。百里奚得到了秦穆公的信任，就推荐别人。百里奚当了六七年相国，一连3次平定晋国的内乱，中原诸侯个个佩服，西方的小国都来归附。您呢？冤了朋友，夺了西河，只讲武力，不顾信义，谁还能诚心诚意地相信您？百里奚处处替老百姓着想，减轻兵役，不乱用刑罚，叫老百姓能够安居乐业。您呢？把老百姓当做奴隶，拿最严厉的刑罚管理老百姓。百里奚自己平常生活非常俭朴，出去的时候不用车马，夏天在太阳底下走，也不打伞。您呢？每逢出去的时候，车马几十辆，卫兵一大队，前呼后拥，吓得老百姓来不及躲。百里奚一死，全国男男女女痛哭流涕，好像死了自己的父亲。您呢？把太子的师傅公子嬴虔割了鼻子，在太师公孙贾脸上刺了字，一天之中杀了700多人，连渭河的水都变红了。上上下下，哪一个不恨您，说句不中听的话，他们恨不得您早点死呢。别人一味地奉承，我可真替您担心哪。"

商鞅听了这番话，一句话也没说，跟着叹了口气，说："我这么为秦国尽心竭力地打算，怎么反倒叫人家都怨恨起来？这是什么道理？"赵良说："我知道您替老百姓打算，可是您的办法很不妥当。您有两个最大的毛病：第一、您光是说服了国君，得到他一个人的信任，可是没有别的人来帮助您；第二、只管替老百姓打算，不管人家愿意不愿意，就推行新法，可不许老百姓替自己打算。老百姓就算得到了好处，他们不但不感激您，还都怨恨您。您自以为事事都替老百姓着想，其实，您的心目中连一个小民也没有。"商鞅插嘴说："他们知道什么？"赵良说："您以为用不着听从老百姓的意见。老实说吧，自古以来，没有一个国君或是一个大臣单凭着自己的威力，违反老百姓的意志，能够成功的。俗语说，'顺天者昌，逆天者亡'。这句话一点也不错。违反了老百姓的意志，就是违反天意。违反了天意，没有不失败的。'天'是什么啊？天没有耳朵，他凭着老百姓的耳朵来听；天没有眼睛，他凭着老百姓的眼睛来看。我看着上上下下的人都怨恨您，就知道天也怨恨您。为这个，我非常替您担心。为什么您还不快点推荐别人来代替您呢？要是您现在能够立刻回头，安分守己地去种地，也许能够保全您自己的生命。"商鞅听了赵良这些话，心里头闷闷不乐。可是他哪舍得把大权交给别人？种地也得有福分哪！

公元前 338 年（周显王三十一年，秦孝公二十四年），秦孝公得了重病。他想把君位传给商鞅，商鞅怎么也不肯接受。秦孝公一死，太子嬴驷即位，就是秦惠文王。他做太子的时候，为了反对新法，被商鞅给定了罪，割去了公子虔的鼻子，又在公孙贾脸上刺了字。如今太子当上了国君，公子嬴虔和公孙贾他们就得了势。这一帮人都是商鞅的冤家对头。以前的仇恨可得清算一下。秦惠文王就加了个谋叛的罪名，下令逮捕商鞅。

商鞅打扮成一个老百姓，打算跑到别国去。他到了函谷关（今河南省灵宝市南），天黑下来了，只好上一家客店去住。客店老板要检查凭证，商鞅可交不出来。老板说："你这位客人真不明白。商君下过命令，不准我们收留没有凭证的人。我要是收留你，我的脑袋可就保不住了。"商鞅一听，这可真是"哑巴吃黄连"——有苦说不出。

当天晚上，他不能住店，不过让他混出了函谷关，连夜逃到魏国。魏惠王恨他当初欺骗了公子印，夺去了西河，正想抓他，好报当年的仇。商鞅这才觉得这么大的天下，容不下他这么一个人。他又跑回商於。秦惠文王立刻发兵转住商於，把商鞅活活地逮住，用最残酷的刑罚把他弄死。有的说，他的身子是叫车马撕开的。有的说，他的脑袋和两只手两只脚上各拴上一匹马，有由 5 个人往 5 个方向打马，那 5 匹马分头一跑，商鞅的身子就这么扯成五六块。这就叫"五马分尸"。商鞅自己被弄死了不算，全家还灭了门。

五马分尸是一种极其残酷的刑罚，商鞅推行变法，立下不小的功劳，在历史上也有很深的影响，但他自己却没有处理好多方面的关系，因而得到了一个走投无路的结局。

洗垢索瘢

典出《后汉书·赵壹传》：所好则钻皮出其毛羽，所恶则洗垢求其瘢痕。

东汉年间，有一个名士叫赵壹，字元叔，汉阳西县（今湖北宣城）人。他身长 9 尺，须眉漂亮，形象壮伟。但是，他恃才傲物，容易得罪人，经常受到打击和迫害。幸亏友人搭救，才免于一死。他虽然有才气，在当时也颇有名声，但只做过郡吏之类的小官，很不得意。

赵壹写过一篇《刺世疾邪赋》，以发泄他对于不合理的社会制度的强烈不满情绪。他认为，德政解救不了世道的混乱，赏罚也澄清不了社会的污浊。春秋时期就是祸乱、腐败的开始，战国时代更增添了残酷与狠毒。无论是秦朝，还是汉朝，在本质上是一样的，只是越来越变得天怒人怨了。众多的势利小人残害百姓的生命，以使自己的利益得到满足。阿谀奉承的风气越演越烈，刚直不阿的品格却日渐消亡。溜须拍马的人，做高官，乘骏马；而一身正气的贤良之士，却地位低贱，只能步行。奸佞之徒得意忘形，飞黄腾达，而正直之士却遭受冷落，默默无闻。

赵壹指出，这是因为执政的人缺乏贤德。只要他们认为好，哪怕是一张破烂的皮子，也钻破皮子让它从里边长出华美的羽毛；如果他们认为坏，就千方百计地洗掉污垢，拼命找出瘢痕。

"洗垢索瘢"就是从这个故事来的。它的意思是洗掉污垢，寻找瘢痕。人们用它形容故意挑剔，搜求他人的过失。

下马作威

典出《汉书·序传》：定襄闻伯素贵，年少自请治剧，畏其下车作威，吏民悚息。

西汉有个叫班伯的少年，家世显贵，常出入宫中，很受皇帝的信任。

当时，定襄石、李两家大姓对抗朝廷，捕杀地方官吏，弄得定襄一带人心惶惶。班伯正准备出使北方的匈奴，听到此事，主动向皇上请求去定襄做太守。

定襄的豪绅大姓听说来了一位年少气盛的新太守，料定他走马上任初期，要雷厉风行，大抓大杀，显示一下威风。因此，他们把犯了罪的人藏起来，然后静静地观看。

班伯首先请来了当地的豪绅大姓，对他们客气地说："在座的都是父兄师父，今后有什么事，还需要大家鼎力支持。班伯一人治理不好定襄，也不打算在定襄待得太久。定襄是在座诸位的，要治理好也是诸位的事。我这次来，只同大家交上朋友。"说完，班伯对年长的行了儿、孙礼。从这以后，班伯果然不问定襄的事，日日广交朋友。久而久之，他结交了不少的人，逐渐了解到那些犯法的人匿藏在何处。于是，班伯召集民吏，分头捕获，不到10天，郡中震动，定襄很快恢复了秩序。

后人将此典概括为"下马威"，指新官上任，装腔作势地显示威风。

燕王好乌

典出《郁离子》：燕王好乌，庭有木，皆巢乌，人无敢触之者，为其能知吉凶而司祸主也。故凡国有事，惟乌鸣之听。乌得宠而矜，客至则群呀之，百鸟皆不敢集也。于是，大夫国人咸事乌。乌攫腐以食，腥于庭，王厌之。左右曰："先王之所好也。"一夕，有鸱止焉，乌群睨而附之，如其类。鸱入宫，王使射之，鸱死，乌乃呀而啄之，人皆丑之。

燕国国王爱好乌鸦，庭院里种植的树木，都被乌鸦筑上巢窝，人们没有一个敢触犯它们的，这是因为乌鸦能够预知吉凶而掌管祸福的缘故呀。因此，凡是国家有事，只依靠听乌鸦的叫声做决断。乌鸦因为得到宠爱而矜骄倨傲，有什么鸟飞来，它们就群起而攻之，所以百鸟都不敢停集在这里。于是，国内的人和士大夫们都恭恭敬敬地侍奉乌鸦。

乌鸦喜欢抓取腐烂的动物尸体吃，弄得国王庭院里腥臊恶臭，国王很讨厌这一点，左右官员们却对国王说："乌鸦是开国祖先所喜爱的呀！"

一天晚上，有一只猫头鹰栖止在庭院里，乌鸦都侧目而视，并去靠近依附，像它的同类一样。猫头鹰飞进宫殿大声号叫，国王命令弓箭手去射它，猫头鹰被射死了，乌鸦便张口叫着去啄食它的肉，人们都耻笑猫头鹰愚蠢。

燕王好乌

这是一幅辛辣的讽刺画。"乌鸦群"比喻朝中奸佞权臣。他们由于善于玩弄权术和诈术,骗取国王的宠爱和信任,因而能在朝中陷害忠良、为所欲为。尤其是可怕的是,他们有时还能乔装打扮,把自己改扮成忠良的模样,混在勇于直谏者的队伍里,利用国王的权势,把直谏的忠臣杀害,再去啄食忠臣的肉,作为自己邀功请赏的资本。"凡国有事,惟乌鸣之听"的现象存在时,这个国家必将面临灭亡的绝境。

当然,寓言中的"鸥"也是一种食腐鼠的禽类,它未必专指"忠良";但它能够栖止乌鸦群集的庭院,并敢于闯进宫中大声号叫,也颇表现出它的勇猛气概。

羊胃羊头

典出《后汉书·刘玄传》:所授官爵者,皆群小贾竖,或有膳夫庖人,多著绣面衣、锦袴、襜褕、诸于,骂詈道中。长安为之语曰:"灶下养,中郎将;烂羊胃,骑都尉;烂羊头,关内侯。"

东汉刘玄,破王莽后,即位为帝,滥封官爵,用了好多小人,连做厨子的都穿了锦绣的衣服,在长安市上招摇,当时有民谣道:"烂羊胃,骑都尉;烂羊头,关内侯。"骑都尉、关内侯是官爵名。羊头羊胃的解说有 3 种:一是喻其贱;二是喻其多;三是讽刺厨子做官。

后人引用"羊胃羊头",是指污滥的官吏、官职。

郑人惜鱼

典出《燕书》:郑人有爱惜鱼者,计无从得鱼,或汕或涔,或设饵笱之。列三盆庭中,且实水焉,得鱼即生之。鱼新脱网罟之苦,惫甚,浮白而喁。逾旦,鬐尾始摇。郑人掬而观之，曰："鳞得无伤乎？"未几，糁麦而食，复掬而观之，曰："腹将不厌乎？"人曰："鱼以江为命，今处以一勺水，日玩弄之，而曰'我爱鱼，我爱鱼。'鱼不腐者寡矣！"不听，未三日，鱼皆鳞败以死。郑人始悔不用或人之言。

郑国有一个非常喜爱鱼的人，想了一些办法没有得到鱼，就用捕鱼的工具或者积水成坑诱鱼，或者编制笱笼投饵捕鱼。他在庭院里摆了3只盆子，都盛满了水，捕到鱼就放到水盆里养着。

那些鱼由于刚刚摆脱了渔网的折磨，身子疲乏得很，把白色的肚皮翻浮在水面上，或者把嘴露在水面上争着喘气。过了一天，鳍尾才开始摇摆起来。

郑人把鱼捧出水盆来观看，说道："这鱼莫不是受伤了吗？"

过了一会，就拿饭粒和麦子去喂鱼，再把鱼捧出水盆来观看，说道："肚子吃不饱吗？"

旁边有人对他说："鱼儿依凭江河的大水才能活着，如今处在一勺之小的水中，你还天天拿在手里玩弄它们，嘴里嚷着'我爱鱼呀，我爱鱼呀！'鱼要是不死，恐怕是很少了！"

郑人不听，没过3天，所有的鱼都脱鳞死去了。郑人这才懊悔自己没有听信那劝告人的话。

后人用这则寓言说明郑人企图活鱼，却恰好害死了鱼，这是由于他把鱼当做自己的玩物，并不是真正爱惜鱼。作者通过这则寓言，讽喻了封建统治阶级统治人民的腐败政策。

他说："民犹鱼也，今之治民者，皆郑人也哉！"

炙手可热

典出《新唐书·崔铉传》：铉所善者郑鲁、杨绍复、段瑰、薛蒙，颇参议论，时语曰："郑、杨、段、薛，炙手可热；欲得命通，鲁、绍、瑰、蒙。"

帝闻之，题于良。是时，鲁为刑部侍郎，铉欲引以相，帝不许，用为河南尹。它日，帝语铉曰："鲁去矣，事由卿否？"铉惶惧谢罪。

唐代人崔铉，字台硕，最初被选拔为进士，入朝拜为司勋员外郎、翰林学士，升迁为中书舍人、学士承旨。唐武宗会昌三年（843年），被拜为中书侍郎，入朝3年就官至宰相。唐宣宗时期，任尚书左仆射，兼门下侍郎，封博陵郡公。

崔铉同郑鲁、杨绍复、段瑰、薛蒙相友善，共同参与时政，说话很有分量。当时人们评论说："郑、杨、段、薛这4个人，权势大，气焰盛；要想使自己受到重视，必须结交郑鲁、杨绍复、段瑰、薛蒙这4个人。"唐宣宗听到这些议论后，把它们记录在屏风之上。

当时，郑鲁任刑部侍郎，崔铉想荐举他为宰相，唐宣宗不答应，把郑鲁派为河南尹。有一天，唐宣宗对崔铉说："郑鲁离开朝廷了，这些事能由你决定吗？"崔铉诚惶诚恐，立即向唐宣宗谢罪。

"炙手可热"就是从这个故事来的。它的意思是，热得烫手。人们用它比喻权贵的气焰极盛。

捉捕妖精

典出《史记·周本纪》：四十六年，宣王崩，子幽王宫涅立。幽王二年，西周三川皆震。伯阳甫曰：'周将亡矣。夫天地之气，不失其序；若过其序，民乱之也。……夫国必依山川，山崩川竭亡国之征也。

周宣王四十年（公元前788年）的时候，市井间谣传周朝的大好江山将会毁在一个女妖精手里。周宣王向来英明有道，但无意间听到这个传闻，竟乱了手脚。他派遣一个名叫杜伯的大臣去捉捕妖精，把有嫌疑的女人全都逮来治罪，因而使许多无辜的女人遭到了迫害。

过了 3 年，也就是周宣王四十三年（公元前 785 年），这位对妖精心怀恐怖的天子作了一个梦，梦里尽是妖精的影子。他从梦里惊叫醒来，一颗心扑通扑通跳个不停。第二天临朝的时候，他问杜伯："妖精的事办得怎么样了？"杜伯是个敦厚笃实的人，他既不乱置人于死，也不相信真有什么妖精，这 3 年来，他早就把这个没有道理的命令放诸脑后了。这下天子既然问了他，他就说："有几个有嫌疑的女人早就杀了。如果再继续搜捕，一定会弄得鸡犬不宁。那叫全国的老百姓怎么安心过活呢？所以我就没再往下办了！"

周宣王听了这番话，大发雷霆，怒喝着说："你好大的胆子，竟敢不服从我的命令，我要你这么不忠心的人干什么？"随即对武士们说："把他推出去斩了！"站在一旁的大臣们一个个吓得脸色发白，其中有个大臣叫左儒，他赶紧上前拦住武士，对天子说："不能杀，不能杀呀！"其他畏畏缩缩的大臣们见状，都瞪大了眼睛注视左儒。周宣王说："唐尧的时候闹过很多次水灾，成汤的时候闹过 7 年旱灾，但唐尧和成汤还是被视为贤明的君王，而名留青史。天子把杜大夫杀了，全国老百姓势必真以为有了妖精，而惶惶不可终日。这件事如果传到列国诸侯的耳中，一定会当它是笑柄。我央求天子还是饶了他吧。"

周宣王鼻子里哼了一声，说："我知道你是杜伯的朋友，果然，你把朋友看得比君王还重要！"左儒说："要是君王对，朋友错，我无论如何也得顺着君王；要是君王错，朋友对，那我就得站在朋友那一边了。"周宣王勃然大怒，高声嚷着："你找死吗？竟敢顶撞我！"那些愣在一旁的大臣们都替左儒捏把冷汗。但左儒本人可毫不在乎，他挺一挺身子，说："大丈夫不能因为贪生怕死，而故意是非不分。杜大夫并没有犯下死罪，天子如果把他杀了，天下的人就会说您不对。"周宣王不理他，仍然坚持非杀杜伯不可，左儒就说："好吧！天子既然非杀他不可，干脆请您把我也一块儿杀了吧！"

左儒这种不畏生死的精神，很令周宣王佩服，而那个杜伯，不发一语，反而惹得周宣王火冒三丈。周宣王对左儒说："用不着你多嘴！"随即转身对武士们说："把杜伯斩了吧！"武士们就把他推出去杀了。

左儒长叹一声，不再言语，他闷闷不乐地回到家里，就在当晚自刎而死。

周宣王获知左儒自杀的消息，有点儿过意不去。他想，实在不应该杀杜伯，就为了自己一时气愤，竟死了两个大臣，真是太糊涂了。

又过了 3 年（周宣王四十六年），有一天，周宣王带着弓箭，跟诸侯们凑热闹一起去打猎，玩得十分尽兴。傍晚，在回宫的路上，周宣王因为太累了，脑袋发胀，胸口也有点痛，不知不觉竟打起盹儿来。忽然看见迎面来了一辆小车，车上站着两个人，穿戴着大红的衣帽，拿着大红的弓箭，向他射来。周宣王定睛一瞧，一个是上大夫杜伯，一个是下大夫左儒。他正想喝退他们，心窝上却已经中了一箭。周宣王大叫一声，吓出一身冷汗，原来是个梦。回到宫里，他就病倒了，病情严重的时候，他一合眼，就恍惚看见杜伯和左儒站在他跟前，他的心绪更加不宁，过不了几天就死了。临死时，他还真以为是因为没有逮到妖精，自己才给冤魂捉去的。这个故事发生在"三川皆震"的前 5 年，描写了周朝气数将尽，市井谣言四起，人心惶惶的场面。

自来旧例

典出《湘山野录》：杨叔贤郎中，眉州人。言顷有太守初视事，大排乐。乐人口号云："为报吏民须庆贺，灾星移去福星来！"守大喜，问："口号谁撰？"优人答曰："本州自来旧例，止此一首"。

郎中杨叔贤，眉州人。他听说不久有新太守走马上任了，就大排乐队奏乐欢迎。乐人的"口号"颂道："为了酬报官吏民众，需要大大庆贺，因为灾星走了，福星来临了！"

太守听了大喜，问："这个'口号'是谁作的？"

优人们回答说："这是本州历来的老规矩，只此一首！"

后人用这则寓言说明讽喻封建官吏从来都是"一年清知府，十万雪花银"的残酷压榨百姓的"灾星"，每次官员调遣，虽然都要喊"灾星移去福星来"的口号，但是对人民群众来说，从来是走了一个猴，又来一个孙悟空，换汤不换药，都是压榨人民的"灾星"。"本州自来旧例，止此一首"，优人的这一答复是实实在在的，而又是何其幽默啊！

作威作福

典出《尚书·洪范》：三德：一曰正值，二曰刚克，三曰柔克。平康正直，强弗友刚克，燮友柔克。沉潜刚克，高明柔克。惟辟作福，惟辟作威，惟辟玉食。臣无有作福作威玉食。臣之有作福作威玉食，其害于而家，凶于而国。人用侧颇僻，民用僭忒。

公元前 1066 年，周武王讨伐商纣王，灭商后，带着殷纣王的叔父箕子返回镐京。周武王向箕子询问治国的道理，箕子一口气讲了 9 条办法，其中第六条说："人的德行可分 3 种：一是正直，二是过分刚强，三是过分柔顺。什么是正直呢？中正平和，不刚不柔，就是正直；什么是过分刚强呢？性情倔强，不能亲近人，就是过分刚强；什么是过分柔顺呢？和顺而不坚强，就是过分柔顺。君王应当抑制刚强不能亲近的人，推崇和顺可亲的人。只有君王才有权替人造福，对人行使威权，吃美好的食物。臣子们无权替人造福，无权对人行使威权，无权吃美好的食物。如果臣子们有权替人造福，有权对人施以威权，有权吃美好的食物，那么，就会对您的家有害，对您的国不利。您手下的臣子们会因此背离王道，老百姓也将因此犯上作乱。"

"作威作福"就是从这个故事来的。它本指统治者专行赏罚，独揽威权。后来，人们用它形容妄自尊大，滥用权力。

"刚克"也是从这个故事来的。它的意思是以刚制胜。

"柔克"也是从这个故事来的。柔：软，弱。克：能。"柔克"的意思是，以柔和之道治事。

阿豺折箭

典出《魏书·吐谷浑传》：阿豺有子二十人。阿豺⋯⋯曰："汝等各奉吾一只箭。"折之地下。俄而命母弟慕利延曰："汝取一支箭折之。"延折之。又曰："汝取十九只箭折之。"延不能折。阿豺曰："汝曹知否？单者易折，众则难摧，戮力一心，然后社稷可固。"

吐谷浑的首领阿豺有 20 个儿子。一天，阿豺对他们说："你们每人给我拿一支箭来。"他把拿来的箭一一折断，扔在地下。

隔了一会儿，阿豺又对他的同母弟弟慕利延说："你拿一支箭把它折断。"慕利延毫不费力地折断了。阿豺又说："你再取 19 支箭来把它们一起折断。"慕利延竭尽全力，怎么也折不断。

阿豺意味深长地说："你们知道其中的道理吗！单独一支容易折断，聚集成众就难以摧毁了。只要你们同心协力，我们的江山就可以巩固。"

后人用"阿豺折箭"这个典故告诉人们，团结就是力量。

安居乐业

典出《老子》第八十章："甘其食，美其服，安其居，乐其俗。"又见《汉书·货殖传》："各安其居而乐其业，甘其食而美其服。"此据《老子》。

老子处在由奴隶社会向封建社会过渡的大动荡、大战乱的时代。当时，阶级斗争非常激烈，人民不满意自己的"食""服""居""俗"，不"重死"，敢于犯上作乱，暴动起义，而且有了频繁的战争。

针对这种现实，老子提出了他的想象：建立一个国小人少的社会。这个社会不要提高物质生活，不要发展文化生活，人民无欲无知，满意于朴素、简单的生活条件和环境，使人民认为他们的饮食香甜，衣服美好，住宅安适，生活满足。

老子的这种想象是复古倒退的，但他的动机是反对奴隶制，反对一个阶级剥削压迫另一个阶级。从这一方面看，尚有它的积极意义。

"安居乐业"即居住的地方安定，对自己的职业喜爱。

后人用这个典故比喻安定地生活，愉快地劳动。

拨乱反正

典出《汉书·礼乐志》：汉兴，拨乱反正，日不暇给。犹命叔孙通制礼仪，以正君臣之位。

在我国的奴隶社会和封建社会中，奴隶主和封建统治阶级及其文人，为了巩固其等级制度和宗法关系而制定了一些礼法条规和道德标准，称作礼或礼教。统治阶级对于礼是非常重视的。儒家自孔子起即提倡礼治，要求天子、诸侯、卿、大夫、士等各级统治者都安于各位，遵守礼制，不得僭越，以便于巩固统治阶级内部而更有效地统治人民。《论语·宪问》中有"上好礼，则民易使也"。同时也要求对人民"齐之以礼"。《荀子·修身》中有"故人无礼则不生，事无礼则不成，国家无礼则不宁"之说。

秦末汉初，由于大规模的农民战争，有些礼教受到了很大的冲击。汉朝建立以后，统治阶级为了巩固其统治，便命人重修礼仪，以正君臣之位，《汉书》将其作为拨乱反正的措施之一。

"拨乱反正"按颜师古注，为"拨去乱俗而还之于正道也"。

后人用这个典故比喻治平乱世，回复正常。

百废俱兴

典出宋朝范仲淹《范文正公集·岳阳楼记》：越明年，政通人和，百废俱兴。《岳阳楼记》是北宋时的政治家和文学家范仲淹为岳阳楼的重修而写的一篇文章（详见"先忧后乐"条）。

岳阳楼，在湖南省岳阳城西面，对着洞庭湖，是唐朝初年修建的。宋仁宗（赵祯）庆历四年（1044年），范仲淹的朋友滕子京被贬到岳州（今湖南省岳阳县）做知州。到了第二年，政务办得很顺利，上下和谐，一切荒废的事情都兴办了起来。于是重修岳阳楼，扩大了原来的规模，把唐朝名人和当时的名人的诗赋刻在上面。为此，范仲淹应滕子京之嘱，写了这篇《岳阳楼记》。

"百废俱兴"这句成语原意是指许多被废置的事情都兴办起来了。

后人用这个典故比喻在遭受某种破坏以后，建设事业蓬勃发展的兴旺景象。

北杏大会

公元前681年（周庄王的儿子周釐王元年、齐桓公五年、鲁桓公十三年），齐桓公问管仲："如今齐国兵精粮足，可不可以会合各国诸侯？"管仲回答说："当今比齐国强大的诸侯不在少数，咱们凭什么会合诸侯呢？周天子虽然衰弱，毕竟是天下的共主，主公唯有奉着天子的命令，才可能把天下的诸侯都会合起来。"齐桓公说："你说得对！可是该如何进行呢？"管仲说："办法倒有一个。周庄王刚死，新王（周釐王）才即位，主公不妨派人去道贺，顺便跟他说宋国有内乱，新君也才即位，请天子出令确定宋国的君位。只要主公得到天子的命令，就可以名正言顺地联合各国诸侯，大家一起商量办法，订立盟约，共同保卫中原，抵抗外族；列国中有谁遇到困难，大家就出力帮助他；有谁横暴无道，大家就出兵讨伐他。这样一来，主公可以不损一兵一车，就被推举为霸主。"齐桓公喜出望外，马上一一照办。

自从郑庄公和周桓公对打，祝聃射伤了天子的肩膀，后来齐襄公又与宋、鲁、阵、蔡4国联手打败了周庄王，周朝早就威风尽失，列国诸侯根本不把周天子放在眼里，既不去朝见他，也不肯定期贡献财物。周朝又穷又弱，天子成了名不副实的共主，是个地地道道的傀儡。如今周釐王刚即位，看见齐国派使臣来朝见，受宠若惊，毫不考虑地就请齐桓公去确定宋国的君位。齐桓公手握这道命令，就堂堂皇皇地通告宋、鲁、陈、蔡、卫、郑、曹（在山东省定陶县西北）、邾（在山东省邹县东南，后来称邹国）各国，约他们三月初一到北杏（齐国地名，在山东省东阿县北）开会，共同讨论宋国的君位。

宋国的内乱是从宋闵公的时候开始的。因为南宫长万一度被鲁国捉去当俘虏，宋闵公就常对他冷嘲热讽。有一天，宋闵公跟南宫长万比戟，宋闵公输了，他觉得很下不了台，就想比别的，好叫南宫长万也当众出丑。他提议跟南宫长万弈棋，约定输一盘棋，罚喝一大杯酒。南宫长万连输5盘，喝了5大杯罚酒，宋闵公得意扬扬地挖苦他说："你是老吃败仗的将军，怎么能跟我比呢？"旁边侍候的人哄然大笑。南宫长万憋住一肚子的怒火，没吭一声。忽然周天子归天的消息传报过来，南宫长万就毛遂自荐说："要是主公打算派人去吊丧，就派我去吧！我没去过洛阳，顺便可以开开眼界。"宋闵公斜睨着眼讪笑地说："宋国就没有人了吗？怎么可以派一个俘虏当使臣呢？"一旁的人都知道宋闵公存心挖苦他，就附和着大笑。南宫长万恼羞成怒，再加上多喝了几杯酒，顿时暴跳起来，破口大骂："你这无道的昏君！你知道俘虏也能杀人吗？"宋闵公也火大了，怒喝说："你敢！"说着就抄起戟朝南宫长万刺去。南宫长万往旁边一闪，避过了攻击，顺手拿起棋盘，倾所有力量向宋闵公的脑袋砸去，再拳打脚踢一番，当场把宋闵公打死了。手下的人惊愕得四处乱跑。南宫长万的怒火更加不可收拾，他拿起一枝戟走出来，迎面碰见大夫仇政。仇政问他："主公在哪里？"他说："早给我打死了！"仇政笑着说："你在说醉话吗？"他不满地说："我没醉！是实话实说。你瞧！"他双手摊开在仇政眼前，仇政一看那血污的手，脸色大变，气呼呼地骂他说："你这弑君的贼！简直天理难容！"随即出手跟他也打起来，他哪儿是南宫长万的对手，没两下就被打死了。太宰华督听到消息，赶紧坐上车，打算出兵平乱，半路上遇到南宫长万，南宫长万一语不发，朝他当胸一戟，就置他于死地了。

南宫长万立宋闵公叔伯的兄弟公子游为国君。宋闵公的亲兄弟公子御说到外国借兵，想为他哥哥报仇。宋国的老百姓和公子御说的兵马连成一气，杀了公子游和南宫长万，立公子御说为国君。

管仲就借题发挥，要齐桓公奉着天子的命令召集列国诸侯，确定公子御说的君位。齐桓公问管仲："这次开会，要带多少兵车？"管仲说："主公奉天子的命令召开大会，要兵车干吗？咱们开的是'衣裳之会'（不带兵车的和平会议）呀！"齐桓公于是叫人先到北杏去布置会场，会场上设有天子的座位。

到了二月底，宋公子御说率先到达，对齐桓公的一片好意再三致谢。接着，陈、蔡、邾 3 国的诸侯也来赴会。他们看齐桓公没带兵车，十分惭愧，就自动把兵车撤到 20 里之外。通知了 8 个诸侯，才来了 4 个，怎么办？齐桓公很苦恼，想改期举行。管仲说："3 人成众，现在已有 5 个国家，也不算少了。如果改期，就是无信，第一次会合诸侯就这个样子，怎么称霸呢？"5 个诸侯就照原订的日子开会。齐桓公拱手对 4 国诸侯说："王室失势，各国诸侯好像没有个共同的主人似的，各地叛乱时有所闻，弄得天下大乱、人心惶惶。敝人奉了周天子的命令，请各位来确定宋国的君位，同时商量办法，一起辅助王室，抵御外族。不过，在这么做之前，得先推选一个人做盟主，才带动得起来。"4国诸侯听了，议论纷纷。论地位，宋是公爵（第一等诸侯），齐国是侯爵（第二等诸侯），宋公的爵位比齐侯高；论实情，宋公的君位还得齐侯来确立，齐侯显然又比宋公更具说服力。大家七嘴八舌，一时难作结论。后来还是陈宣公义正词严地站起来说："天子托付齐侯会合诸侯，就该推他为盟主，这还用说吗？"大家异口同声赞成。齐桓公先推让了一阵子，然后理直气壮地当上了盟主。他领着诸侯们先在天子的座位前行礼，彼此再相互行礼。随后大家研究一番，订立了盟约，大意是：

某年某月某日，齐小白、宋御说、陈杵臼、蔡献舞、邾克等，奉天子的命令，在北杏开会，共同决定：一心扶助王室，抵御外族，济弱扶倾。有违反本约者，列国共同惩罚之。

会后，管仲走上台阶，说："鲁、卫、曹、郑不听天子的命令，不来与会，非得惩罚他们不可。"齐桓公向四国诸侯说："敝国兵马有限，请各位帮忙！"陈、蔡、邾3国的诸侯一致说："当然！当然！"只有宋公御说默不作声。

当天晚上，宋公御说对随行的人说："齐侯妄自尊大，越级主持会议，还想调遣各国兵马，那咱们将来不是疲于奔命啦？咱们宋国是第一等诸侯，干吗听二等诸侯的使唤！反正咱们的君位也确定了，还跟着他们干吗？"那批臣下也不服地说："就是嘛！咱们不如回去吧！"没等天亮，他们就不声不响地回去了。

第二天，齐桓公听说宋公御说不辞而别，十分震怒，就要发兵去追。管仲上前说："别急！宋国远，鲁国近，先打鲁国才是上策。"齐桓公问他："需不需要叫别的诸侯引兵帮忙？"管仲说："齐国的威信还不大，他们未必乐意听咱们的，再说这次也用不着别人帮忙，还是让各位君主去吧！"诸侯们就此散会，各自走了。齐桓公率兵直驱鲁国。鲁庄公惊急地和群臣们研商对策。施伯说："不如讲和吧！人家奉了天子的命令叫咱们去开会，咱们不该不去，既然理屈，就别勉强跟人家开打。"大家商议未定，又接到齐桓公的信，逼问鲁国为什么不赴会。太夫人文姜得到消息，也赶来劝她儿子跟齐国修好。

鲁庄公回了信，要求齐国先退兵，他随后就去会盟。

齐桓公就先退了兵，再请鲁庄公到柯地去会盟。鲁庄公带着大将曹沫同行，到了柯地，只见会场四周布满了齐国的兵马，吓得鲁庄公心惊胆战。曹沫紧随着他登上台阶，却毫无惧色。两君相见，才说了几句话，齐国的大臣就捧着装有牛血的玉盂，请两位君主"饮血为盟"（一种郑重的会盟仪式。蘸血抹在嘴上，表示对天起誓的意思）。就在这一瞬间，曹沫抢前一步，一手持剑，一手扯住齐桓公的袖子，怒形于色，仿佛要行刺似的。管仲赶忙挡在齐桓公的身前，说："大夫干嘛？"曹沫说："敝国三番两次受人欺负，国都快亡了。你们不是说要'济弱扶倾'吗？为什么不替鲁国出口气？"管仲问："你打算怎么样？"曹沫回答："你们仗着兵强将勇侵犯我们，霸占了我们汶阳的土地。你们若是真心想订立盟约，就请先将这片土地归还我们。"管仲转头对齐桓公说："主公就答应他们吧！"齐桓公拭拭额上冒出的冷汗，对曹沫说："大夫别担心！我答应就是了。"曹沫这才收起剑，接过玉盂，请两位诸侯"饮血"。等他们饮完了他又对管仲说："您主管齐国的政事，我也跟您'饮血'吧！"齐桓公说："不用了，你放心，我对天发誓，一定把汶阳那片土地归还鲁国。"曹沫于是放下玉盂，向齐桓公拜了两拜。

散会后，齐国的大臣个个愤愤不平，都想杀掉鲁庄公他们来出出气。齐桓公也有点后悔。管仲沉着脸，说："这可不行哪！咱们言出必行，既然答应了就不能反悔。有了那片土地，天下的人都背弃咱们；没有那片土地，天下的人都信服咱们，对咱们刮目相看。怎么样比较值得？"齐桓公终究不失盟主的气魄，听了管仲的话，就殷勤周到地招待了鲁庄公，当天就把土地交割清楚。鲁庄公一行人心满意足地回去了。这件事传到各国诸侯耳里，都对齐桓公油然起敬。于是卫、曹二国主动派人来谢罪，要求订立盟约。齐桓公就顺水推舟，邀约他们共同出兵打宋国。

捕鸠放生

典出《列子·说符》：邯郸之民，以正月之旦，献鸠于简子，简子大悦，厚赏之。客问其故，简子曰："正旦放生，示有恩也。"客曰："民知君之欲放之，故竞而捕之，死者众矣。君如欲生之，不若禁民勿捕。捕而放之，恩过不相补矣。"

邯郸的老百姓，每年正月初一的清晨，都要把捕捉的鸠鸟敬献给赵简子。赵简子很高兴，重赏献鸠的人们。

一位客人觉得很奇怪，便问他是怎么回事。赵简子回答说："因为正月初一我要放生，以表示我拯救生灵的恩德。"

客人听了，说："老百姓知道您喜欢放生，竞相捕鸠。因此，要伤害很多性命。您如果诚心让它们好好生存，不如禁止人们捕捉。如果捕来之后再去放生，这恩德恐怕远远弥补不了您的过失啊！"

后人用"捕鸠放生"这个典故告诉我们：揭掉剥削阶级种种虚伪、漂亮的面纱，就可以看到他们本来的面目。

澶渊之盟

典出《宋史·寇准传》：帝遣曹利用如军中议岁币，曰："百万以下皆可许也。"准召利用至帐，语曰："虽有敕，汝所许毋过三十万，过三十万，吾斩汝矣。"利用至军，果以 30 万成约而还。

北宋大臣寇准（961—1023 年），字仲平，在宋太宗时期任左谏议大夫、参知政事。宋真宗即位后，也很信任他。

宋真宗景德元年（1004年），辽国萧太后与圣宗亲率大军南下，攻打宋朝疆域，直逼京都。参知政事王钦若主张迁都南逃，蜀人陈尧叟建议真宗逃往成都。真宗征求寇准的意见，寇准说："谁为陛下出这样的主意，罪不容诛。如今陛下正当英勇之年，将相大臣团结，如果陛下御驾亲征，敌人一定闻风而逃。"于是，真宗亲临澶州（今河南濮阳）督战。真宗把军事委托给寇准，寇准指挥果断，号令严明，士卒喜悦。辽国在战事上占不到便宜，就派遣使者前来，要求订立盟约。寇准不答应，可是有人造谣说，寇准不想讲和，是为了拥兵自重，谋取政治资本。寇准出于不得已，只好答应了。

宋真宗对战争早已厌倦了，急于讲和。他派大臣曹利用到辽军谈判讲和条件，答应每年给辽国银两，宋真宗向曹利用交底儿说："每年付给辽国的银两只要在百万以下，都可以答应。"寇准把曹利用召到军帐里，向他交代说："虽然皇帝有话，但是你谈判时，所答应每年输送的银绢不许超过30万，如果超过30万，我就杀了你。"曹利用来到辽国军营，按寇准的条件与其谈判，果然以岁币银10万两、绢20万匹的条件签订了盟约，返回来了。

"澶渊之盟"就是从这个故事来的。澶渊，又名澶州，即今河南濮阳。公元1004年，北宋与辽国在澶渊签订和约，史称"澶渊之盟"。可用"澶渊之盟"比喻签订和约。

朝令暮改

典出《汉书·食货志上》：今农夫五口之家，其服役者不下二人，其能耕者不过百亩，百亩之收不过百石。春耕夏耘，秋获冬藏，伐薪樵，治官府，给徭役；春不得避风尘，夏不得避暑热，秋不得避阴雨，冬不得避寒冻，四时之间亡日休息。又私自送往迎来，吊死问疾，养孤长幼在其中。勤苦如此，尚复被水旱之灾，急政暴赋，赋敛不时，朝令而暮改。当具有者半贾而卖，亡者取倍称之息，于是有卖田宅鬻子孙以尝责者矣。

西汉时期，有一个人叫晁错（公元前200—公元前154年），颍川人。他聪明好学，知识丰富，被称为"智囊"。文帝很信任晁错，任他为太子家令。

文帝统治后期，官僚、地主、商人加重了对农民的剥削。广大农民破产逃亡，生活极其困苦。为了维护汉王朝的统治，晁错上书汉文帝，主张打击商人投机倒把的行为，限制官僚、地主对农民的盘剥，提出注重粮食、发展农业生产。这是著名的《论贵粟疏》。

晁错在《论贵粟疏》中写道："农夫一家平均5口人，其中应服徭役的壮男至少有2人，一年里只有几个月不在自己的田地上劳动。一家人合力种田也超不过100亩，收获也超不过100石。春耕、夏耘、秋获、冬藏、采伐薪柴、给官府服徭役，等等。一年忙到头，休息不了一天。春天，不能躲避风尘；夏天，不能躲避炎热；秋天，不能躲避阴雨；冬天，不能躲避严寒，一年四季，哪有喘息的机会呢？另外，还要有些耗费，如送往迎来、吊死丧、问疾病，养育孤儿幼童也包括在内。他们不但勤苦已极，而且还要遭受水旱的灾害，遭到急征赋税的盘剥。这些沉重的赋税，说征就征，没有固定的时间，而且变化无常，早上的规定，到了晚上又改变了。在这种情况下，农民有粮食的只好半价出卖，没有粮食的只好借那种取一还二的高利贷。于是，他们不得不出卖田宅、子孙来还债。"

"朝令暮改"就是从这个故事来的。它的意思是，早上发布的政令，晚上又改变了。人们用它比喻政令多变，反复无常。

吃瓜换班

春秋战国的时候，齐襄公恐怕周庄王来打他，就派大夫连称为大将、管至父为副将，领兵去戍守葵丘（今山东省临淄县西），以便遏阻东南方向敌人的侵袭。两位将军临走的时候请示齐襄公，说："戍边是桩苦差事，我们也不敢推托，但您总得给我们一个期限呀！"当时齐襄公正津津有味地吃着甜瓜，没有理睬他们，他们就说："咱们吃苦算不得什么，可是士兵们也有家呀！"齐襄公把玩着手边的另一个甜瓜，想了一想，点点头说："好吧！现在正是甜瓜盛产的季节，你们就待个一年，等明年吃瓜的时候，我叫人去换班。"他们很满意地走了。

不知不觉过了一年，有一天，他们俩正吃着甜瓜，忽然想起期限满了，怎么主公还没派人来换班接防？就特地差一个心腹到临淄去打听。那个人回来，说："主公不在都城，跟文姜玩乐去了，据说已经一个月没有回去了。"

连称听了，火冒三丈，说："这个昏君！他娶了我的堂妹，现在有了那个狐狸精，竟把我妹妹抛在一边。他不顾人伦，贪欢作乐，还把咱们送到边境来受苦，太过分了！我要亲手杀了他！"管至父说："别激动！也许他忘了，咱们先催促他一声，如果他不守信，咱们再动手不迟。"于是他们派了一个小兵献瓜给齐襄公，顺便问他什么时候换班。正好齐襄公游乐回来，看见他们送瓜来，一肚子的不高兴，就顺手抓起一个甜瓜，往那个小兵脑袋上猛掷过去。怒骂着说："我叫你们怎么样就怎么样！回去告诉他们，等明年吃瓜的时候再说！急什么？"

那小兵把话传了回去。连称和管至父恨得咬牙切齿。士兵们个个都渴望回家，好不容易苦熬了一年，原以为可以和家人团聚了，没想到还要再等一年，谁不忿恨呢？他们聚在一块儿，七嘴八舌地要两位将军给他们做主。连称想立即杀回去，管至父阻止他，说："这可不是闹着玩的！要起事也得有个正正当当的理由，更何况凭咱们这点儿兵力，哪儿打得赢他？最好里面有人接应，才方便下手。"连称问："谁能接应咱们呢？"管至父低头沉思片刻，说："有了！先君本来不是很宠爱公孙无知吗？后来主公即位，跟他不和，就减了他的俸禄，他怀恨在心，常想大闹一场，就是没有帮手。依我看，咱们不妨跟他联手，约定立他为国君，这样里应外合，一举就可以成功，而且名义上也说得过去！"连称说："对！就这么办吧！我堂妹在宫里受到冷落，也恨透了这个昏君。咱们叫公孙无知秘密跟她商量，等个好机会下手，事情就好办了。"

公孙无知和连氏都乐意参与这件大事，天天等着机会下手。公元前686年（周庄王十一年，齐襄公十二年）冬天，齐襄公要到贝邱去打猎，连氏赶忙叫人去通知公孙无知。公孙无知又连夜把信息带给连称和管至父，叫他们悄悄地移兵到贝邱去围杀他。

齐襄公带了几名贴身的跟班和一队兵马到了贝邱，看见树木翁郁、藤萝蔓生，就下令放火焚林，树林里的野兽被烧得东奔西逃，连蹦带跳地乱窜。齐襄公看将士们个个身手矫捷，有的使刀，有的射箭，甚至有空手逮住野兽的，不禁乐得哈哈大笑。忽然，有一只硕大的野猪从火中奔出，猛朝齐襄公冲过去，吓得他手脚发软，四周的从众赶紧围过去，刀戟弓箭乱使一番。那野猪气势汹汹地站起来，放声咆哮一声，那声音哀惨恐怖，把齐襄公吓得毛骨悚然，从车上摔下来。旁边的人手忙脚乱，好不容易才把那怪物打跑了，回过头来扶起齐襄公，见他跌伤了左腿，正皱着眉头直喊疼。士兵里也有人知道公子彭生的冤屈的，就窃窃私语说："那怪物像人一样地站起来大吼，也许是公子彭生显灵吧！"于是一传十、十传百，大家都见神见鬼地说公子彭生现形讨命来了。

当天晚上，齐襄公在离宫（国君的别墅）住宿。由于腿伤疼痛，再加上听说公子彭生来讨命，十分烦躁不安，翻来覆去怎么也睡不着。三更了，他还不曾合眼。突然有个叫孟阳的随从慌慌张张地跑来，气喘吁吁地说："不得了啦！连称和管至父带领着蔡丘的兵马杀进来了！"齐襄公一听，惊得魂飞魄散。他跑也跑不了，走也走不动，看样子只好在屋子里等死了。孟阳上前说："我愿意代替您，让我躺在您床上，您快点找个地方躲起来吧！"孟阳随即跑到床上躺下，齐襄公脱下锦袍给他盖上，眼泪汪汪地瞧了瞧他，就一瘸一拐地走了。

他刚跨出屋子，连称就闪了进来，他一眼瞧见锦袍下睡着人，就快步抢上前去一刀砍下，喷涌而出的血霎时染红了枕头床褥。他把脑袋提起，对着烛光仔细审视，发觉那模样不是国君的，就猛力将脑袋往地上一掼，抽身出来四处寻找。齐襄公躲在黑漆漆的角落里，屏气凝神，缩成一团，可是他那条伤腿因为无法曲起来，只好伸了出去。连称眼明手快，立刻像逮小鸡似地一把将他揪出来，踹在地上，破口大骂：“你这个无道的昏君，黩武穷兵，年年打仗杀人，就是不仁；违背先君的命令，亏待公孙无知，就是不孝；不顾伦理，和自己的妹妹乱奸，就是无礼；不体会戍边将士的劳苦，吃瓜的约期过了，还不派人换班接防，就是无信。你不仁、不孝、无礼、无信，算得上是人吗？我今天杀了你也是为国除害，替鲁桓公报仇！”齐襄公被他骂得无地自容，只觉得头昏脑涨，眼前模模糊糊地晃着野猪、公子彭生和甜瓜的影子，突然“轰”的一声，天昏地暗，什么也没有了。

连称和管至父杀了齐襄公后，重整兵马，直打到都城里去。公孙无知早已叫手下的士兵打开城门，接应他们。他们立刻把大臣们集合起来，向他们宣告说：“奉先君的命令，立公孙无知为国君。”

大臣们心里虽不服，却不敢出声，勉强低头拜见了新君。管至父生怕众心不服，难保君位，就建议公孙无知贴出告示，招揽人才，延请贤人共同参与国事。他偶然想起自己家族中有个才高八斗的侄儿，就向公孙无知大力推荐他。

出山小草

典出《世说新语·排调》：谢公始有东山之志，后严命屡臻，势不获已，始就桓公司马。于时人有饷桓公药草，中有“远志”。公取以问谢：“此药又名‘小草’，何一物而有二称？”（《本草》曰：“远志一名棘宛，其叶名小草。"）谢未即答。时郝隆在坐，应声答曰："此甚易解：处则为远志，出则为小草。"谢甚有愧色。桓公目谢而笑曰："郝参军此过（"过"应作"通"）乃不恶，亦极有会。"

谢安（320—385年），晋代阳夏人，字安石，少年时代就很有名气，朝廷屡次征召他做官，谢安都不肯答应。终日游山玩水，在东山隐居了20来年。后来，朝廷多次下达严厉的命令，谢安感到形势所迫，身不由己，才出山在桓温手下任司马。这时，谢安已经40岁了。当时，人有送给桓温草药，其中有一味叫"远志"。（《本草》说，"远志一名棘宛，其叶名小草"）桓温拿着"远志"问谢安说："这种药又叫'小草'，为什么一种草药而有两个名字呢？"谢安没有马上回答。这时，参军郝隆在座，他应声回答道："这太容易解释了：这种草药有根埋在土中，叫'远志'；它的叶长出地面，就叫'小草'。也就是说，在山中隐居就叫'远志'，出山了，就叫'小草'。"听了郝隆含沙射影的话，谢安感到十分惭愧。桓温看着谢安，笑着说："郝参军这番话没有什么恶意，听起来倒怪有趣味的。"

"出山小草"就是从这个故事来的。人们用"出山小草"比喻出来做官的隐士。也可用"远志"借指隐居，用"小草"比喻自己居官低微。

地利人和

典出《孟子·公孙丑下》：天时不如地利，地利不如人和。

孟轲，是战国时的一位思想家，是孔子学说的继承者和发扬者。他认识到民心向背的重要，提出要以"仁政"治国和"民贵君轻"的学说。但他又宣扬"劳心者治人，劳力者治于人"的阶级压迫和阶级剥削的合理性。

孟轲的政治主张、哲学理论等收集在《孟子》一书中。地利人和之说，见于《孟子·公孙丑》的下篇。文中，孟轲论述了战争的胜负决定于人心向背的道理，突出地强调了"人和"在战争中的重要作用。指出，天时有利不如地形有利重要，地形有利不如得人心重要。

根据孟轲的论述，后人引申出了"地利人和"这句典故，比喻地理条件和群众基础都好。

定于一尊

典出《史记·秦始皇本纪》：今皇帝并有天下，别黑白而定一尊。

公元前221年，秦王嬴政统一了全国，称为始皇帝。秦始皇统一全国以后，废除了分封制，普遍实行郡县制，分全国为36郡，郡下又设了县。他还统一了法律、度量衡、货币和文字，修建了驰道，实现了车同轨，书同文。这些措施，对巩固秦王朝的中央集权起了积极的作用，在历史上是一大进步，但也遭到了一些守旧的读书人的反对。

公元前213年，秦王朝又增加了4个郡。为了庆贺，在咸阳宫里开了个庆祝会。大臣们给秦始皇敬酒，向他祝贺。有的大臣称赞秦统一以后所采取的一系列改革措施是自古以来的君王都没干过的伟大事业。这时，有位叫淳于越的儒生头儿对秦始皇说：周王实行分封制，周朝享受了800多年的天下。如今皇帝得了天下，可是自己的子弟和功臣连一块土地也没有，这是不行的。不论干什么，不把古人当老师是长不了的。秦始皇见发生了争吵，就问别的大臣有什么意见。丞相李斯说：五帝的事业各不相同，三代的制度也不一样，不能照搬照抄。从前列国散乱，诸侯混战，一些读书人假造圣贤，托古说教，以古否今。如今天下一统，制度划一，举国上下定于一尊，只要注意法令，劝导农工，叫他们拿出力气干活就行了。如果拿古书来对照新法，造谣生事，毁谤朝廷，国家还像什么样子。为此，李斯建议，除了秦国的历史和那些有用的书如医药、占卜、种树、法令等以外，其余的诗、书，百家的言论，要统统烧毁。

秦始皇听从了李斯的建议，于是发生了历史上有名的焚书坑儒事件。

"定于一尊"旧时指思想、学术、道德等以一个有最高权威的人做唯一的标准。

多难兴邦

典出《左传·昭公四年》：或多难以固其国，启（开）其疆土；或无难以丧其国，失其守宇。

春秋时，晋、楚两国曾互相朝见。公元前538年，楚灵王派大臣椒举到晋国去，希望借晋国的威势让其他诸侯也拥护楚国。晋平公自己想称霸，怕其他国家强大，所以不准备答应楚国的请求。晋国大臣司马侯对晋平公说：晋、楚两国的霸业只有靠上天的帮助，而不是可以彼此争夺的，君王还是应允为好。晋平公说：晋国有3条可以免于危险，还有谁能和我们匹敌呢？我们国家地势险要又多产马匹，齐国、楚国多有祸难，有这3条，我们怎么会不成功呢？

司马侯回答说：仗着地势险要和马匹而对邻国幸灾乐祸，这是3条危险。四岳、三涂、阳城、太室、荆山、中南，都是九州中的险要，它们并不属于一姓所有。冀州的北部，是出产马的地方，并没有新兴的国家。仗着地势险要和马匹，是不能巩固自己的，自古以来就是这样。而往往是由于多有祸难而巩固了国家，开辟了疆土；由于没祸难而丧失了国家，失掉了疆土。

晋平公认为司马侯的分析很有道理，便答应了楚国的要求。

"多难兴邦"指多灾多难能激起克服困难的决心，因而转使国势兴盛起来。

各自为政

典出《左传·宣公二年》：畴昔之羊，子为政，今日之事，我为政。

公元前 607 年，郑国的军队侵犯宋国，宋文公任命大夫华元为主帅，率领宋军进行抗击。开战前，华元为了鼓励将士，杀了一些羊进行慰劳，并亲自主持分赏。不想却忘记了赏给为他驾车的车夫羊斟。为此，羊斟怀恨在心。

等到战斗开始，羊斟对华元说："前日赏羊的时候是由你当家做主，想分给谁就分给谁；今天驾车由我做主，想把车驾往何处就去何处。"说完，羊斟驾着马车长驱直入郑军的阵地，郑军见了将他们团团围住，华元寡不敌众，只好眼睁睁当了俘虏。

宋文公得知华元被俘，很是惋惜，就用了 100 辆兵车、400 匹马作为礼物，向郑军赎回华元，可是礼物还没有送到，华元已经逃回了宋国，结果送去的礼物让郑国白白地得了。

华元回到宋国后，见到了羊斟。华元说："是那匹驾车的马使我当了俘虏吗？"羊斟回答说："不是马，而是赶马的人。"华元在宋国深受宋文公的宠爱，羊斟怕遭到报复，就逃到了鲁国。

后人将羊斟在战斗时讲的话概括为"各自为政"，表示各人按自己的主张办事，不顾整体，也不与别人配合协作。

更令名号

典出《韩非子·外储说左上》：更令明号而民信之。

楚厉王为了有紧急事情时便于号令百姓行动，便设警鼓。凡国家有了紧急情况需要百姓为戍时，便以击鼓为号，有一次，楚厉王喝醉了酒便击起鼓来，顿时全城百姓大惊，左右的人立即告诉楚王说："千万不能乱击警鼓，不然就会造成混乱，失信于民。"可是楚王毫不在乎地说："我喝醉了酒，击击鼓，不过是和大家开开玩笑而已，这有什么关系呢？"百姓知道事情的原委后，就各自回家去了。

几个月后，真的有警报了，楚厉王大击其鼓，可是百姓都认为是闹着玩的，一个也没有来。楚厉王所设的警鼓已失信于民，不能号令百姓行动，于是只得"更令明号而信之"。

韩非子是用这个故事来说明人主应当对人民讲信用。

后人用"更令明号"来表示重新申明号令。

瓜代有期

典出《左传·庄公八年》：齐侯使连称、管至父戍葵丘，瓜时而往，曰："及瓜而代。"期戍，公问不至。请代，弗许。故谋作乱。

春秋时代，齐襄公为了帮助卫侯朔回国复位，约会宋、鲁、陈、蔡4国出兵打进了卫国，周王派兵去救，也被打败；襄公怕周王问罪，就派大夫连称作大将，管至父当副将，带兵去守卫蔡丘（故城在今山东省临淄县西），防备周兵打来。两位将军临走的时候小心地问："守卫边疆的任务很辛苦，我们不敢推辞，但什么时候可以期满调回来呢？"这时襄公正在吃瓜，随口回答："现在是瓜熟的季节，等到明年这个时候，派人去代替你们好了。"过了一年，两位将军在蔡丘吃到新瓜，想起襄公的话，就打发人到临淄（齐国都城）探听消息可去的人回来说襄公已经去谷成（今山东省阿县）一个月了，还没有回来。连称见襄公不把事放在心上，非常生气，想去杀他，管至父建议先派人带着瓜去献给襄公，趁机请求派人代替，不必动兵。不料襄公听说他们请求调回，反面生气地说："叫人去代替，要出自我的主意，怎么可以请求呢？再等候瓜熟一次好了。"两位将军到此不能再忍，就愤怒地领兵回到临淄，把襄公杀了，并且另立公孙无知做了国君。

此后，人们就根据这故事里面以吃到新瓜为替代限期的情节，把任事期满，换人代替，叫做"瓜代有期"，或"瓜期""及瓜而代"。

恒思神丛

典出《战国策·秦策三》：亦闻恒思有神丛与？

恒思有悍少年，请与丛博，曰："吾胜丛，丛借我神三日；不胜丛，丛困我。"乃左手为丛投，右手自为投。胜丛，丛借其神。

三日，丛往求之，遂弗归。五日而丛枯，七日而丛亡。

曾经听说过恒思有棵神树吗？

当地有个强悍的年轻人，请求和神树打赌。他说："我胜了树，树便把灵气借给我 3 天；树胜了我，便可以处罚我。"说罢，便拿出赌具，左手代替神树掷，右手给自己挪。结果，年轻人胜了，树便把灵气借给他。

满了 3 天，树去讨取借出的灵气，年轻人要赖，不肯归还。5 天，树便枯了。7 天，树便死了。

这个故事以树比国家，以灵气比权力，说明大权不能假借给不可信赖的人。

黄袍加身

谈到宋太祖赵匡胤当皇帝的事时，人们常常会提起"陈桥兵变，黄袍加身"的故事。

赵匡胤出生于五代十国的乱世时期。他的父亲是个禁军将领。出身将门的赵匡胤自幼就喜欢骑马射箭，长大后勇猛无比，威力过人。23岁那年，他投靠了后汉大将郭威。后来，郭威建立后周，赵匡胤成了后周的禁军头目，以后逐渐高升，最终成了禁军最高统帅。

任统帅期间，赵匡胤随周世宗四处征战，建立了累累战功，因此在士兵中深得人心，威望极高。周世宗死后，他年仅7岁的幼子即了位。周主年少，主持不了国家大事，将士们都很不服气，密谋拥戴赵匡胤为主。

960年，赵匡胤的弟弟赵光义及将领赵普在陈桥驿（今河南开封市东北）发动兵变。当时，赵匡胤在军帐中喝得酩酊大醉，睡着了。将士们蜂拥到他住的地方，把他叫醒，说："如今天下无主，我们大家愿意拥戴元帅您为天子！"

赵匡胤听了这话，大吃一惊，酒都吓醒了。他还来不及发话时，将士们已经把一件早已准备好的黄袍（天子登基时要穿黄袍）披在他身上，在他面前跪拜，齐呼"万岁"。

赵匡胤见事情已经到了这种地步，黄袍已经披在身上，也就顺水推舟，当上了皇帝。他对众将士说："你们贪图富贵，立我为天子，我的命令你们都遵守吗？"众人回答道："愿意遵命！"

于是，赵匡胤命令手下人，不许欺侮后周皇帝及其亲属；不许四处烧杀抢劫，要整整齐齐、严严肃肃地班师回京。

回到京师后，赵匡胤宣布建立宋朝，正式登上皇帝宝座。他对原先的皇帝采取了优待政策，没有加以伤害，对原有的朝廷大臣加以保护和录用，避免了宫廷中的流血斗争。

黄泉相见

典出《史记·郑世家》：庄公元年，封弟段于京，号太叔。祭仲曰："京大于国，非所以封庶也。"庄公曰："武姜欲之，我弗敢夺也。"段至京，缮治甲兵，与其母武姜谋袭郑。二十二年段果袭郑，武姜为内应。庄公发兵伐段，段走。伐京，京人畔段，段出走鄢。鄢溃，段出奔共。于是庄公迁其母武姜于城颍，誓言曰："不至黄泉，毋相见也。"居岁余，已悔，思母。颍谷之考叔有献于公，公赐食。考叔曰："臣有母，请君食赐臣母。"庄公曰："我甚思母，恶负盟，奈何？"考叔曰："穿地至黄泉，则相见矣。"于是遂从之，见母。

郑伯友是郑国（那时候郑国在今陕西华阴市，周平王东迁以后，改封在今河南省新郑市）的第一个君主。他死后，人们称他为郑桓公。

郑桓公的儿子叫掘突，听说他父亲死在西戎手里，十分哀愤，就穿上孝服，率领300辆兵车，从郑国驰往京城去跟西戎拼命。他胆大机敏，加上郑国的兵马训练有素，一下子就杀死不少敌人。其他的诸侯也陆续出兵前去镐京杀敌。西戎的头目看见诸侯的大兵赶到，知道招架不住，就叫手下的人把周朝积累的货物、宝器等劫掠一空，并放火焚烧宫室。

原来，申侯当初只想藉西戎的兵马去强迫周幽王仍旧让他的女儿做王后，外孙子宜臼做大子。可是他的如意算盘落了空，西戎的兵马不但杀了天子，还强占了京城。他在懊悔之余，就偷偷写信给邻近的诸侯，请他们火速派兵相救。中原诸侯击退西戎之后，就立原来的太子宜臼为天子，就是周平王（公元前770年—公元前720年）。诸侯们都班师回去了，周平王挽留住掘突，请他在京城辅佐朝政。

想不到各路诸侯一走，西戎又兴兵攻来，侵占了周朝西半边的大片土地，而且连月烽火不断，一步步逼近镐京。周平王唯恐镐京不保，再加上镐京的宫室已被西戎烧得面目全非，府库的财宝也被抢夺一空，无力再起造宫殿，就决意离开镐京。他迁徙到东边，把陪都洛阳当做京城，以后的周朝就称为东周。东周的天子名义上虽然是各国诸侯的共主，但他连自己的地盘都掌握不住，所以，实际上他只是个中等国的国君罢了。

周平王返都洛阳，尽管不太光彩，可是四方诸侯都来道贺。周平王因为秦国（那时候秦国在甘肃省天水县，是个附庸小国，还称不上是诸侯国）在西边，上次也慷慨出兵，跟郑国一起打退西戎，这次又派兵护送他返都，就封秦国的国君为正式的诸侯，就是秦襄公。周平王对他说："岐丰（在陕西省）那边的土地大半给西戎占了，你要是能够把他们赶出去，我就将那些土地赏给你。后来秦襄公回到本国，就整顿兵马，逐渐收复岐丰附近的土地，变成了西方的大国。周平王又把洛阳东边的一些城和土地封给掘突，叫他继他父亲之后当周朝的卿士，同时又是郑国的君主，这就是郑武公。

郑武公掘突有两个儿子，一个叫寤生，一个叫段。小儿子段生得一表人才，武艺又高强，夫人武姜非常偏爱他，数次在郑武公跟前夸赞他，并希望将来能让他继承君位。郑武公不答应，依然立大儿子寤生做继承人。郑武公去世后，寤生即位，就是郑庄公。他继他父亲之后也当了周朝的卿士。他母亲姜氏眼看他心爱的小儿子段没有什么了不起的地位，就对郑庄公说："你继承你父亲当了诸侯，可是你兄弟也大了，却没有属于自己的地方，成什么样子？"郑庄公说："那您说怎么办呢？"姜氏说："你把制邑（在河南省汜水县西）封给他吧！"郑庄公为难地说："娘，制邑是郑国的险要地方，父亲早就说过，不能把它封给任何人。"姜氏说："那么京城（在荥阳以东，荥阳在河南省成皋县西南）也行呀！"郑庄公默不作声。姜氏铁青着脸说："这座城不许封，那座城不答应，你干脆把你兄弟撵出去，让他饿死算了！"郑庄公连声赔不是，说："娘，别生气，咱们慢慢商量嘛！"

第二天，郑庄公宣布要把京城封给兄弟段，大夫祭足立刻出面劝阻，说："这怎么行呢？京城是大城，跟都城荥阳一样是相当重要的地方。再说太夫人过于宠爱叔段，一旦他得到京城，势力就更庞大了，将来必会造成后患。"郑庄公无奈地说："唉，这是母亲的意思，我做儿子的怎能违抗她呢？"他不顾大臣的反对，就把京城封给了叔段。从此，人们就把段叫做"京城大叔"。京城太叔打算动身前往封地的时候，先去向母亲姜氏辞行。姜氏拉着他的手，嘘寒问暖，好像怕他衣裳穿少了似地。京城太叔无言以对，只好说："娘，我走了，您放心吧！”姜氏又拉住他，说：“等一等，我还有话要说呢！”她就轻声叮咛他：“爱儿啊，你哥哥一点也不顾念亲兄弟的情分。京城是我逼着他给你的，他虽然答应了，心里一定不痛快。你到了京城，可要好好表现，给你娘争口气。最要紧的是努力操练兵马、积聚粮草，只要一有机会，你我里外联手，互相呼应，必可夺得君位。只要你当上国君，我死也瞑目。”

这位年轻的太叔住在京城，过得很得意。他一面招兵买马，一面行军打猎，天天惦着他娘的话。他的所作所为慢慢传到郑庄公耳朵里。有几位大臣请郑庄公多加管束京城太叔。郑庄公反而责怪他们口没遮拦。他替太叔争辩说：“太叔这么辛苦地操练兵马，不都是为了咱们吗？”大臣们私下都替郑庄公着急，说他肚量未免太大了，现在这么纵容太叔，将来“虎大伤人”，后悔就来不及了。祭足说：“你该知道，蔓草不除去，愈蔓延愈厉害。更何况大夫人又这么宠爱他，后果真不堪设想！”郑庄公说：“夜路走多了，一定会遇见鬼，你等着瞧吧！”没有多久，京城太叔真地占领了临近京城的两个小城。那儿的地方官向郑庄公报告太叔收管两个小城的情形。郑庄公听了，一语不发，慢慢地点着头，像在盘算什么似的。朝廷里的大臣都不服气地说：“京城太叔操练兵马，又占了两个小城，分明就是在造反嘛！主公应该立刻发兵讨伐他！”郑庄公脸上露出为难的神色，说：“太叔是母亲的爱儿、我的爱弟，我宁可失去几个城，也不能拂逆母亲的意思、伤了弟兄的情分。”大将公子吕说：“主公您现在任太叔为所欲为，恐怕将来太叔不把你放在眼里，那事态可就严重了。”郑庄公说：“你们不用多说，我自有办法！”

过了几天，郑庄公对姜氏说他要去洛阳晋见天子，并吩咐大臣祭足管理国事。姜氏听到这个消息，高兴极了，赶紧写了一封密信，派遣她的一个心腹到京城，鼓动太叔立刻利用这个大好机会，举兵前来攻打荥阳。

京城大叔接到姜氏的信，一面写回信和姜氏约好起兵的日子，一面对手下的士兵说：“我奉主公的命令要上朝廷办事去。”接着就发动兵车，打算动身。谁知郑庄公早已派公子吕把一切都布置好了。公子吕先叫人在半路上拦截，顺利地逮住了那个给姜氏送信的人，搜出信来，交给郑庄公。原来，郑庄公是佯称要到洛阳去，实际上却领着200辆兵车，绕了一个大圈，偷偷地绕到京城这边来。到了京城附近，就埋伏妥当，只等着太叔动手。

公子吕另外还派了一些士兵扮作商人的模样，潜进京城。等太叔的大军一离开京城，他们就登上城楼，点起火把。公子吕瞧见火光，即刻领兵进攻，轻而易举地取得了京城。

太叔出兵不到两天，就传来京城失守的消息，他心慌意乱地连夜赶回，在城外驻扎，打算夺回失地。但是，手下的士兵纷纷耳语，说太叔是要他们去攻打国君。大家都认为太叔这种做法不仁不义，因此军心大变，乱哄哄地跑了一大半人马。太叔眼看没有希望夺回京城，就奔往鄢城（在河南省鄢陵县）。后战败又逃往共城，郑庄公和公子吕就引兵攻过去。共城是个小城，怎么禁得起两路大军的夹击呢？不一会儿，城就破了。太叔知道大势已去，叹气说："是娘害了我，我有什么面目再见自己的兄长呢？"然后自刎而死。郑庄公听说太叔死了，赶忙跑到现场，抱着段的尸首痛哭失声："兄弟啊！你干嘛寻死呢？就算你有什么不是，我难道会不原谅你吗？"哭得旁人也跟着心酸拭泪，纷纷夸赞郑庄公是天底下难得的好哥哥。郑庄公收拾起眼泪，检视太叔的行装，在他身上搜出了姜氏那封信，于是他把去信和回信一并遣人送到荥阳，嘱咐祭足交给姜氏，同时叫他将姜氏安置到城颍（河南省临颍县）去住，还传给姜氏一句誓言说："不到黄泉，不再见面"。

几天后，郑庄公回到荥阳。消灭太叔段，压在心头的一块大石落了地，固然相当痛快，可是再也见不着母亲，不免又感到凄凉难过，后悔莫及。再加上左右的人你一句、我一句说他轰走亲娘，是个不孝子。自认高人一等的郑庄公怎能忍受这些闲言闲语呢？可是，他又誓言"不到黄泉，不再见面"，发了誓却不算数，不但会得到报应，也怕留给人家话柄，说他说话不算话。堂堂一个大男人，再怎么样也不能不守誓言。

郑庄公正左右为难的时候，有个城颍的小官叫颍考叔，前来拜见，献上一双特别的鸟。郑庄公问他："这是什么鸟？"颖考叔说："它叫做夜猫子，白天瞧不见东西，黑夜里却能明察秋毫；小时候母鸟哺育它，长大后却反过来啄食它的母亲，简直是不分黑白、不知好歹的恶鸟，所以我把它捕来，请主公严惩它的罪。"郑庄公听出他话里的弦外之音，就默然不语。正巧到了吃饭的时间，郑庄公就叫颖考叔一起进餐，还夹了一些羊肉给他。颖考叔把最肥美的一块用纸包起来，搁在衣袖里。郑庄公纳闷地问他为什么不吃。他说："我家有老母，家境又贫穷，平常吃的都是粗食野菜，今天主公赏我吃这么可口的东西，我想起老母一辈子都没吃过，自己哪儿咽得下去呢？所以我想带点儿回去让她尝尝。"郑庄公长叹一口气说："你真是个孝子！我贵为诸侯，却不能像你那样，能够尽人子的孝心。"颖考叔装出一副莫名其妙的样子说："咦，太夫人不是好端端地享受着荣华富贵吗？"郑庄公凄然长叹，就把姜氏约定太叔前来攻打荥阳和他发誓不到黄泉不再见面的事，一五一十地说了一遍。颖考叔说："主公惦记着太夫人，想必太夫人也思念着您。虽然您发过誓，可是人并不一定要死了才能见到黄泉。黄泉就是地下，咱们只要掘个地道，在地底下盖一所房子，请太夫人到那儿去，主公也到地底下去，您跟她不就见面了吗？"郑庄公觉得这倒是个锦囊妙计，十分高兴，随即叫颖考叔着手进行。

颖考叔用了500人，不消多少时日就挖好地道，盖妥房子。然后，他将姜氏接引到地底下的房子里，另一方面，郑庄公也从地道里进入。郑庄公一眼看到他母亲，就跪伏在地上说："儿子不孝，求母亲原谅！"姜氏又难为情又心酸，赶忙上前扶起郑庄公说："儿啊！是我不好，怎么能怪你呢？"母子俩抱头哭了一阵才平静下来。郑庄公亲手挽着他母亲，出了地道，登上车子，一起绕行了好几条大街，才慢慢回到宫里。老百姓看见郑庄公母子团聚，都跷起大拇指赞美郑庄公的孝行。

揭竿而起

典出汉·贾谊《过秦论》：然而，陈涉，瓮牖绳枢之子，氓隶之人，而迁徙之徒也；才能不及中人，非有仲尼、墨翟之贤，陶朱、猗顿之富；蹑足行伍之间，而倔起阡陌之中，率疲弊之卒，将数百之众，转而攻秦。斩木为兵，揭竿为旗，天下云集响应，赢粮而景从，山东豪俊遂并起而亡秦族矣。

贾谊（公元前 200 年—公元前 168 年），汉阳人，是西汉初年著名的政治家和文学家。《过秦论》是贾谊早期所写论述秦帝国灭亡的重要文章。

文章写道："然而，陈胜这个用破瓮口做窗、用绳子拴门轴的穷小子，这个自己没有土地、从事农业劳动的雇农，这个被流放到边远地区的罪犯，就才能来说，赶不上一个普普通通的人，根本不具备孔子、墨子的贤德，也不像陶朱公（春秋末年，越国大夫范蠡弃官到陶地经商成为巨富，号陶朱公）、猗顿（春秋时鲁国人，经营盐业成为巨富）那样富有。他参加到军队的行列，在农村奋起，率领疲劳不堪的士卒，发动数百个人，掉转矛头造反，攻击秦王朝。他们砍下木棒做刀枪，举起旗杆，挂起义旗，天下的人云集而响应，背着粮食，像影子一样跟随陈胜造反。东方六国的英雄豪杰也都纷纷起义，很快就把秦王朝推翻了。"

"揭竿而起"就是从这里来的。揭：高高地举起。竿：旗杆：指旗帜。"揭竿而起"的意思是，高举义旗，起来反抗。现在多用它指人民起义。

进贡包茅

典出《史记》。

春秋时期，齐桓公正经八百地做了霸主后，威名如日中天，中原诸侯都信服他，向他进贡。可是南方的楚成王不但不服他，反而处心积虑想和他一较长短，楚国在中国南部，向来不与中原诸侯往来，中原诸侯也一直认为楚国和西戎及北狄一样，是蛮族之一。虽然如此，楚国却是第四等诸侯，就是所谓的"子爵"。这个小国，比中原诸侯更有向外扩展的余地。楚国人一面跟中原列国争夺地盘，一面往南扩张势力。他们辛勤地开垦荒地，收服邻近的小部族，慢慢地发展成一个大国。到了公元前704年（郑庄公打败周桓王的第四年），楚国不但拒绝接受子爵诸侯的封号，甚至不稀罕当子个爵诸侯。楚国的国君当然也瞧不起周朝的天子，而且甘冒大不韪与周天子对立。楚成王的时候，修明国政，发展生产，使楚国成了地地道道的富强国家。他听说齐桓公打退了山戎和北狄，又大力帮助邢国和卫国，被推为诸侯的领袖，内心非常不服，就打算跟他较量一番。由于郑国位居南北之间，要进攻中原，非得占领郑国不可。楚成王于是在公元前657年统军直攻郑国，郑文公捷（子突的儿子）知道抵挡不住，马上派遣使臣向齐国求救。

管仲建议齐桓公说："与其去救郑国，不如直接去打楚国。不过，要征伐楚国得先会合列国诸侯。"齐桓公说："会合诸侯是件大事，难免走漏风声，这不是让楚国有机会做事前的准备吗？"管仲说："蔡国得罪过主公，您早就想去讨伐。楚国跟蔡国接壤，咱们以讨伐蔡国为名，然后出其不意地打到楚国去，保证能打个胜仗。"

蔡国是怎么得罪齐桓公的呢？原来，齐桓公的第三个夫人蔡姬就是蔡侯的妹妹。有一天，他们俩坐着小画舫在莲花池里荡着，蔡姬伸手去采莲花，弄得那只小船摇摆不定，齐桓公心慌地大叫起来。蔡姬知道他怕水，存心跟他开开玩笑，就撩水洒在他身上。他左躲右闪，一边忙不迭地叫她住手。蔡姬见他慌慌张张的模样，更觉得有趣，索性站起来，叉开两条腿，左右来回晃摇。齐桓公恼羞成怒，马上把蔡姬休回娘家。蔡侯认为齐桓公未免小题大做，不通人情，一怒之下就把他妹妹改嫁到楚国，做了楚成王的夫人。齐桓公早想拿这个理由去征伐蔡国。

公元前 656 年（周惠王廿一年、齐桓公三十年、鲁僖公四年、卫文公四年、楚成王十六年）齐桓公带着齐、宋、鲁、陈、郑、曹、许 8 国兵马去征讨蔡国，蔡国的军队哪有能耐应付这一支大军？蔡侯急中生智，连夜跑到楚国，故意对楚成王说："听说他们还要打到您这儿来。您可得提防呀！"楚成王立刻派人去刺探消息。

八国的兵马悄悄开向楚国。他们本来想出其不意地攻进去，没想到楚国的大夫屈完早在边界上等待他们了。齐桓公问管仲："奇怪！楚国怎么会知道咱们来了呢？"管仲说："一定有人走漏消息，叫他们有了准备。不过，楚国既然派使臣来，咱们不妨晓以大义，使他们自知理屈，而不必动用一兵一车就招降他们。"齐桓公叫管仲去会见屈完。两人见了面，互相拱手行礼，屈完抢先开口说："我们的大王听说贵国发兵朝这儿来，特地派我来问一声：贵国位在北海，敝国靠近南海，井水不犯河水，为什么你们的兵马开到这地方来？"管仲回答说："贵国和敝国都是周天子封的，当初齐国受封的时候，附带有一个使命：有谁不服天子，就由齐国去问罪。你们楚国本来每年都向天子进贡包茅，让天子祭祀的时候可以滤酒。自从你们不进贡包茅后，天子就责问我们，我们只好唯你们是问啦！另外，从前昭王（公元前 1052—公元前 1002 年）到楚国的时候，楚国竟叫他坐只破船，害他葬身汉水。这件事你们又该如何自圆其说呢？"屈完回答说："没按时进贡包茅是我们的错，至于昭王溺死一事，只好请您去问问汉水，我们可担当不起责任！要是您仗恃着人多势众，想动用武力的话，那么敝国虽偏处南方，但是城墙还算结实，又有汉水阻隔，而且也不乏兵力，您就是有百万之师，也未必用得上！"齐桓公听得面红耳赤，赶忙说："大夫可真是楚国的能人，我愿意跟贵国修好，订个盟约，不知大夫认为怎么样？"屈完说："您这么照顾敝国，我们怎能不识抬举呢？"

第二天，楚国派大夫屈完和中原 8 位诸侯在召陵（在河南省郾城县东）订立盟约。屈完又代蔡国赔礼，齐国也替郑国说情，双方就此尽释前嫌。管仲下令退兵，诸侯各自回国。

鲍叔牙在路上问管仲："楚子自称为王，这是个大罪名，您不责备，反而拿包茅来做文章，我不明白你这是什么意思？"管仲说："就因为自称为王的罪名太大了，我只好搁下不提，你想，这么大的罪名他怎么会承认呢？一提，双方就僵持，必定会打了起来。一打起来，兵祸延绵数年，老百姓怎能安生呢？拿进贡包茅的事当借口，他们就容易接受了。只要楚国认错，就算是服了，我们对天子和列国诸侯也就有了交代，这总比损兵折将、骚扰百姓好吧！"鲍叔牙听了，对管仲叹服不已。

楚成王派屈完带着包茅去朝见周惠王，周惠王高兴得眉开眼笑，就把祭祀太庙的"祭肉"赏给楚国，还赐给屈完一些东西，吩咐说："好好镇守着南方，别跟中原诸侯你争我夺。"同时，齐国也派了使臣隰朋前来报告收服楚国的经过，天子一再夸奖齐桓公尊重天子的好意，准备周到地招待隰朋。

后人用"进贡包茅"这个典故指臣子向君王进贡礼物。

近悦远来

典出《论语·子路》：叶公问政。子曰："近者悦，远者来。"

春秋时期，孔子曾经周游各国，宣扬自己的政治主张，希望各诸侯国的君主能够采纳和运用。有一次，孔子到了楚国，那儿的叶公向他请教怎样管理政事。孔子回答说："要使那些在你统治下的老百姓感到高兴，使那些不在你统治下的老百姓来投奔你。"

"近悦远来"就是从这个故事来的。它的意思是说，邻近的人喜悦，远方的人前来归附。人们用"近悦远来"形容国家治理得很好。

晋国苦奢

典出《尹文子·上卷》：昔晋国苦奢，文公以俭矫之，乃衣不重帛，食不兼肉。

无几时，人绵大布之衣，脱栗之饭。

从前，晋国流行一种讲排场、摆阔气的坏习气，晋文公便带头用朴实节俭的作风去纠正它，他穿衣服决不穿高价的丝织品，吃饭也决不吃两种以上的肉。

不久之后，人们便都穿起了粗布衣服，吃起糙米饭来。

这则寓言正是说明这个道理："昔齐桓好衣紫，阖境不鬻异彩；楚庄爱细腰，一国皆有饥色。上之所以率下，乃治乱之所由也。""上之所好，下必甚焉。"居于领导地位的人，一言一行，都会对群众发生影响，关系到世运人心，所以必须谨慎。

荆人遗弓

典出《吕氏春秋·贵公》：荆人有遗弓者，而不肯索，曰："荆人遗之荆人得之，又何索焉？"

孔子闻之曰："去其'荆'而可矣。"

老聃闻之曰："去其'人'而可矣。"

故老聃则至公矣。

有个楚国人丢失了弓，不肯去寻找回来，说道："楚国人遗失的，楚国人拾到它，又何必去寻找呢？"

孔子听了这句话后说："去掉那个'楚'字就可以了。"

老聃听了这句话后说："去掉那个'人'字就可以了。"

所以说：老聃是最大公无私了。

故事最后称赞老聃为"至公"，这反映出寓言作者引用者的道家观点。儒家讲仁义，主张仁者爱人，所以说："去其'荆'而可矣。"道家主无为，法自然，所以说："去其'人'而可矣。""楚人遗弓"的故事，亦见于《公孙龙子》，只提到孔仲尼听说后，说道"何必楚"？在这里，又加深了一层，说是老聃听说后，更有"去其人而可矣"的说法。

宽猛相济

典出《左传》昭公二十年：政宽则民慢，慢则纠之以猛；猛则民残，残则施之以宽。宽以济猛，猛以济宽，政是以和。

春秋时，郑国的政治家子产执政后，实行改革，整顿贵族田地和农户编制，并把刑书（法律条文）铸在鼎上公布。这些改革，使郑国国力增强，威信提高。

公元前 522 年，子产病重。临死前，他对大臣子太叔说："我死以后，您必然执政。只有有德的人能够用宽大来使百姓服从，其次就莫如严厉了。火猛烈，百姓看着就害怕，所以很少有人死于火；水懦弱，百姓轻慢而玩弄它，所以死于水的就很多。因此，宽大不容易啊！"

子产死后，子太叔执政。他不忍心严厉，而务行宽大，结果郑国盗贼很多，并且聚集在芦苇塘里待机闹事。子太叔后悔地说："我早听子产老人家的话，就不至于到这一步了。"于是发兵攻打盗贼并全部杀了他们。这一来，其他盗贼也就收敛了。

孔子听说这件事后，很赞赏。他说："好啊！政事宽大百姓就怠慢，怠慢了就用严厉来纠正；严厉了百姓就伤残，伤残了就实施宽大；用宽大调济严厉，用严厉调济宽大，这样政事就调和了。"

后人用"宽猛相济"指宽大和严厉相结合。

窥井自照

典出《吕氏春秋·达郁》：列精子高听行乎齐湣王。

善衣东布衣，白缟冠，颡推之履。特会朝雨，祛步堂下。谓其侍者曰："我何苦？"

侍者曰："公姣且丽。"

列精子高因步而窥于井，粲然恶丈夫之状也。喟然叹曰："侍者为吾听行于齐王也，夫何阿哉！又况于所听行乎万乘之主，人之阿之亦甚矣！而无所镜其残，亡无日矣。"

列精子高以他的贤德品行受尊敬于齐湣王。

这天，列精子高穿好了朝祭的礼服：白绸衣，白绢帽，颡推鞋。但正碰上早晨下雨，他便提着衣襟走下堂来，对他的侍从说："我这样子怎么样？"

侍从说："您是既姣艳又漂亮！"

列精子高听说后，便走到井口去窥视自己的影像：啊呀，这明明是一副丑陋样子的相貌嘛！

他无限感慨地叹息着说："这些侍从因为我的德行被齐王看重，竟对我这样阿谀奉承，更何况看重我德行的齐王，人们对他的阿谀奉承就必定更加厉害了。没有镜子可以让他自照去发现毛病，亡国的日子不长了。"

这个寓言揭示说明只有"窥井自照"，检验自己的实践效果，才能真正认识自己凡是阿谀奉承的话，都悄可听。如果昏昏然沉醉在近臣或侍从的夸言虚词的恭维声里，那就离"亡无日"不远了，列精子高可谓有"自知之明"的人。

离朱之明

典出《孟子·离娄上》：孟子曰："离娄之明，公输子之巧，不以规矩，不能成方员（同"圆"）。"

汉代赵岐注："离娄，古之明目者，黄帝时人也。黄帝亡其玄珠，使离朱索之，离朱即离娄山，能视，于百步之外见秋毫之末。"

黄帝时，有一个人叫离娄，也作离朱。他有一双神奇的眼睛，能在百步以外看清鸟兽在秋天新长出的细毛。有一次黄帝丢失了玄珠，派离娄去寻找。

孟子说："即使有离娄那样好的眼力、公输般（春秋末期鲁国人，又称为鲁班）那样高超的技巧，如果没有圆规和直角曲尺，仍然不能准确地画出方形和圆形。"

"离朱之明"就是从这个故事来的。离朱，即离娄，人们用"离朱之明"形容眼光敏锐，能洞察秋毫。

牛头马肉

典出《晏子春秋·内篇杂上》：灵公好妇人而丈夫饰者，国人尽服之。公使吏禁之。曰："女子而男子饰者，裂其衣，断其带。"裂衣断带，相望而不止。晏子见，公问曰："寡人使吏禁女子而男子饰，裂断其衣带，相望而不止者，何也？"晏子对曰："君使服之于内，而禁之于外，犹悬牛首于门而卖马肉于内也。公何以不使内勿服，则外莫敢为也。"公曰："善。使内勿服，不踰月而国莫之服。"

齐灵公喜欢内宫的妇女女扮男装，结果上行下效，一时成风，全国妇女都穿起男服来。

灵公使官吏禁止，下令说："凡是女扮男装的，一律撕毁所穿衣服，扯断所系带子。"

然而，尽管人们亲眼看到有人受罚，女扮男装的风气还是刹不住。

灵公对此很伤脑筋。这天，晏子进见，灵公问道："我让官吏严禁国中女扮男装，还下令毁掉她们的衣带，这一切人们都亲眼所见，为什么还禁止不了呢？"

晏子回答说："您允许宫廷嫔妃女扮男装，却对外禁止，这好比肉店门口高悬牛头的招牌，而里面卖的却是马肉。您为什么不首先禁止内宫女扮男装呢？那样，外面的人就不敢犯了。"

灵公听了，说："好。"于是，下令禁止宫中女扮男装，不过一个月，果然全国便没有人再敢女扮男装了。

后人用"牛头马肉"的这个典故告诉我们：不允许别人做的事，自己首先不要做。以身作则，才能取信于人。

佩珏逐菟

典出《淮南子·氾论训》：楚王之佩珏而逐菟，为走而破其珏也。因佩两珏以为之豫。两珏相触，破乃逾疾。

乱国之治，有似于此。

楚国国王佩戴着玉珏去追赶兔子，因为跑得太快而把玉珏碰破了。为此，他便佩带上两块玉珏以做好准备。结果，两块玉珏互相碰撞，破得更快了。

楚国的政治，很像这件事。

这一则寓言讽刺了过惯了骄奢淫逸生活的剥削阶级，不懂得实践的经验。正像治理国家大事一样，不懂得政治的要领，不顾及实际的矛盾，一味按一己之好恶去办事，就肯定会把国事搞乱。带着佩玉去追赶兔子当然会把佩玉碰坏，这道理是极为浅显的。但是楚王不知道检讨佩玉追兔是不合时宜的，反而佩了两块玉去追兔，结果是越多越坏。

迁都大梁

孙膑打败魏国的消息传到了秦国，卫鞅趁势对秦孝公说："魏国是秦国的近邻，随时都能够向咱们进攻。当初魏国重用庞涓的时候，我老怕他来打咱们，如今魏国打了败仗，中原诸侯都不跟它来往了，咱们应该趁这个时候去进攻魏国，魏国一定抵抗不了。这么一来，咱们再往东去，一个一个地把中原诸侯都收过来，您不就当上全中国的霸主了吗？"秦孝公就叫卫鞅带领着5万大军，从咸阳往东打出去。

秦国的大军到了西河，西河太守接连不断地打发人向魏惠王请求救兵。魏惠王召集大臣们叫他们出个主意。大夫公子卬对魏惠王说："我跟卫鞅有点交情，让我带着兵马先去对付他。要是他能讲和，那是再好不过了。要是他不答应的话，我就先守住城，再派人上韩国和赵国去借兵。"大伙儿全都同意这么办。魏惠王就拜公子卬为大将，带领5万大军去救西河。公子卬先把军队驻扎在吴城（就是吴起做西河太守的时候为了防备秦国所造的那座城）。

公子卬正要给卫鞅写信请他退兵的时候，把守城门的士兵进来报告说："秦国打发使者送信来了，还在城外等着呢。"公子卬吩咐手下的人把那个送信的用绳子吊到城头上来。公子卬拿到了信，一瞧，原来是卫鞅写来的。大意说："我跟公子好像亲兄弟一样，哪能彼此攻打呢？可是国君给我下了命令，我总得有个交代。我想最好咱们说好了，两边都退兵。要是公子愿意，请到玉泉山来订盟约。这么着一来可以叫两国的老百姓不受战争的痛苦，二来还可以保全咱们朋友的交情。要是您答应，请给我个日期，我好立刻退兵。"公子卬挺高兴，当时就写了回信，约他第三天相会。

第三天，卫鞅下令，吩咐后队人马先退下去，前队的兵马到附近的山上去打猎。一面又打发人拿了好些麝香送给公子卬。这麝香是秦国出产的，能止痛，能避臭味，算是顶名贵的特产。公子卬收到了礼物，更加感激卫鞅的情义。他还不大放心，偷偷地打发人去探听秦国军队的动静。果然，秦国的军队已经撤退了，卫鞅只带着300名卫兵在玉泉山等着公子卬。

到了第三天，公子卬也带了二三百名士兵预备了一些酒食坐着车马上玉泉山去了。他们到了山下，卫鞅早已在那儿等着了，就把他们迎到会场里。公子卬一见卫鞅，非常高兴。他想："只要拿出真诚的心来，大伙儿商量，什么纷争都能够免除，何必动刀动枪地伤了和气呢？"他是东道主，当时就摆上酒席，先敬卫鞅3杯。卫鞅叫两个手下的人回敬公子卬。那两个手下的人，一个叫乌获，一个叫任鄙，是秦国最出名的勇士。他们正在敬酒的时候，忽然听见咚咚的鼓声好像打雷似地响得山都震动了。公子卬吓得要死，问卫鞅："怎么打起鼓来了？难道你骗了我吗？"卫鞅笑着说："不敢！这一回，请别见怪。"公子卬一见不对头，就想跑，早给乌获拿住了。任鄙指挥着左右把魏国的随从也全拿住。卫鞅吩咐将士们把公子卬押上囚车，先送到秦国去，然后把魏国的随从放了，请他们喝酒，又叫他们好好地跟着乌获和任鄙上吴城去，大伙儿都有赏，要不然就得把脑袋留下。到了这步田地，他们就只好缩着脖子跟着人家走。

乌获打扮成公子卬的模样坐在车上，任鄙打扮成公子卬的手下。他们到了吴城，叫魏国的士兵先去叫门。城上的士兵一见是自家人，开了城门，让"公子卬"进去。乌获和任鄙一进了城，杀散了守城的士兵。随后，卫鞅带着大队人马进了吴城，乱杀一阵。魏国人一听到大将当了俘虏，哪还敢抵抗。他们扔了吴城，照直往东逃跑。吓得魏惠王没有主意了，只好打发使者到秦国兵营里去求和。他狠着心把西河的土地献给秦国，讲和了事。

西河是秦国的了。这一来，安邑这地方就太挨近秦国，只好迁都到大梁（今河南省开封市），所以魏国也叫梁国，魏惠王也叫梁惠王。

迁都大梁的故事讲了连连遭到失败的魏国节节失利，岌岌可危。

巧退秦兵

典出《淮南子·人间训》：秦穆公使孟明举兵袭郑，过周以东，郑之贾人弦高，蹇他相与谋曰："师行数千里，数绝诸侯之地，其势必袭郑。凡袭国者，以为无备也，今示以知其情，必不敢进。"乃矫郑伯之命，以十二牛劳之。三率相与谋曰："凡袭人者，以为弗知，今已知之矣，守备必固，进必无功。"乃还师而反。

秦穆公派孟明等出兵偷袭郑国。（军队）来到郑国以东，郑国的商人弦高和蹇他共同商议说：

"秦国的军队已经远涉几千里，频繁地突破了很多国家，看他们的趋势，一定是要偷袭咱们郑国。凡是偷袭侵犯他国的，侵略者都以为他国不知道，没有准备。如果我们表示知道了他们的真情，他们就一定不敢再前进，这样就可保住郑国不遭侵略。"

于是弦高和蹇他就假称是受郑王的命令，用 12 头牛，去犒劳秦军。秦国的 3 个统帅觉得很奇怪，认为郑国已经发觉了，就互相商议说：

"凡是偷袭别国，都是因为对方不知道。现在人家已经知道了，特地派人来慰劳，那就一定加强防守了，所以，再按原计划行动，怕是没有好结果。"于是就退兵回国了。

后人用"巧退秦兵"的这个典故比喻爱国主义精神。

青蝇报赦

典出《晋书·苻坚载记》：坚僭位五年，凤凰集于东阙，大赦其境内，百僚进位一级。初，坚之将为赦也，与王猛、苻融议于露堂，悉屏左右。坚亲为赦文，猛、融供进纸墨。有一大苍蝇入自牖间，鸣声甚大，集于笔端，驱而复来。俄而长安街巷市里人相告曰："官今大赦。"有司以闻。坚惊谓融、猛曰："禁中无耳属之理（当作"垣"），事何从泄也？"于是赦外穷推之，咸言有一小人衣黑衣，大呼于市曰："官今大赦。"须臾不见。坚叹曰："其向苍蝇乎？声状非常，吾固恶之。谚曰：'欲人勿知，莫若勿为。'声无细而弗闻，事未形而必彰者，其此之谓也。"

4 世纪中叶，氐族人占据了关中，建立了前秦。355 年，前秦君主苻健死，他的儿子苻生即位。357 年，苻坚（338—385 年）杀掉苻生，自立为秦帝。他任用王猛，打击豪强，休息民力，国势日益充裕。

苻坚篡夺君位 5 年时，有凤凰飞集在都城长安的东门，苻坚认为这是吉祥的征兆，于是在国内实行大赦，百官的官爵都晋升一级。开始，苻坚将要实行大赦时，与王猛、苻融在甘露堂秘密商议，不让其他大臣参加。苻坚亲自撰写赦文，王猛和苻融在一旁伺候纸张笔墨。这时，有一个大苍蝇从窗户飞进屋里，嗡嗡飞得很响，落在毛笔尖上，赶走了，它又飞回来。不一会儿，长安城的街道、里巷、集市上人们奔走相告说："官府要大赦了。"有关部门把这个传闻报告给苻坚。苻坚大吃一惊，对苻融、王猛说："宫禁之中没有隔墙之耳，大赦的事情怎么会泄露出去呢？"于是传令宫外，要彻底追查这件事。人们都说，有一个穿着黑衣服的小人，在市场上大声呼喊，说："官场就要大赦了。"喊完，转眼就不见了。苻坚叹息说："这个穿黑衣服的小人，大概就是那只大苍蝇吧？怪不得它的叫声和形状都不一般，我当时很厌恶它。

谚语说：'要想人不知，除非己莫为。'声音再细小也会被人听到，事情还未干也必会显露出来，说的就是这个道理。"

"青蝇报赦"就是从这个故事概括而来的。人们用它形容赦免等事，也可用来形容消息流传很快，不胫而走。

清规戒律

古时候有个和尚名叫怀海，住在百丈山（唐时在洪州境，即今江西南昌）。他觉得佛门应该有严肃的纪律，就亲手制定了一些条规，让和尚们遵守。因为这些条规是要出家人遵守的，所以叫做"清规"。又因为是在百丈山上制定的，因而佛门中有"百丈清规，禅门日诵"的说法。

魏废帝（曹芳）时候，有个印度和尚达摩迦罗到中国来，先后到过洛阳和许昌一带。他看见这些地方的和尚在行为上没有什么拘束，就从印度的三藏（经、律、论）里面释出了四分律和僧氏戒心图。这是中国佛门具有戒律的开始。以后又有五戒（戒杀、盗、淫、妄、酒）、十戒、比丘戒（250条）、比丘尼戒（350条，有说500条）、菩萨戒（和尚遵守的58条，其中10条重，48条轻；居士遵守的32条，其中6条重，26条轻）等等。佛门中人很重视这些戒律，认为"佛灭度后，以戒为师"。意思是菩萨已经不在人世了，和尚、尼姑要把戒律当做老师。

这些"清规"和"戒律"加起来一大堆，有好些是吹毛求疵的，因此人们就用"清规戒律"这句话来比喻那些烦琐的、脱离实际的或是苛求的规章制度。

掣肘难书

典出《吕氏春秋·具备》：宓子贱治单父，恐鲁君之听谗言，而令已不得行其术也，将辞而行，请近吏二人于鲁君，与之俱至于单父。邑吏皆朝，宓子贱令吏二人书。吏方将书，宓子贱从旁时掣摇其肘。吏书之不善，则宓子贱为之怒。吏甚患之，辞而将归。宓子贱曰："子之书甚不善，子勉归矣！"二吏归报于君曰："宓子不可为书。"君曰："何故？"对曰："宓子使臣书，而时掣摇臣之肘，书恶而又甚怒。此臣所以辞而去也。"鲁君太息而叹曰："宓子以此谏寡人之不肖也！寡人之乱宓子，而令宓子不得行其术，必数有之矣。微二人，寡人几过！"遂发所爱，而令之单父，告宓子曰："自今以来，单父非寡人之有也，子之有也。有便于单父者，子决为之矣。五岁而言其要。"宓子敬诺，乃得行其术于单父。

宓子贱受命治理单父，却恐怕鲁君听信谗言，使他不能按照自己的主张治理。于是在即将辞行、走马上任的时候，请鲁君派两名近侍随他同往单父。

到达单父，当地官吏都来参见，宓子贱让这两名近侍记录。近侍刚要书写，宓子贱不时从旁边摇晃他的胳膊，以致写得很不像样。宓子贱乘机大发雷霆。两名近侍十分犯愁，要辞别回都。宓子贱说："你们书法很差，回去努力自勉吧。"

两名近侍回去报告鲁君说："宓子贱这个人，很难共事，无法为他书记。"鲁君问："为什么呢？"近侍回答道："他让我们书写，却又不时摇晃我们的胳膊；字写不好，又大发脾气，单父的官吏们都笑他，所以我们告辞回来了。"鲁君听了，叹息说："这是宓子贱在劝谏我改正不贤德的地方啊！过去我一定对宓子贱干扰过多，使他不能按照自己的主张办事。没有你们两人，我差点做错事。"

于是，立刻派遣一名宠信官吏，前往单父，转告宓子贱说："从今以后，我不再兼管单父了，而属于您了。只要有利于治理单父，您就决策吧，5年之后再汇报您的政绩。"

宓子贱恭敬地答应了，顺利地在单父推行了他的政治主张。

后人用"掣肘难书"的这个典故说明：充分信任，放手使用干部，给下级一定的自主权，是关乎事情成败的重要环节。

取之于民

典出《孟子·万章下》。

孟子的学生万章想知道在交际中如何待人，就去问孟子。孟子说："对人应该恭敬。"万章说："今后我一定恭恭敬敬地对待别人。"万章接着又问："俗话说'却之却之为不恭'（意思是：一再拒绝别人的礼物，这是不恭敬），这又是为什么呢？"孟子说："尊贵的人送东西给你，如果你先考虑这些东西是否合于义，想好之后才接受，这是不恭敬的。因此，尊贵的人送东西给你，那就不要拒绝。"万章说："今天的诸侯，他们的财物都是取之于民，也可说是不义之财，假如他们把礼物送给我们，我们可以接受吗？"孟子说："孔子在鲁国做官的时候，鲁国人争夺猎物，孔子也争夺猎物。争夺猎物都可以，接受尊贵的人的赏赐又有什么不可以呢？"万章想：老师都认为可以，也就不用再问了，于是告辞而去。

后人用"取之于民"表示从百姓那里取得财物。

伤了肩膀

郑庄公约集鲁桓公和齐僖公，共同商议，确定了宋庄公的君位后不久，在公元前707年（周桓王十三年，郑庄公卅七年，宋庄公三年），天子意外地亲自带领陈、蔡、卫3国的兵马打到郑国来。郑庄公叫祭足去探听到底是怎么一回事？祭足说："这还用打听吗？我早就料到了。主公长期没去朝见天子，上次又假借他的命令攻打宋国，他怎能不来声讨您呢？"郑庄公余怒未消地说："哼！10年前我不是去朝见他了吗？他当时是怎么对待我的？不但对我冷嘲热讽，还送了十车谷子羞辱我！他怎能怪罪到我头上来！"祭足说："话是不错，可是他到底是天子啊！"郑庄公听了这话，更加震怒，不屑地说："哼！天子又怎么样？天子就可以不讲理吗？我们三代都是卿士，对朝廷没有功劳也有苦劳，他不让我当卿士也就罢了，居然还出兵来打我！这下要不给他一点颜色瞧瞧，灭灭他的威风，不光是咱们的国家遭殃，就连列国诸侯也要受他欺凌了。我得替列国诸侯打头阵、争道理，免得他们沦为昏王的奴才！"大臣们听罢这席话，一个个斗志昂扬，将士们也摩拳擦掌，想为列国讨个公道。于是郑庄公派兵遣将，前去迎战。

周桓王虽有3国的兵马做后盾，但他们都是出来敷衍敷衍，没有人肯为他卖命，再说郑国的将士又那么厉害，双方一交锋，天子那边就溃败下来了，大家各自奔散，周桓王眼看招架不住，赶紧传令退兵，自己在后边压阵，一面抵挡，一面后退。

郑国的将军祝聃远远地地瞧见天子，就张弓搭箭，对准了他，嗖地一箭射了过去，正中天子的左肩，幸亏他身披坚实的盔甲，伤势不重。可是，这一箭虽然没射中天子的要害却给了周朝王室一个致命打击。从此以后，东周所有的天子仿佛都伤了肩膀，无论如何再也扛不起统治诸侯的重担了。祝聃正想继续前进，却听到自己这边猛烈地打起锣来（擂鼓是往前进，打锣是收兵）。他立刻收军，见到郑庄公，就说："我射中了天子的肩膀，正要追过去逮住他，怎么就打起锣来了？"郑庄公说："咱们并不是真要打仗，只不过是天子不讲道理，以怨报德，逼得咱们无路可走，这才出来抵挡一下，挫挫天子的锐气。咱们只要能保住大好江山就行了，干嘛杀那么多人？再说我也承担不起杀害天子的罪名，那会遭人议论的！"祭足插嘴说："说的是啊！这下咱们把天子打败，叫他不敢再欺负人就行了。咱们若想过太平日子，不如派人去慰问慰问他，给他点面子。他好强、好面子，可是做什么事都有分寸。谁要是硬，他就比谁硬；谁要是自以为了不起，他就比谁更了不起；谁要是搞阴谋，他搞的阴谋就比谁更阴狠；谁要是谦让，他就谦让到极点；要是对方被他打倒了，他无论如何也不会露出自己得意的样子再去踢对方一脚，甚至会双手把他扶起来，拍拍他身上的泥土。郑庄公的这种个性，祭足很清楚，所以他才请郑庄公去慰问那个伤了肩膀的天子。"郑庄公说："还是你辛苦跑一趟吧！"

祭足带了一二头牛、100只羊和许多粮草，连夜赶到天子的兵营里去请罪。他见了天子，先磕了3个头，说："寡生没管好将士，竟让他们冒犯了天子，实在该死！现在他正在那儿吓得几乎魂不附体，特地派我来向您赔不是，还带了一些粮物慰劳将士们。求天子可怜寡生，饶了他吧！"周桓王惭愧得浑身发热，扶着脑袋，说不出话来。站在一旁的虢公林父接着说："寡生既已知错，就饶了他吧，快谢谢天子！"祭足又磕了3个响头才出来。他还到三个诸侯的兵营，一个个地问安致候，看他们那副别扭的神情，真比挨了郑庄公一顿揍还难受。

上行下效

典出汉班固《白虎通·三教》：教者仿也，上为之，下效之。

春秋时，齐景公自从宰相晏婴死了之后，一直没有人当面指责他的过失，因此心中感到苦闷。

有一天，齐景公欢宴文武百官，席散以后，一起到广场上射箭取乐。每当齐景公射一支箭，即使没有射中箭鹄的中心，文武百官都是高声喝彩："好呀！妙呀！"真是箭法如神，举世无双。

事后，齐景公把这件事情对他的臣子弦章说了一番。弦章对景公说："这件事情不能全怪那些臣子，古人有话说：'上行而后下效'。国王喜欢吃什么，群臣也就喜欢吃什么；国王喜欢穿什么，群臣也就喜欢穿什么；国王喜欢人家奉承，自然，群臣就常向大王奉承了。"

景公听了弦章的话，认为弦章的话很有道理，就派侍从赏给弦章许多珍贵的东西。弦章看了摇摇头说："那些奉承大王的人，正是为了要多得一点赏识，如果我受了这些赏赐，岂不是也成了卑鄙的小人了！"他说什么也不接受这些珍贵的东西。

后人便把"上行下效"来形容上面的人喜欢怎么做，下面的人便也跟着怎么做。

神州陆沉

典出《晋书·桓温传》：温自江陵北伐，行经金城，见少为琅琊时所种柳皆已十围，慨然曰："木犹如此，人何以堪！"攀枝执条，泫然流涕。于是过淮、泗，践北境，与诸僚属登平乘楼，眺瞩中原，慨然曰："遂使神州陆沉，百年丘墟，王夷甫诸人不得不任其责！"

桓温（312—373年），东晋谯国龙亢人，字元子，是晋明帝司马绍的女婿。他任荆州刺史时，于晋穆帝永和二年（346年）率师西伐，打败了李势等人，平定了蜀地。后来，桓温又率师北伐，攻打前秦国。

经过一番军事部署之后，桓温从江陵出发，开始北伐。经过金城时，桓温看到，自己在青年时代担任琅琊太守时所种的柳树，都已经长得很粗了，他感叹地说："树木都长这么粗了，人怎么会不老呢！"他攀折着树枝，握着枝条，禁不住眼泪直往下掉。于是，桓温率师渡过淮河、泗水，踏上北国的土地，与诸位僚属登上平乘楼船，在江中北眺中原，感慨地说："国土沦丧，百年的基业成为荒丘废墟，身居宰辅之位的王衍（字夷甫）等人不能不负责任啊！"

"神州陆沉"就是从这个故事来的。陆沉：陆地下沉。人们用"神州陆沉"形容国土沦丧，人心悲愤。

食鱼无反

典出《晏子春秋》：景公游于纪，得金壶，乃发视之，中有丹书，曰："食鱼无反，勿乘驽马。"公曰："善哉！如若言，食鱼无反，则恶其鳋也；勿乘驽马，恶其取道不远也。"晏子对曰："不然。食鱼无反，毋尽民力乎！勿乘驽马，则无置不肖于侧乎！"公曰："纪有书，何以亡也？"晏子对曰："有以亡也。婴闻之，君子有道，悬之间。纪有此言，注之壶，不亡何待乎！"

春秋时期，齐景公巡视纪地（今山东寿光市南），当地老百姓从地下挖到一只金壶，献给景公，景公叫人把壶盖打开，发现里面藏有两片竹简，上面用红漆写着 8 个字："食鱼无反，勿乘驽马。"齐景公说："写得好？按照上面写的意思，吃鱼时吃了一面不要把反面也吃光，可以防止鱼腥太重；勿乘劣马，因为劣马不能走远路。"晏婴（公元前？—前 500 年）对他说："您说得不对。'食鱼无反'这 4 个字，是告诫后代的国君不要耗尽民力！'勿乘驽马'这 4 个字，是忠告国君不要把小人放在自己的身旁！"齐景公问道："照你这么说，纪国的国君有此丹书，应该是很有远见的人了，可是纪国怎么会在我执政的 100 多年前就被齐国灭掉了呢？"晏婴回答道："纪国灭亡是有原因的。我听说过，有道的国君，应把自己的主张写在竹简上，张挂在城门上、里弄口，让全国的百姓都知道。然而纪国的国君虽然有好的主张，却把它藏在金壶里，埋在地底下，这样一来老百姓根本不知道，除亡国之外，还有什么希望呢！"

"食鱼无反"就是从这个故事来的。它的本意是，吃鱼的时候，不要把反面也吃光。人们用它劝诫国君不要耗尽民力。

收服中山

典出《战国策·魏策》：乐羊为魏将而攻中山，其子在中山，中山之君烹其子而遗之羹，乐羊坐于幕下而啜之，尽一杯。文侯谓睹师赞曰："乐羊以我之故，食其子之肉。"赞对曰："其子之肉尚食之，其谁不食！"乐羊既罢中山，文侯赏其功而疑其心。

"三晋"里头，最盛的要属魏国。魏文侯斯相当贤明。他知道要富国强兵，先得增加粮食生产。远在公元前412年（周威烈王十四年，就是魏斯正式封为诸侯之前9年），他就重用了一个当时很出名的法家学者（法家，注重刑名法术的一派学者）李悝（一说是李克），采用他的计划，兴修水利，改进耕种的方法，实行"平籴法"。李悝替魏斯仔细算了算土地的产量。他拿100里的地界估计一下，除了山地、有水的洼地，还有城镇占的土地以外，能够耕种的土地只有600万亩。耕种得好，每亩可多生产3斗粮食，这是完全办得到的。耕种得不好，每亩会少生产3斗粮食，这也不是什么意外的事。可是100里地方的粮食多点或者少点就相差180万石，全国计算起来就差得远了。再说到粮食的价钱，李悝认为：粮价太高了，不种地的老百姓就难过日子；太低了，农民受不了。应该叫粮价不高不低，每年平平稳稳。他把丰年富余的粮食由公家照平价籴（买）进。荒年所短少的粮食由公家照平价粜（卖）出。这么一来，不管年成好不好，也不管是不是荒年，粮价总是平稳的。

这种由公家统一掌管粮食和粮价的方法，叫"平籴法"。

平籴法使商人地主不能任意操纵粮食价格，多少减轻了他们对农民的剥削。粮食由官家来调剂，老百姓的生活就比以前安定得多了。

魏文侯全力地收罗人才。当时各国的人才没有一国像魏国那么多。可是魏文侯还想找一位有能耐的大将去收服中山（古国名，在河北省定县）。中山在魏国的东北边，原来由狄人占领，后来中山的狄人归附了晋国，中山就做了晋国的属国。自从三家分晋以后，中山就没向谁进贡过。魏文侯又怕韩国或赵国把中山夺过去，再说中山国君荒淫无道，对待老百姓非常凶暴，魏文侯早就打算发兵去征伐中山。他老觉得还少个有能耐的大将。谋士翟璜（'翟'，原来和狄国的'狄'通用，翟璜以国为姓）向他推荐了一个人。这人叫乐羊。他说："乐羊文武全才，品行端正，道德高尚。"魏文侯说："何以见得？"翟璜说："当初乐羊在路上捡了一块金子拿回家去。他的妻子说：'这块金子来历不明，你怎么就拿回来呢？'乐羊就把那块金子搁在原来的地方。后来，他到别的国家去游学，过了一年多，他从外面回来。他的妻子正在织帛，见他回来了，就问他：'你的学业完成了吗？'乐羊说：'还没呢。我挺想念你，先回来一趟。'他的妻子拿起剪子来，把织布机上的丝线铰断了，对他说：'这就叫半途而废！'乐羊就又出外走了，一去就是7年，直到学业学成了才回到家里。他的才能和志气可以说都高人一等。他现在正巧在本国。咱们国里有这样的人才，为什么不用呢？"

魏文侯听了翟璜的话，就打算把乐羊找来。有人反对，说："乐羊的儿子乐舒，如今正在中山国做大官。咱们哪能叫他去打中山啊？"翟璜说："怎么不成呢？乐羊是个挺有见识的人，他儿子曾经奉了他们国君的命令去请他，他不但没去，反倒叫他儿子离开中山，说中山的国君荒淫无道，不能跟他一块自找灭亡。我说，主公只要吩咐乐羊去打中山，准能成功。"魏文侯就叫翟璜去请乐羊。

过了几天，乐羊跟着翟璜来见魏文侯。魏文侯对他说："我打算托你去征伐中山，只是你的儿子在那边，怎么办？"乐羊说："大丈夫为国立功，哪能够为了儿子的私情不顾公事呢？我要是灭不了中山，情愿受您的处治！"魏文侯挺高兴，魏文侯十七年（公元前408年），就派乐羊为大将，西门豹为先锋，率领着5万人马去打中山。

中山的国君姬窟派大将鼓须去抵挡魏国的兵马，两边打了一个多月，也没见胜败。后来乐羊和他的助手西门豹拿火攻的法子把鼓须打败，一直追到中山城下。

中山的大夫公孙焦对姬窟说："乐羊是乐舒的父亲，主公不如叫乐舒去要求乐羊退兵。"姬窟就叫乐舒去办。乐舒推辞说："早先我不是去请过他吗？他始终不干。如今我们父子俩各人为了各人的主人，他绝不会答应我。"姬窟逼着他去说。他只好上了城门楼，请他父亲跟他相见。乐羊一见他儿子，就骂他，说："你就知道贪图富贵，不知道进退，真是没出息的东西。赶快去告诉你的国君投降，咱们还有见面的日子。要不然，我先把你杀了。"乐舒说："投降不投降在于国君，我不能做主。我只求父亲暂时别再攻打，让我们商量商量。"乐羊说："这么说吧，为了父子的情义，给你一个月的期限，你们君臣早点打定主意。"乐羊就下令把中山围住，不许攻打。

姬窟满以为乐羊心疼儿子，绝不至于再急着攻打。他仗着中山城结实，粮草又充足，不打算投降。一个月过去了，乐羊就准备攻城。姬窟又叫乐舒去求情，再宽限一个月。这么着，一连三回，3个月拖过去了。魏国朝廷里就有不少人议论纷纷，都说乐羊不好。魏文侯没言语，接连不断地打发人去慰劳乐羊，还告诉他国君正在盖房子，预备等他得胜回朝的时候，送给他住。乐羊非常感激，可就是按兵不动。西门豹也着急了。他说："将军还打算不打算攻打中山？"乐羊说："没有的话，咱们为了中山国君虐待老百姓才来征伐。要是咱们性子太急，老百姓也许会说咱们同样凶暴。我三番两次地答应他们，让他们三番两次地失信。为的是让老百姓知道谁是谁非。我可不是为了保全父子的情义，为的是要中山的民心。"西门豹听了，这才放心。

又过了一个月，中山还不投降，乐羊于是就开始攻击。姬窟眼瞧着再不能支持，就把乐舒捆在城门楼上，准备杀他。乐舒嚷着说："父亲救命！"乐羊骂他，说："你当了大官，不能劝告国君改邪归正，又没法守城，投降又不能投降，抵御又不能抵御，还像个吃奶的孩子哭哭啼啼的干什么？"他拿起弓箭，打算射上去。公孙焦叫人把乐舒拉下来。他对姬窟说："他父亲来打咱们，他也不能说没有罪。"姬窟就把乐舒杀了。公孙焦见乐舒死了，就想出一个主意来。他对姬窟说："人最亲的莫过于父子。咱们把乐舒的肉做成肉羹去给乐羊送去。他一见儿子的肉羹，必定难受，也许难受得神魂颠倒，就没有心思再打仗了。"姬窟依了公孙焦的话，打发人把乐舒的肉羹给乐羊送去，还跟他说："小将军不能退兵，我们把他杀了。做一碗肉羹送给你！"乐羊一时怒火中烧，指着瓦罐骂着说："你一心想侍奉无道的昏君，早就该死！"他把瓦罐狠狠地往地下一摔，对来人说："你们会做肉羹，我们的兵营里也有大锅，正等着你们的昏君啊！"乐羊好像受了伤的老虎，非把中山吞下去不可。魏兵加紧攻城，急得姬窟没有法子，只好自杀了。公孙焦开了城门。乐羊数落他的罪恶，把他杀了。接着，他安抚了中山人，叫西门豹带着5000人留在中山，自己带着大队人马回去了。

他到了安成外，就瞧见魏文侯亲自在那儿等着他。魏文侯慰问他说："将军为了国家，牺牲了自己的儿子。这全是我的过错。"乐羊磕着头回答说："公而忘私，原本是做臣下的本分。"魏文侯和大臣们到了朝堂，乐羊献上中山的地图和拿回来的东西。魏文侯请他到宫里去喝酒。乐羊因为立了大功，非常得意。宴会完了，魏文侯赏了他一只箱子，箱子上下封得很严紧。乐羊一看，就知道不是黄金，就是白玉。他想：大概魏文侯怕别人见了引起嫉妒，才这么封着。他越想越得意，更显出骄傲的神气来了。当时就叫手下的人把箱子搬到家里去。

乐羊赶紧回到家里，打开箱子，一看里面的东西便楞住了。原来箱子里装的全是朝廷里大臣们的奏章！他随便拿起一个奏章来瞧瞧，上面写着："乐羊连打胜仗，中山眼瞧着就能攻下来了。可是为了乐舒的一句话，就不打了。父子之情，于此可见。"他又拿起一个奏章，上头写着："……主公如不叫回乐羊，恐怕后患难防。"其余的奏章大都写着："别想得到中山，怕是连5万大军也要送给敌人了。""突然拜他为大将，已经错了主意。""人情莫过于父子，他怎么可能牺牲自己的骨肉呢？"乐羊掉着眼泪，说："想不到朝廷中有这么些人，鸡一嘴、鸭一嘴地毁谤我！要是主公不能坚决地信任我，我哪能成功呢？"

第二天，乐羊上朝谢恩。魏文侯要封他，乐羊再三推辞，说："中山能够打下来，全是主公的力量。我有什么功劳可说呢？"魏文侯说："这倒也是真的，除了我，没有人能够这么信任你；可是除了你，没有人能够收服中山。——你也够辛苦了。我封你为灵寿君。"魏文侯就把灵寿（中山国的地名，在河北省正定县北）封给乐羊，也收回了他的兵权。

"收服中山"的故事讲述了乐羊的公而忘私，有胆有识，但同时也告诉我们：在那种时代里，权势之争，钩心斗角，真正有勇有谋的人，要成就一番事业，是要付出相当代价的。

百花齐放，百家争鸣

百花，即各种各样的花。

百家，指学术上的各种派别。战国时期，有儒、道、阴、阳、法、名、墨、纵横、杂、农等各家。据《汉书·艺文志》载：诸子有189家，以成数言，称为"百家"。

后人用"百花齐放，百家争鸣"的这个典故比喻艺术上的不同形式和风格的自由发展。